都市传奇 / 张欣经典长篇系列

张欣 著

终极底牌

花城出版社
中国·广州

图书在版编目（CIP）数据

终极底牌 / 张欣著. —— 广州：花城出版社，2024.4
（都市传奇：张欣经典长篇系列）
ISBN 978-7-5749-0116-2

Ⅰ. ①终… Ⅱ. ①张… Ⅲ. ①长篇小说—中国—当代 Ⅳ. ①I247.5

中国国家版本馆CIP数据核字(2023)第255929号

出 版 人：张 懿
责任编辑：周思仪　王子玮　邱奇豪
技术编辑：凌春梅
责任校对：衣 然
封面设计：L&C Studio

书　　　名	终极底牌 ZHONGJI DIPAI
出版发行	**花城出版社** （广州市环市东路水荫路11号）
经　　　销	全国新华书店
印　　　刷	深圳市福圣印刷有限公司 （深圳市龙华区龙华街道龙苑大道联华工业区）
开　　　本	787毫米×1092毫米　32开
印　　　张	12　1插页
字　　　数	213,000字
版　　　次	2024年4月第1版　2024年4月第1次印刷
定　　　价	398.00元（全13部）

如发现印装质量问题，请直接与印刷厂联系调换。
购书热线：020 - 37604658　37602954
花城出版社网站：http://www.fcph.com.cn

人生的底牌,不过是平淡中的温暖,暗夜里的微光。

第一章

一

事情尚未发生，没有人知道会有多么严重。就像海啸前的几秒，风过水面，平滑如镜。待一切都发生了，那就是生活。没有如果，也没有防患于未然。生活就是不间断的发生。

二

淡定。

崔嫣侧过脸去，淡淡的茫然在她眼中一闪而过，这时她看见了张豆崩冲她做出 OK 的手势，这个手势只有她们两个人明白：淡定。

她和张豆崩之间隔着一张课桌，但因是平行，她可以看见豆崩在课桌下的暗示。

讲台上，兰老师笑眯眯地合上手中的讲义，又重复了一遍今天的堂上作文题目，《给父亲的一封信》。课堂里很静，如果是其他班，通常是哀鸿遍野吧，但是培诚中学高二（2）班的教室却可以漠然得没有声音。有的人呆看窗外，有的人翻白眼，绝不至于唉声叹气好让老师有一种得逞的喜悦。

没有阅历的中学生谁不怕作文呢？苹果、耐克、网游、淘宝、星巴克、粉，同质化的生活，写出来就是比谁更傻。包括一样令人失望的父母，也是同质化的一部分。

培诚是重点中学，尤其高中难进，基本上都是掐尖生。据说校长每年都收到一抽屉的白条，他关掉手机，隐蔽家中根本不行，还是有人在他家门口坐等，所以学生录取阶段都是不知所终，全家人消失在茫茫人海。

所谓名校的高中生，人人一个虚张声势的小宇宙。这类人的特征，就是有一张与年龄不符的冷峻的脸，但也不过是外表狂妄内心幼稚的活标本。

培诚的校服是黑色的西装，领子镶有樱桃红格子布的滚边，男女生一律白衬衣打底，只是男生是红格布领带，女生是红格布的蝴蝶结，外加红格布的百褶裙。比起其他学校的各色运动服，给人鹤立鸡群的感觉。但也不得不承认，注重细节也是名校的特色之一。

虽然不那么心甘情愿，但是同学们还是懒洋洋地展开纸笔，开始搜肠刮肚。

兰老师又开始强调，平铺直叙，真实朴素。她总是说年轻人的写作风格，不要病态地追求惊艳和华丽。这和造房子一样，基础要打好，先要学会把事情说清楚。

又说朴素的情感比较绵长，像《一件小事》《背影》这样的文章最终能成为名篇，并不是堆砌辞藻的结果。

当然，兰老师是语文老师，是班主任。

不过她跟同学们并不熟，是刚进培诚中学不久资深的新老师。

这么说一点都不矛盾，按照市里轰轰烈烈的"跨世纪人才计划"，兰老师就像深山老林里的人参娃娃一样，被从北方挖到了南方，来了就先奖励一套住房，又委任为高中部语文组的组长，听说接机的时候连教育局局长都去了，只差没铺红地毯。在人才高度流动的今天，我们这座伟大的城市也不甘示弱，把"咱就是有钱"发挥到了极致。什么感情留人，永远都是钱能招来金凤凰。

就在火热的羡慕嫉妒恨的氛围中，兰老师来到了培诚，直接进入高二（2）班，将带领全班同学杀出一条血路，拿下最结实的高考率。

树欲静而风不止。早在兰老师到来的前夕，名角还没有亮相，锣鼓点那叫一个密集。算是尚未现身江湖，却已收获铺天盖地的江湖传说。最甚嚣尘上的疯传，说兰老师在当地就有"应试王"的美称，在大力推行素质教育的今天，重金把这样的人挖来是什么意思？

由此，同学们对她开始魔幻现实主义，若她长得不像僵尸或吸血鬼，简直就对不起同学们的想象力。

不过，纷纷扬扬的议论，通常都是以"没有什么特别"收场。

那天，兰老师第一次跟同学们见面就是这样，没有什么特别。她四十多岁，长相周正，穿中式的衣服，就是棉布、盘扣那种，颜色记不清了，搭配干净利落的短发，虽说有点土里土气，但还是有她的个性气场。

"我们终于见面了。"这是她的开场白，意味深长。

接着，她面带肃杀地环视了教室一周，似乎在记住每一个同学的样子。但显然这样的表情，表明她是不准备打亲和牌的，每个人都能感受到她的硬朗风格。果然，她正色说道："我尊重每一个为了素质教育呕心沥血的前辈和同行，并且将跟他们一起摸索这条崎岖而艰难的道路。"她的目光真诚并且坚定。

停顿了片刻，她又说道："古往今来，主战的人都是爱国的，签订和约的人都是卖国贼。但实际情况没有那么简单，知道必输还要打是悲壮，为国受辱其实也非常痛苦。总之我只是不赞成意气用事，不管是应试还是素质，目前的高考制度都是相对公平的选才方式，我也会尽全力把你们送进大学，这样才对得起你们的苦读和你们父母的花费。"

最后，她说道："任何一个时代的教育制度都是有弊端的，但有一点可以肯定，那就是只有你们去适应现行的教育制度，而不是反过来。请你们记住我这句话，不要抱怨，因为没用。"

并不是她的话震住了大伙，而是她自信和骄傲的神态，外加平静的语气和嘴角隐隐泛起的微笑。

她不仅回应了传言,还有点让人琢磨不透。

在兰老师的"三板斧"里,包括一次她命题的摸底测验。讲评卷子的时候,她两手撑着讲台,若无其事地说道:"以下是填空题,山对海说'你是如此的宽广,如此的澎湃,如此的博大',海对山说什么呢?就咱们班的同学,阁下只填了两个字:谢谢。谢你个妹呀。"

全班哄笑。

兰老师话锋一转道:"别一天到晚霸气侧漏随时要掀翻桌子的表情,你们很普通,我摸底一看你们弱爆了,想上名牌大学吗?别合计了,好好念书。"

这是杀大伙的锐气吗?果然有一部分同学顿时灰头土脸。

而且她够潮,满嘴都是不落伍的新名词,比起她来,学生们都太过保守、闷、老气横秋。

第二板斧,是兰老师把近三年来高考的零分作文收集成册,然后发给全班同学。"是要学习吗?"有同学问。

"学你个头啊。"兰老师说道,"是要告诉你们这是雷区,试都不要试。"

从小学六年级开始,崖嫣就喜欢看零分作文,觉得学哥学姐们个个才华横溢,想法刁钻,又够胆略挑战坚如磐石的高考制度,知其不可为而为之,真是自古英雄出少年。所以她明目张胆地看这些书以示自己的叛逆,现在兰老师居然指定他们看,突然让她倒了胃口,感觉这一切索然无味。

崖嫣知道，全班至少有三分之一的同学跟她感同身受。想想吧，三分之一的人弱爆；三分之一的人并不独特，被老师视为寻常；还有三分之一的人早在兰老师的就职演说里就已沦陷。高二（2）班真是逊毙了。

幸亏兰老师的第三板斧没砍到人，直接掉地上了。

那是一个星期天的上午，约摸十一点的时候，她从自动提款机上取了钱，沿着马路牙子没走多远，这时耳边传来了汽车的机鸣声，有两个非洲男青年开了辆现代停在她身边，副驾驶位的男青年探出头来，彬彬有礼地用打结的普通话问她为什么银行周日都不开门，他们要换钱有急用。

当然，兰老师把刚取的三千块钱都给了他们，拿到的美元是假币。

这就是这个城市给她的下马威，没有人是没被骗过的，所以任何人受骗的经历都会让人狂喜，像智商测试一样表示彼此差别不大。兰老师也一样，毫无顾忌地告诉同学们她的沮丧。

她的真性情让大伙有些不习惯，也有点不知所措。

兰老师的名字叫兰花花。崖嫣和豆崩都觉得土得掉渣，而且这是名字吗？应该是歌词或蜡染吧。而且她讲一口东北话，天哪，这又不是中央电视台，怎么能恣意横行东北话呢？在这样一个亚热带、微风里饱含湿气、鸟语花香的南方城市，严重不搭耶。

淡定。

崖嫣停止了胡思乱想,开始写作文了。最少八百字,她觉得脑袋仿佛锈住了,就是八十个字也挤不出来。

三

"牙烟?不是广东话危险的意思吗?"

"我出生的时候难产,我妈妈说生我就生了三天三夜。"

"那就直接取名叫危险吗?你妈妈当年肯定是文艺青年。"

"应该是犯二青年吧,她一直是很纠结那种。"

"哈哈,你太有意思了,我妈一看就是直截了当那种。"

这是在高一时,崖嫣和豆崩初次的对话。当时同学们刚刚组建一个新班,大家都在装酷,认为热情主动很傻。只有张豆崩是个例外,会先"嗨"一声跟人打招呼。她长着一张蜜桃脸,毫无瑕疵的橄榄色皮肤,欢快的笑容,很时髦的大牙缝,一头乱蓬蓬的自来卷,平时只涂浆果色的润唇膏。

崖嫣则有点薄相,细长的单眼皮,尖下颏,皮肤苍白,小腰板瘦成一片,看着的确危险,但又是那种常人感觉顺眼并且心情平和的长相。

她们渐行渐近也是有原因的,先是都加入了学校"深耕"读书会,要知道整个培诚的民间社团组织就有九十六个之多,随便一个点子就招兵买马,跳舞唱歌,翻墙爬树，游戏特效，科技控，总之应有尽有，都组织化了。有的一个人就是一个社团，比如有一个同学登记了"编席社"，因为他家三代人都开藤器店，传统草席十年没卖出去一张。自从有了空调和电扇，传统草席就无人问津，再手工再精细就是编出花儿朵朵也是尘满脸、鬓如霜，个人再怀旧再伤感，也只是他一个人一个社，并没有人跟他共情。所以说要在一个社团活动中看见同班同学的概率应该是极小的。

结果两个人还都喜欢高木直子的漫画，这个日本小个子够勤奋，新书一本接一本，让崖嫣和豆崩一聊就能聊半天。读书会的男生嫌她们幼稚，说深耕社的宗旨是重读经典，布置要集中讨论的书是《九三年》《茶花女》，要不就是四大名著，会员先各自回家阅读、深耕细作，讨论时应有独到的心得。可是这并不矛盾好不好，难道你吃肉就不吃青菜了吗？喝可乐就不喝水了吗？

这样应该足够了，对于一些年轻的女孩子，或许同粉一个偶像就可以亲密无间了。但是崖嫣敏感而且稍稍自闭，任凭跟谁也不肯轻易做朋友。

那段时间，她喜欢一个人去"天使之约"，一家店面狭长的芝士蛋糕工房。店面很小，只有三张小圆桌和几把椅子，然后是柜台，最醒目的是柜台旁边的多层保鲜玻璃柜，里面陈列着各种口味的芝士蛋糕。制作工房倒是有两个店面那么大，完全开放式。崖嫣就是站在一侧看师傅的手工，很奇怪，从小她就对西点制作有浓厚的兴趣。

把消化饼压碎，和黄油搅拌均匀。这是在制作饼底。

芝士软化后，加入细砂糖，用打蛋器打至顺滑无颗粒，然后加入鸡蛋、柠檬汁、玉米淀粉、牛奶、朗姆酒、香草精等，每放一样东西都要搅匀再放一样。

"为什么不能全部放进去以后再搅匀呢？"这声音显然是自言自语，所以也没有人回答她。崖嫣转过头去，发现说话的人是张豆崩。

张豆崩惊喜道："怎么是你？你也喜欢做蛋糕吗？"

崖嫣只是小幅度地点了点头。

豆崩继续说道："我也是这样做啊，手法一模一样，可是口感不是粗糙就是'面'，像奶糊一样，就不性感高贵了。芝士蛋糕就是蛋糕里的电影明星啊。"

"要用'水浴法'啊。"崖嫣说道。

"什么意思？"

"就是烤盘里要放热水，热水的高度要没过蛋糕糊一半。一起烤。"

豆崩瞪大眼睛道："是秘诀吗？"

崖嫣还是点头。

两个人的距离再一次拉近。于是，别的女孩子是结伴去做手指甲，接驳眼睫毛，买白棉布的长裙，只有她们两个人躲在家里烤蛋糕或曲奇饼。

当然是在张豆崩家的厨房。豆崩的家很大很漂亮，但是到底有多大多漂亮崖嫣也不知道，因为她只去过她家的厨房，经过玄关的时候可以感觉到是不折不扣的豪宅。她家的厨房差不多就有一百平方米，中间一个带双水槽的大料理台，专业术语叫作"岛台"。岛台绝对是社交型厨房的主角，一切功能操作都围绕着岛台发生，在转身之间就能完成。而橱柜的家具化，令橱柜外观有形，却内秀其中——无论是实用的收纳设置，还是出色的细节处理，都让人在内心中情不自禁地感叹。

岛台下面是酒柜，里面林林总总。

此外，现代厨具、专用设备一应俱全。还有两个巨大的冰箱，生熟分开，据说家里一直存有发好的鲍鱼和海参，因为豆崩的妈妈经常要在家里请客。

崖嫣很喜欢豆崩家的厨房，她们围着雪白的围裙，岛台上放着食材、配料、量杯、电子秤、打蛋器、温度计，各种容量的玻璃器皿、汤锅，总之有一种将军临阵的威严。她们一起计量面粉，发泡粉，打鸡蛋清，预热烤箱，忙得不亦乐乎。豆崩家有一个男管家和两个保姆，豆崩妈妈在她家附近租了一套公寓给他们住，他们也是专门培训过的，见到两位小姐过来便消失得无影无踪。

一旦做好糕点，就要求他们必须享用，开始还好，供求两平。后来变得供大于求，他们便要拿出去送人，像楼下的保安、清洁工什么的，都吃过她们自制的糕点。

有那么多共同的爱好，两个人不成朋友都难。

这一天放学之后，豆崩约崖嫣到又一城去闲逛一下。

本来，学生们放学之后没一个想回家的，不是四处游走就是腻在肯德基做作业或打发无聊时光，但是崖嫣一般都按时回家，因为要给妈妈煲第二天的中药，一副药还要翻煲一次，总计差不多要四个多小时，晚睡前必须完成。

不过豆崩的目光有点过于恳切，崖嫣只迟疑了几秒钟就说好吧。

出人意料，两个人都没有谈及今天堂上作文的事。

又一城的位置在天河区板块，顾名思义就是又一座城市的意思，天河是新城区，才有可能规划得煞有介事。这边的坐标性建筑是体育中心，下面几乎全部被挖空了，一期又一期的工程最终连成一片，是数不清的特色专卖店、饮食小吃，也可以搭T台走秀。总之地面上有的实体店下面全有，这就是又一城，也是年轻人聚集的地方。

在地下迷宫里——这里真的容易迷路，实在店面都是一样的炫目，从五彩缤纷的角度说又十分相像。但是有一家店，崖嫣每次来是必去光顾的。

这家店名称叫格子间，就是偌大的摆放物品的柜子被间隔成半米见方的格子。店面不大，但是三面墙全是顶天立地的格子，无论什么人都可以租一格放置你要卖的东西，所以里面五花八门什么都有，化妆品、手表首饰、围巾帽子，总之特点就是小众、个性化，纯手工制品比较有人气。负责买卖的女孩估计是靠租格子为生，反正产品都不是她的，不用落力推销，说得天上的星星都掉下来。她只坐在那里安静地看书。

崖嫣喜欢其中一格的手绘明信片，画面全是一个神情呆呆的女孩，没有眉毛，眼睛像比目鱼一样分得很开，手里或肩膀上站着一只画眉。题目也是呆人呆语，如"什么都没变"，"坚持下去"，"干什么"。也有其他系列的，都是呆滞的风格，像"雾系列"，画面就是一条模糊的地平线，其他什么都没有，要不就是一扇紧闭的窗，玻璃的四周都是雾蒙蒙的像毛玻璃，只中间一小部分还是透明的。每次崖嫣都会买两张。

张豆崩反而是没有什么目标，神情涣散地瞎走一气。她一点都不小资，如果不穿校服就是一身的淘宝范儿。

后来她选到一个挂件。你懂的，高中生的双背书包扣上，都挂着毛绒卡通动物。豆崩挑到的是一只男式皮靴，制旧的程度基本是南极归来，简直满目疮痍。说它男式是因为旁边还有光鲜的高跟鞋，都做得小小的，得意扬扬。用鞋做挂件一直都有避邪的意思，是穷学生做互赠小礼品的首选。还可以任选一个字母链跟皮靴挂在一起，豆崩选的字母是 B，她名字最后一个字的首字母。

"你买来送给我吧。"豆崩选好之后对崖嫣说道。

崖嫣说好，一边掏出钱包。

付完钱之后她才想到，豆崩很少这样，因为跟豆崩相比她是穷人。

这时豆崩又补充了一句："我请你吃饭。"

崖嫣还是说好。

豆崩拍拍崖嫣的肩膀:"你知道我为什么喜欢你吗?因为你是'好好先生'。"她一边说,一边把挂件直接挂到书包上,满意地点点头。

这里比较出名的是便所餐厅,全是马桶或便池型的餐具,食物的样子当然足够恶心。想不到生意还蛮旺的,居然食客还有面如土色的大叔大婶。豆崩忍不住叹道:"原来有这么多无聊和绝望的人啊。"

她们是不会在这种变态饭馆用餐的,果然发现周遭流连观看的人也不比食客少,估计大家的心情都是想看到别人吃屎。

最终选了一家日式拉面馆,两人要了地狱拉面还要加"六倍辣",外加一人一份超大杯冰镇菠菜豆浆。然而豆浆不敌劲辣,终于吃到喉咙冒火,大汗洗面,超级爽。全身上下不光是头发连所有汗毛都立起来准备自燃。

然后就是莫名的开心和想笑,她们相视大笑。

在地铁站里准备分手,是不同的方向。等车的时候还在东拉西扯,崖嫣的车先到,她做了一个拜拜的手势转身离去。这时她听见豆崩在身后喊了一句:"谢谢你今天陪我过生日,还送我礼物,谢了。"她回头做了一个愕然的表情,但马上又跟着人流挤上地铁。

透过地铁的玻璃窗,她看见豆崩一直在向她挥手。

她也冲她挥手,但是地铁转眼间冲进黑暗,原来如此。豆崩还真是心细如丝的人呢。

四

崖嫣的家是普通的三居室。

偏老的建筑是客厅不大，放上沙发和餐桌只能说刚好，没有多余的空间。但优点是三间房的比例也比较实惠合理，不会是鼻孔和脑袋的比例关系。其中崖嫣和妈妈各占一间，最小的一间是琴房。

崖嫣回到家的时候都晚上九点十五了，琴房的门紧闭，里面传出叮叮咚咚的钢琴声。

她换了鞋，放下书包就直奔厨房，拆了药包，把中药材倒进电子瓦罐，放好适量的水，开始煲药。这种专门熬药的电子瓦罐并不是全自动的，分武火和文火。武火大烧的时候还是要经常照看，等到药液煲得差不多了才换文火档，烧至一碗药液时倒是会自动换保温档，不过若不及时把药液倒出，药渣又会把药液重新吸干。还蛮烦的。

母亲并不是卧床不起，她应该是有些亚健康吧，常常要喝中药调理身体。

崖嫣的母亲林紫佳自幼弹钢琴，毕业于正规的音乐学院，现在在交响乐团工作。通常晚上的时间都要教琴，她因为基本功扎实，在琴童家长中的口碑很好，总有人托人的关系找上门来，当然她是严格挑选学生的，那也几乎每晚并无闲暇，煮药的事都是崖嫣负责。

厨房里还留有饭菜，崖嫣把它们拨到保鲜盒里放置冰箱。母亲是随性的人，不回来吃饭并没有问题。或者说第二天看见冰箱里有什么就吃什么，完全不记得前一晚为什么会剩。如果崖嫣提前告诉她不回来吃饭，她还会吃根黄瓜或啃个西红柿就算了。

在崖嫣的感觉里，母亲几乎生活在另一个时代。

她的发式，长年不变地盘在脑后。无论是外套还是裙子都是净色的，没有花纹和图案，而且多为卡其布质地，衣柜大部分是白衬衫。那种外套上翻出一个白衣领的穿法，和脚上的丁字带黑皮鞋，在崖嫣眼里简直就是中古时代的打扮。

仿佛时代的列车已经开走，只把她一个人留在了站台上。

有时候崖嫣真希望母亲是暴烈的性格，至少那样的性格可以一吐心中的块垒——自小她就觉得母亲不快乐，她的眉头总是藏有淡淡的哀怨，可她的性格又是温和委婉的，她对待崖嫣和学生都颇有耐心，但是家里的空气还是有些低沉。这也是崖嫣喜欢和豆崩在一起的原因，这个家伙总是至情至性，偶尔发一下失心疯会让她心里没有那么闷。因为情绪是会传染的。

或者，母亲若是那种很物质的女人，也许会有一份世俗的快乐吧。公车上超市里到处都是那样的中年妇女，特色之一就是见什么抢什么，生怕没占到便宜，打折物品是她们的最爱。高级一点的名牌控，就是名牌打折时激动万分地抱着一堆战利品回家，把断码超小号的裙子挂在衣橱里，号称减肥之后玉女归来，算是对自己一年到头辛苦劳作的安慰奖。

母亲却没有什么物质欲，没事不逛商店。有一回陪着女儿买文具，她在商店里看见一套质地超好的睡衣，看了价格牌说："四百多块钱买套睡衣，还是太贵了。"不等崖嫣接话，女服务员已经抢白了一句："你看清楚，我们是日本进口的，是四千多块呢。"母亲少看了一个零，崖嫣又没有能力拍钱出来说："包起来，你干吗狗眼看人低？"如今钱就是人的腰板啊。

心里只得承认妈妈好逊。

崖嫣对父亲没有印象，母亲跟他结婚后不到五年就分开了，而且分得干干净净，父亲从此没出现过。母亲带着她生活，一直需要姥姥姥爷的接济，后来他们老了，母亲肯教学生也只是前几年开始的，像她这种中古时代的人，布置琴房的时候又开始纠结和伤感，觉得自己这么干是对艺术的背叛。

从热爱艺术到为稻粱谋，虽然都是弹琴，母亲的心境一直黯淡、羞愧，觉得自己变得庸俗了。

但是没有办法，她们需要钱。

也许是因为过于劳累，近一两年母亲的身体每况愈下，倒也没有什么大毛病，就是长久以来的偏头痛发作得比以前勤了，得了一次带状疱疹，感冒似乎定期报到，所以总是要吃中药调理。

直到把煮中药的电子瓦罐调至文火，崖嫣才能够真正静下心来做作业，这之前，她一会就要往厨房跑一趟。

终于，那股熟悉的浓郁的中药味慢慢弥漫开来，无处不在。

听见客厅的门响，崖嫣知道母亲把学生送走了。

不一会儿，紫佳便来到女儿的房间。她没有说话，只是坐在崖嫣的床边，左手越过右肩按着后背，自言自语道："好像是肩周炎又犯了。"崖嫣二话没说就上了床，跪在母亲的身后给她按摩肩部和后背。

母亲的身体单薄而且僵硬，她才四十六岁啊，手感真让人触目惊心。崖嫣的鼻子陡然发酸，幸好是在母亲的身后，完全可以掩饰。

她想起上午的堂上作文。从小到大，她对这一类的作文题目就异常敏感，既不愿触及也无法自然接受，并且不希望任何人知道她来自单亲家庭，不为什么，就是不想。所以从小学作文开始，类似《我的一家》《我的爸爸妈妈》这种作文，她就会编出一个父亲来，好在她爱看书，书中父亲的形象对她来说新奇、陌生，但仍可过目不忘。但是写出来如"爸爸摸着我的头说……"这种句式就觉得空洞又虚假，只能蒙混过关。但是无论做过多少训练，她依旧不能从容面对。像报纸上黑体字的大标题"他们来自破碎家庭"，就会令她异常反感。

这就是她头上无形的标签吗？这个社会看人看事，只要是负面的，第一句话一定是来自单亲家庭。

所以她对自己要求严苛，要懂事、刻苦好学、真诚助人，把所谓真善美像勋章一样，一枚一枚地别在身上，用事实证明她同样可以阳光灿烂。

她今天的作文，基本是一篇"爸爸语录"，她模拟了这样一个事实，就是父亲工作很忙，需要挣钱养家，因为要出一趟长差，走前留给她一封信，如："孩子，当你对自己感到失望时，不要钻牛角尖，找亲密的朋友谈谈吧；关注你的直觉，不要做你并不想做的事；要尊重别人的价值观，这样的人生才丰富多彩；不要用自我毁灭的手段解决问题，这是心理障碍的征兆……"不记得是在哪本励志书上抄下来的。

不过这一切妈妈并不知道，她们在这个问题上零交流。

崖嫣已经感觉到手腕乏力、酸痛，但她并没有停下来的意思。

"妈，你很恨爸爸是吗？"崖嫣冷不丁冒出了这么一句话，这令她自己都有点吃惊。房间里明显静场。

须臾，母亲才淡淡地回了一句："不会啊……"

崖嫣的眉毛向上挑了一下，不过马上恢复原状，双手不自觉地停了下来，但也只是片刻，又开始继续按摩。心中万分不解，文艺作品中都是满满的恨啊，什么"挨千刀的"，什么"化作厉鬼绝不放过"之类，书面语言是掩面疾奔、泪雨滂沱，都是当事人必备的神情。

或许，在崖嫣的潜意识里，她觉得可以聆听母亲了，希望接过她心中一半的担子。这一刻，她感觉内心还是蛮庄严的。

想不到母亲只是轻描淡写:"也许没那么爱,也就恨不起来吧。"一边说,一边慢慢地转动脖子,表示可以了。

她离开之后,崖嫣仍然想不明白,既然不爱也不恨,何以就把自己给搭进去了呢?

五

每周星期五的下午,最后一节是美术课。

其实许多高中都没有美术课了,因为备考的压力,通常的做法是没用的课程统统让路。但是培诚高中部一直都有美术、音乐和体育。培诚有在省级或全国级才艺表演中拿名次的光荣传统。校长汪敏之出身教育世家,他坚持艺术熏陶是人的成长期不可或缺的一课,还有调剂枯燥和沉闷的作用,不见得会影响学生的学习成绩。

所以培诚不仅有美术课,还有学生自己组织的管弦乐队。同时也是社团组织活跃的原因。

学校的大门是古色古香的琉璃瓦牌坊,迎面是一方陈旧而厚重的壁影,上面写着培诚的校训:至善至诚,培诚至醒。每周一的早上,汪校长都会衣冠整齐地站在壁影前面迎接学生们来上课,风雨不改。

他不能一刻不停地鞠躬,因为腰部有伤痛,发作时还要穿钢背心,他只是微笑,满脸都是"你若安好,便是晴天"的欣慰。他最大的特点是包容无论是学生还是老师的所谓个性，能做到这点相当难得，因为学校和军队一样，是一个客观上消灭个性的地方。

培诚中学创建于一九〇四年，历经学堂、分校等阶段，最终在一九六〇年定名为培诚中学。这座有文化沉淀和传承的学校，自二十世纪八十年代开始，就创造了经久不衰的高考神话，被称作神一样的中学。

汪校长的名言是，死抓学习，孩子会被抓死。而组织能力、指挥能力也要从小培养，我赌的是后劲，是明天。

如果不说这些，断然没有人相信培诚还有美术课。

美术课的老师江渡，瘦高、平头，眼睛像充满星星的宇宙深洞。他的装束永远是深色的休闲裤，上身无论是黑T恤还是格仔衬衫，都是长袖但卷至胳膊肘之上，露出完美的手臂和修长的手指。整个人的感觉是久看尽显深秀。

江老师也不过是二十六岁的年轻人，平时安静、低调、喜欢独处，深受广大的女同学喜爱。当然，崖嫣也是其中之一。

这一天的周五下午，是美术欣赏课《印象主义绘画》，上课前夕，同学们在德彪西的《月光曲》中进入教室。这就是典型的江渡风格，他会带着录放机到课室里来，讲台会擦拭一新，课本和教案绝对干干净净。有同学笑称他这是行为艺术，告诉我们学会欣赏现代绘画的重要性。

江老师还自打幻灯片，在一系列的名画中问同学们最喜欢哪一幅？为什么？最后才众星捧月一般地推出法国画家莫奈的风景画《印象·日出》，然后讲解此画以阳光和色彩为主角，借助光与色的变幻来表现作者从一个飞逝的瞬间所捕捉到的印象，从而成为印象派的代表画家。

他备课的认真程度让人匪夷所思，都什么年代了？如果不聊房子车子，至少也应该对时尚八卦有点兴趣，谁还有心情提升修养欣赏名画？只有他恪尽职守，没有野心，讲课时眉飞色舞，并不大管学生，有人打瞌睡或者做数学作业他也熟视无睹。

以往，江老师的写生课也是别开生面，他说这不是简单的对景绘图，不是看到什么画什么，也不是画得像不像的问题，重要的是生活体验，是和自然景观对话。所以他规定写生过程中"全程禁语"，只用心灵去感受大自然给予的美妙与灵性。那一次的写生是在华南植物园画水杉，崖嫣也不是没有一点绘画天分，她画的水杉倒是比现实中的更安静、更深沉。

当时江老师走到她身后的时候，停留了一分多钟，什么也没说就走开了，但是崖嫣觉得那一片刻时间漫长，令她好不自在，而且全身发热，额头冒出了细小的汗珠，后脖颈大概比脸还红吧。

这种异样的感觉让她又惊慌又羞愧，甚至有点憎恨自己。

下课的铃声响了,很奇怪,每一次江老师的美术课,崖嫣都觉得光阴似箭,稍稍恍惚了一下,课程就结束了。

同学们潮水一般地涌出课室,崖嫣还在慢吞吞地收拾书包。这时她看见张豆崩夹着一本精美的画册走上讲台,一边哗啦啦地翻着画册,一边跟江老师兴高采烈地讨论着什么,因为离得有点远,听不到他们聊的内容,但肯定跟课程有关,而且画册的封面是莫奈的另一幅名作《卢昂大教堂》,因为刚才在幻灯中出现过,令人印象深刻。

看得出来,江渡非常高兴,也在滔滔不绝地说着什么,他是那种说到自己的专业就话多的人,平时似乎又沉默不语。

崖嫣其实从心底里面羡慕张豆崩,她不但聪明而且热情,有着润滑剂一般的性格,无论是扮酷的人还是自卑的人都可以感受到她的暖意,这一切又自然天成,不加修饰。

她真是少有的受欢迎。

在高二(2)班,崖嫣至少发现有两个男同学喜欢豆崩。一个是"王行长",王行长的本名叫王火牛,因为他爸爸是银行行长,比较有派头,所以大伙管他叫王行长。还有一个就是"筷子",筷子的本名叫李瓦特,瘦成一道闪电,喜欢说"拿得起放得下"。张豆崩说,拿得起放得下那是筷子,人当然都是要纠结的。所以她们两个人背地里管李瓦特叫筷子。

说到喜欢，当然也没有什么大动作，只是一种感觉。

比如王行长借文具，明明离崖嫣更近一些，但他会越过崖嫣，在豆崩的文具盒里乱翻。豆崩正好扭头跟后座的同学说话，回身瞪了王行长一眼，王行长就像得了奖牌一样高兴得要命。

李瓦特的目标是考上北航，不是因为喜欢，而是因为听说很难：实变函数、泛函分析、微分方程是三大天书，可以把人学倒挂。直接把他刺激得跃跃欲试。这个家伙因为数学好傲视群雄，问他一道数学题就装聋，半天不吭气，要不就解释得飞快根本不知道他在说什么。但是崖嫣发现，如果是张豆崩问他数学题，他就痛快得多。

美术课，张豆崩为什么准备得那么充足？好像也备课了一样。难道豆崩也喜欢江老师吗？

看着他们两个人有说有笑地离开了教室，崖嫣有一点点失落和沮丧，若论她跟江渡的关系，那还真是"全程禁语"，他们至今都没有单独说过一句话。

第二章

一

张豆崩过生日那天,她和崖嫣在地铁站分手之后,便乘了四站地铁,出站后沿着江边要走上一段。这时天已经全部黑了,沿江两岸的灯光五颜六色,近处的树上挂满了"滴水灯管",仿佛暗夜流泪不止。

远远的,豆崩看到了铂金水岸,这是一幢看上去泰然处之的公寓楼,楼体闪耀着淡紫色的光芒,这在世俗化的沿江灯火中还算独树一帜,有一种沉着而神秘的风采。

公寓里有自己的酒吧,讲究的玻璃屋顶,白天阳光辉映,夜晚星光点点。若是不想把客人带回家,便可以在此了结公事。

公寓也有自己的健身中心和三百六十度江景恒温游泳池,外加水疗中心。

母亲总是说,选择高级公寓绝对是理性的选择,因为它是都市精华所在,是人才、金钱、智慧和机会的汇集地。只有土包子才住那种单薄又简易的别墅,那是平民最急于实现的梦想。如果没有足够的财力,住别墅的人自己就像个管家或仆人。他们忽略了专业的管理和一流的公共设施,只有高级公寓能够给你贴心的服务和所谓的安全感。

豆崩是崇拜母亲的,母亲是模特出身,后来创办了自己的人力资源公司,美丽而富有。只可惜她太忙了,平时都不在家,在家也是请客吃饭——应该算作工作的一部分。

平时她最常见的就是管家和保姆,早上离家去上学的时候,没有任何人提起她的生日,估计母亲是忘了。不过还好有崖嫣,陪她过了一个"六倍辣"的生日,还送给她喜欢的挂件,这让她很开心了。她为什么选择一只旧靴子的挂件?那是她对父亲最顽强的记忆。可能是年纪小个子矮,她最记得父亲牵着她的手,而她能看到的就是父亲的鞋子而已。

铂金公寓的底层没有大堂,而是开阔的中空式空间,由一条回廊引领着通向电梯间,回廊的两侧均有相同比例的延伸地,每一处都自成一个相对独立的景观,有阔椅、茶几,或者石桌石凳,都是素雅别致的风格,下面则是清澈的水池,几尾金鱼悠然游荡。

当然这一切豆崩早已熟视无睹,她闷着头直奔电梯间的方向。

这时她听见有人喊她的名字。

回廊里仅有柔和的光线，转头之间，她看到一个高大的身影。"爸。"豆崩脱口而出，由于实在意外，内心不免一阵狂喜，早已向父亲扑了过去。但事实是她只是快步地向他走去。

豆崩五岁的时候父母离异；七岁，父亲再婚；九岁，她有了同父异母的弟弟。所以在她的心目中，父亲就像手中开始融化的冰激凌，从全部到二分之一，再到三分之一，四分之一，总有一天会慢慢消失吧。

随着年龄的增长，豆崩越来越爱父亲，然而不是全部拥有，看上去他们之间似乎是越来越客气了。

豆崩的父亲张箭，在体育学院的康复系当老师，他身体健壮，皮肤呈棕色，虽已不显得年轻，但神情安静平和。见到快步来到眼前的女儿，他的笑容格外温暖慈爱。

"我刚从兰州出差回来，先过来看看你。"他笑着说道。

豆崩的确感觉到父亲风尘仆仆，右手边还有一个拉杆箱。

她只是"哦"了一声。这样的见面真是平淡无奇啊。

这时父亲张开手臂："我可以抱抱你吗？"

豆崩和父亲轻轻地拥抱，父亲在她的耳边说道："生日快乐！"

她的内心顿时泪如雨下，很想紧紧地抱住父亲哭出来，不为什么，就是感动，或者喜极而泣。因为父亲知道她什么都不缺，只盼望着这轻轻一抱。所以说他是爱她的，这非常宝贵。

但她还是轻轻地离开父亲的怀抱，微低着头，始终保持着微笑，还对父亲说道："你身上都是火车味，赶紧回家吧。"

父亲又问了一些极其家常的话，例如吃饭没有之类的，豆崩一一作答。说这一切的时候，他们坐在回廊延伸的小景观里，是最普通的父女相见，同时豆崩也是父亲前世的小情人，她挨着父亲坐在阔椅上。这种椅子是废船木做的，像单人床那么大，茶几也是笨笨的比一般的桌子还大。豆崩感受着父亲久违的特有的气息，深深地陶醉其中。

豆崩的母亲叫尹野晴，她跟张箭是高中同学，按理说这一段情感根基牢固。尹野晴漂亮、出挑，追求者众多，就是因为张箭少年老成，以特别沉着的特质吸引了野晴，而且张箭还非常聪明，功课永远都在年级前三，素有"神童"之称。这样的先天优势，令他们一时间爱得天昏地暗。

真的是好爱，读你千遍也不倦。

然而永远没多远，彩云易散琉璃脆。

结婚，生孩子都顺理成章，问题出在后面，渐渐地，时代的发展像发了疯的火车头，失去控制地一路狂奔，相映生辉的是野晴的野心也越来越大，目标所指简单明确，就是发财。

野晴开始是跟别人合伙做公司，慢慢摸出门道。人力资源方面的生意，说白了就是要有一张人脉关系的大网，各色人等出出进进，国门要像自家客厅的门一样随心所欲，这不是一件容易的事。或者说必须结交权贵，与外事办公室的官员有良性互动，还要有大项目的客源，总之上至政府、银行，下至急待输出的劳务人员，通通都要打交道。

这对于一个女人来说，无疑是艰难的抉择。

然而此时的张箭依旧安然若素，在体育学院研究他的半月板撕裂、跟腱炎、压缩伤什么的。按照野晴的计划，她先是劝说张箭跟她一起干，张箭当然不肯，两个人之间爆发了前所未有的分歧。野晴觉得张箭的工作毫无意义，她发出了振聋发聩的声音："难道你就没有梦想吗？在这样一个时代，你不觉得这是一种退缩和逃避吗？你要被这个时代无情地淘汰吗？"这让一向平和的张箭非常恼火，他说："我讨厌四处应酬的生活，讨厌那种灯红酒绿掩盖之下的卑微，这和时代没有关系，也请你尊重我的工作和选择。"

野晴没有办法，只好孤军作战。在她的字典里不能有失败二字。

但她需要装备自己，有许多场合，如果你一身寒酸地混入其中，结果就跟餐厅里端盘子的服务员一样，不会给人留下丁点印象。于是她开始贷款买名表名包，还有精美的华服，这让本以为可以与她和平共处的张箭很不以为然。他质问妻子:"你有必要这样吗?"野晴平静地说:"富人的行列是挤进去的,不会有人铺着红地毯请我们过去。"没有行头和战衣,戏,根本唱不下去。这话是她后来跟豆崩说的,她跟豆崩解释父亲为什么不理解她。

张箭觉得野晴疯了,分期付款房子或车子这还可以理解,但是分期付款奢侈品,他闻所未闻。

尤其是在深夜,野晴接到喝醉酒的官员的电话,要与她谈心或者痛说内心的积怨,野晴必定前往,同样要淡扫蛾眉,名牌加身,成为美丽而且乖巧的听众。什么也不会发生。这是野晴的理论,人家有头有脸,想干什么自有人送上门,难道还强奸谁不成?

这还不是送上门吗?这是张箭的结论。

关系都是一天一天、一件事一件事积累的,只有毁掉关系的事可以在瞬间完成。野晴承认自己得到关照。

为此,张箭非常痛苦,他说:"没有人看着老婆跟应召女郎似的生活还能太平无事。"野晴说:"每一行都有应召的一面,就跟演员接通告一样,你嫌活累钱少,身后还有人排队,包括老板、明星、官员,谁想成功都没那么容易,地狱还有地下室。"

两个人大吵不止。

最终,尹野晴到北京去读了MBA(工商管理硕士),居然在那里认识了几个南方的富豪,在他们的资助下,她成立了自己的人力资源公司。

这是初始的胜利，也是婚姻的末路。

那时候，他们的小公司已经开始赚钱了，但是张箭选择了离开，他搬到体育学院去住了，两年之后认识了同是体育学院资料室的小陈，从此再婚、生子，岁月静好。小陈对豆崩也不错，非常接纳她。

所以，在张豆崩的世界里，父亲是她的偶像，如果说母亲是已经冲出战壕的战士，父亲则是一块沉默的阵地，一座任由风浪拍打仍旧无言的岛屿。

她真的很爱他们。

二

刚一进屋，扑面而来的就是一股浓重的羊膻气味，还有就是孜然和羊膻相互斗争最终又相濡以沫的复杂气味。豆崩下意识地揉了揉鼻子。

她本来想说我回来了，可是没有说，因为根本没有人注意她。家里在请客，所有的人都在厨房和客厅之间忙碌，没有人跟她搭讪。通常豆崩也是不去客厅的，但会到厨房里去看热闹。

厨房里有一个大师傅围着白围裙，戴着白帽子，正在做烤羊排，一边还要指导一个保姆包黄馍馍。师傅的神情既骄傲又内敛，超有气势的。

"是做西北菜吗？"豆崩问道。

大师傅扫了她一眼，有点奇怪道："看出来了？"

岛台上放着牛大骨、大盘鸡、大盘风干鱼什么的，还有馕和杂粮筐,作料尽是些花椒、茴香、大料、托县辣椒,还有做好的油泼辣子,刀削面的面团也都醒好了。这味道,这阵容,傻瓜也能看出来吧。

但是豆崩只说了一句:"这黄馍馍不是《舌尖上的中国》里的吗?"

大师傅没说什么,只是笑了笑,然后把烤羊排上盘,香味四溢。

家里请过五星级酒店的法国厨师,请过会做鲍鱼的粤菜名厨,但从未请人来做过西北菜,估计是今晚请的客人里有西北人,母亲希望他能吃到正宗的家乡味。豆崩想象着家里的英国陶瓷餐具盛着乡土的美食,还真够混搭呢。

"若论成功,"母亲最爱说的就是这句话,"首先要致敬的就是我的厨房,为我立下了汗马功劳。"她认为,无论是什么人,只要是看到并且享用如此费尽心机的美食,都会隆重地感觉到被重视,自我感觉非常了不起,帝王风范,九五至尊。这种感觉也会上瘾,它和商务宴请完全不同,再高级的商宴都掩盖不了浓重的铜臭气。而只要是正常人,都会被繁复和周折所深深打动,原来我是这么重要的人啊。心理距离一下就拉近了,积累到一定程度,客人反而会主动希望为你做点什么,以求得一种心理平衡。

客厅里传来酒杯碰撞和嬉笑喧哗的声音,动静之大,显示出宾主尽欢。豆崩这样想。

西北菜的饭后甜点是自制的酸奶,豆崩没有什么观摩的兴趣,便直接去了顶楼天台。当时母亲选择最高一层,也是为了这个大露台。

是目前最时尚的"绿屋顶",都市的地面寸土寸金,只要有插针之地,开发商也会建筑一座"握手楼"。所以既要享受公寓的周到,又要享受田园的景致,几乎是不可能完成的任务。然而都什么时代了,任何困难也难不倒我们土生土长,经历过原始资本积累的暴发户,奢华的绿屋顶应运而生。

就跟公园一样,绿色的进口草坪,稀珍的花木,品茶的凉亭,水池里养着金钱龟。小区的花工每周上来做保养,一切植物都修剪得非常专业,跟有钱师奶刚从理发馆出来的情形相似。

草坪上有一张深绿色的帐篷,当然是张豆崩的专利,帐篷里有睡袋,她定时钻到里面过夜,因为目标是考上北大然后直奔山鹰社,这样就必须对自己进行适应性训练。露台的音响里也是豆崩自己录制的暴风雪的声音,大风大雨,呼啸沧桑;偶尔才是流水和鸟鸣的声音,然后在心中想象着雪山或森林。

母亲应该更希望她成为一位绝世淑女,可是她对小黑裙、红底高跟鞋、香奈尔5号女士香水根本就不感兴趣。帐篷旁边巨大的登山包里,是她热爱的垃圾零食,还有《中国国家地理》杂志,以及各种限量版的精美画册。

眼下，豆崩躺进帐篷里，开始把刚才与父亲的见面重温一遍，尽享余温。她闭着眼睛，嘴角挂着一丝笑意。

为什么永恒都只在瞬间？她甚至有点怀疑刚才和父亲的相拥一刻是否的确发生过？以往过生日，父亲给她寄过卡片，也在学校门口等过她，吃过麦当劳，收到过老土的文具做礼物。电脑、手机普及以后，一般都是发邮件或短信。这一次，父亲说，你都十七岁了，是成人礼，一定要当面祝福，而且，我的女儿是最棒的。

他从来没有进过铂金水岸的家，对高级公寓底层的铺排毫无感觉，或者是不以为然吧。那种可爱的顽固，她身上也有。

今天的堂上作文，豆崩写的是十四岁的时候跟父亲一块去爬三清山。途中她的脚扭伤了，父亲背着她下山，这种韩剧桥段一样的做作场景，居然真实地发生在她的身上，应该是最后一次跟父亲亲密接触，她趴在父亲的背上流下了和金喜善一样豆大的泪珠。

同样，她不会在作文里提到父母离异。在这个问题上她跟崖嫣高度一致，没有必要把内心的痛苦和焦虑拿出来展览，生活之路，从来都是自己做主，既然我们从小受的是不能输的教育，那就只张扬个性，但绝不叛逆。

不知过了多长时间，豆崩闻到一股玫瑰精油特有的香气，她睁开眼睛，果然听见母亲的声音："你睡了吗？"

露台上的灯全部亮着，温馨但并不耀眼。

豆崩从帐篷里钻出来,看见母亲披散着头发,裹着一件明亮的蔚蓝色的柔软的丝质睡袍出现在她的面前,睡袍上开着稀稀落落的小粉花,妖娆并且撩人。通常母亲会把水疗馆的技师请到家里来给她按摩。看见豆崩,便以慵懒的姿态从腋下拿出一本画册递给豆崩。

"生日快乐!"她说。

豆崩接过画册,是一本法文版的《金牌金奖法式甜点揭秘》的珍藏本,纸张的考究和印刷的精良根本是国内见不到的,而且这种没人会买的高价书肯定要想方设法预订。"谢谢。"她对母亲由衷地说道,"我非常喜欢。"

"你爸爸送了你什么?"

"一个拥抱。"

"拥抱?怎么……抱?"

"刚才在楼下见到他,他刚出差回来。"豆崩还有些回味无穷。

母亲沉默了半秒,平淡地说道:"他还是这个样子,好像有关物质的一切都亵渎了他的情感。"

"都是惊喜。"豆崩用微笑安慰母亲。

母亲用鼻子哼了一声,然后在一张爱马仕的折叠躺椅上坐下,椅面是招牌"马鞍针法"绷制的皮条。这种椅子,也只有母亲会买,别人拎着包包满街走,只有她,美其名曰爱自己。

她点燃一支细长的薄荷烟,深深地吸了一口。

即使没有强光,她的鱼尾纹也难以掩饰,卸了装的面部皮肤十分黯哑。但在豆崩的眼中，母亲依旧是最优雅的，就因为她的从容和气场，她就是有一种让人无法拒绝的气质。

她知道她累了，这样的家宴，绵密的心思深藏不露，但是功夫和细节一样不能减，少则三天，多则一周。包括擦手的毛巾，洗手间的鲜花，走廊里的气味，都和菜式与心情有着奇妙的搭配。而这种社交方式就像永不落幕的嘉年华派对，首尾相接。想到父亲简单而灿烂的笑容，那种把缤纷世界抛至脑后的气度，豆崩忍不住说道："你真的不烦吗？"

"当然烦。"母亲眯着眼睛吐出一缕白烟。

"那干吗还要过这种生活？"

"哪种？每个人都只有一种生活，要么过，要么死。"她总是淡淡地说出惊人之语。

豆崩还是太年轻了，她承认心底一愣，但又无话可说。

母亲挥了挥手，仿佛希望赶走即时的疲惫，也不想继续评价这种不得不烦的生活。"我累了，去睡了，你随便吧。"说完，打着哈欠下楼去了。

她的性情就是这么漠然、硬朗、极少抱怨、不相信眼泪，跟这个伟大的时代非常匹配。

记忆中只有一次，也就是豆崩在七岁的时候，有一天傍晚，从吃晚饭开始，整整一个晚上，母亲没有说一句话。睡前，还流了泪，看着呆呆望着她的豆崩，她只轻轻说了一句，你爸爸他又结婚了。

她一直都记得那个伤感而又悲情的夜晚。

三

上午的语文课，兰老师先是讲评作文。

兰老师念了几位同学的范文片段，其中就有豆崩的作文，认为对父亲的感情真实可信，虽然行文朴素，但也同样感人。还专门说了豆崩上山前，父亲给她系鞋带的细节，说好的细节会令整篇文章生动起来。同时她也指出了部分同学作文的问题，比如干巴和说教等。

豆崩内心五味杂陈，一方面受表扬总是高兴的，但是另一方面，父母亲早就不在一起生活了，令她心中有一种无以言说的痛苦。

作文讲评完之后，兰老师从讲台下面拿出了一个透明的有机玻璃的捐款箱，她把捐款箱放上讲台，还没有开口，下面已经有同学叽叽喳喳开始议论了。其实这件事情早有铺垫，大伙并不陌生。那就是几天前，初中部有一位女同学患了急性白血病，而她的父母亲都已经下岗了，家里根本负担不起她的治疗和手术费用，于是向全校同学倡议，发起一个献爱心的募捐活动。

由于校长带头捐款，各班同学也都踊跃响应。

动员会阶段，兰老师就提出一个建议，她说同学们都不挣钱，回家伸手要钱捐款会引起家长反感，而且没有牺牲个人利益的体验。她要求同学们无论捐多捐少，要么是自己的压岁钱，要么是自己买耐克或者买苹果手机的钱，或者自己收废品或者打零工的钱，总之一条就是不能手板向上管父母要钱。她的建议得到全班同学的认可。而且每个人都要说出钱的来源。

雷厉风行的同学，有的跑到谊园文具批发中心批圆珠笔拿到班上来卖，有的拿着吉他晚上在二沙岛沿江一侧边弹边唱，也有到超市或小食店打零工的，但其实收效甚微，挣不到几个钱。

豆崩和崖嫣商量，两个人连夜做了蛋糕挂在网上卖，根本无人问津。

当初想到这个点子还有点洋洋自得，一搜才知道网购蛋糕的火爆程度是她们想象中的一万倍，上传的图片五花八门，应有尽有。像彩虹蛋糕、白雪公主、芒果流心等明星产品，还不提供送货上门服务，只在地铁沿线交接或自提，仍旧被粉丝追捧。而她们的菜鸟蛋糕，挂上去简直就是丢丑。

问管家和保姆，他们明确表示：白给，还行，用钱买，那就算了。

豆崩还好，她的确有压岁钱，零花钱也不少。但她知道崖嫣没什么钱，而且崖嫣性格要强，绝对不会接受她的支援。难道要崖嫣在众人面前承认，钱是跟张同学要的？崖嫣倒是表示，她捐早餐费。

说起西点，崖嫣爱做不爱吃。她每天的早餐都是粥粉面，百吃不厌。这次只好饿肚子了。

想到这里,豆崩举手示意。兰老师问她有什么意见?

张豆崩站起身来说道:"我觉得捐款箱应该是不透明的,捐多少也是个人的隐私,否则家庭条件不宽裕、捐得少的同学会有压力。"

其实张豆崩是这样想的,她可以捐一千元,十分愿意帮助患白血病的同学,可她不想让人知道自己的个人信息,更不能疑似富二代,这样有可能暴露她来自破碎家庭,坚决不可以。而崖嫣捐得少,她只想捐五十元,差不多一个礼拜不吃早餐还能挺住,可是崖嫣爱面子,暗捐会比较好。

关于明捐还是暗捐,豆崩的意见一石激起千层浪,教室立即变成小鸟天堂。筷子认为豆崩说得对,他说别人捐耐克、苹果,有的同学只能捐馒头咸菜,会产生自卑心理,献爱心活动就会变味。

但是王行长认为应该明捐,他的意思是捐得多就是光荣,如果不让露脸,大家都会往少里捐,反正又看不见,关键是捐得太少帮助不了患白血病的同学。有同学帮腔说,高二(1)班就暗捐了一次,钱少得不像话,只好又明捐了一次,才算说得过去。

争论的整个过程,兰老师一言不发。

最终意见还是严重分歧,兰老师说那就投票表决,结果有三分之二的同学同意明捐。豆崩也无可奈何。

于是,豆崩捐了两百,崖嫣也捐了两百。

众目睽睽之下,总要有红色的百元大钞掉进捐款箱里。这是崖嫣的解释。这说明她一个月没早餐吃。

王行长捐了一个游戏机。还把压岁钱拿出来放贷，有若干同学在他那里低息贷款或借三角债，反正会打零工慢慢还给他。他拿个小本子记账，还对豆崩说："我可以借给你和崖嫣早餐费，免息的。"

豆崩白了他一眼，表示不需要。

筷子也捐了两百，是他在网上帮人做暑假作业挣的，他说本来是准备存钱买"爱疯"的，但也只好拿得起放得下。也有从不做家务的同学要在家洗碗半年，从父母手上挣钱捐款。

四

没早餐吃，还真的很饿。

崖嫣的意思是，我们当着全班人的面说了不吃早餐，偷吃会很丢脸。还好王行长是大胃王，课间操过后就开始饿，他跑到校门口的小店去买包子，还不是有钱就能买到的，因为被学生挤得水泄不通。他会多买两个给豆崩，豆崩饿得也顾不上气节了，和崖嫣一人一个，三口两口就吃完了。

豆崩开始有一点理解妈妈了，她那么爱钱看来不无道理。没钱就得在现实面前低头，要么饿着，要么受人施舍。

最终没办法，两个人还是跟王行长借了小额贷款。

豆崩坚持不要无息或低息的优惠，她对王行长气哼哼地说:"我按照银行的利息还给你。"王行长笑道:"你什么态度啊?是借钱还是来砸场子的?"

难道还要我对你笑吗?豆崩心想,看我不把钱连本带利地甩到你面前。还真以为自己是行长呢,王胖子王胖子死胖子死胖子胖子胖子……

对她们来说也算是奇耻大辱,所以要挣到钱的欲望像烈火一样在豆崩的心中熊熊燃烧。还是崔嫣心细如丝,她把豆崩的生日礼物——法文版的西点秘笈,在网上翻译成中文,然后到太古汇最贵的超市买原材料。这当然要用豆崩的钱,但是豆崩的意念是:不计血本也要挣到钱,而不是被钱憋死。

两个人躲在家里疯狂地试制,最终发现她们的拿手好戏是做马卡龙。

马卡龙是一种源于法国的小圆形糕饼,外表多彩且味道多元,于活泼轻快之中蕴含沉稳和高贵,代表特征是时尚、美味、品味不凡。源于法国、盛行于日本的马卡龙又被称作"少女的酥胸",兼有浪漫与精致的异国风情,外皮酥脆,内馅柔软,绝对称得上秀外慧中。由于它的制作成本高,自然价格不菲,所以一般的食品商店并不多见。

制作马卡龙,应该说难度最大的是各种食材和口味的协调,用料要非常精准,过甜过干过湿都不行,一是色泽二是口感,差之毫厘失之千里。

废糕饼舍不得丢掉,先一包一包堆着,也有那么多,唯一发愁的是又要四处央求人收下，或者成为垃圾。好在，它比蛋糕的保鲜时间长，崔妈说可以用来招待来学琴的孩子。

豆崩还在淘宝网上淘到轻薄的小木盒，装上彩色的马卡龙，卖相一流。

但是这一回，豆崩决定不把马卡龙挂到网上，直接带到学校，在课间操后许多同学开始像饿狗一样到处觅食时，她推出了"少女的酥胸，免费试吃"。

真的是你们自己做的吗？真的不要钱吗？这是提到最多的两个问题。

张豆崩回答："任何地方买的马卡龙，上面都不可能有一颗胭脂痣，这是我们特意点上的标识。至于要不要钱，你非要给我当然也乐意要。"

虽说世界上没有免费的午餐，但是免费的号召力永远是惊人的。哪怕是拿回家就扔掉的东西，何况是成本高昂的超级美味的马卡龙。豆崩算了一下，完全不计人工、设备，仅仅食材，就要二十七块钱一块。而马卡龙娇小柔弱到入口即化，五秒钟就可以吃完。

比起芝士蛋糕，它的性价比很低，是西饼界的爱马仕。

很快，试吃的人越来越多，也有外班的同学，问你们班有不要钱的色情饼干？还有人来问制作方法，张豆崩说保密。也有人说我能只买盒子吗？当文具盒不错。张豆崩说不行。

废饼干都消耗得差不多了,这有点出人意料,因为口感根本不一致。可见许多人是跟风,未必能够真正领略一款西饼的风采。

崖嫣问道:"咱们还免费吗?"

豆崩做了一个淡定的手势:"这就是饥饿营销术啊,等我们突然不白供了,他们就会想吃,想吃是一种心瘾,他们才会掏钱买啊。像我们家的管家和保姆,永远不会买我们的东西。"

崖嫣点头。

"掏钱这个动作,"豆崩恶狠狠地说,"是谁都不愿意做的。这是个一时冲动的动作,必须把猪养肥再杀。让他们再高兴几天吧。"

崖嫣更是一个劲地点头,眼睛里满是惊叹和佩服。

谁也没想到,正当两个人做着数钱数到手抽筋的春秋大梦时,事情却向着意外的方向发展了。

五

"我们谈谈吧。"兰老师一边说,一边递给豆崩一瓶小樽的矿泉水。

因为是放学时间,教务室里暂时没有人,但是每个老师的桌上都积案如山,也有打开的讲义或课本。包和水杯什么的都在,只是没有人。兰老师的桌前放着一盒马卡龙。

豆崩不记得她有送给兰老师吃,估计是哪个同学拿给她的，而且，应该是今天唯一的话题吧。

她在兰老师办公桌的对面坐下，握住矿泉水瓶，但是没有喝。

兰老师还是以往的那种北方人的直率风格，她说："这个饼干我吃过了，味道还真不错，但是这件事到此为止可以吗？"

"为什么？"豆崩有些不解。

"也没有什么大事，"兰老师故作轻松地说道，"自己动手做饼干赚钱，下次可以捐款，又不用没早餐吃，这我很可以理解，而且应该表扬。但是有人说它是色情饼干啊。"

"但它不是。这您也知道。"

"我知道有什么用？影响不好啊。"

张豆崩不说话，心想你兰老师是会受别人影响的人吗？

兰老师当然是读心术了得的人。她说："好吧，我承认，我看了这个饼干心里很不舒服，少女的酥胸，还免费试吃。中间的红点也让人浮想联翩，我们是女孩子，女孩子还是要矜持一些，传统一些。这就是我的观点。"

张豆崩还是没有说话，但是她的脸涨得通红，而且一只手下意识地紧紧抓住矿泉水瓶，内心里，她觉得无论是别人还是兰老师，都把她给想歪了。

甚至，卖不卖饼干也无所谓，但是那些纵深解读让她很气愤。

兰老师又说："你也不要生气，我们每个人的形象都是靠自我塑造来完成的，我们自己的一言一行就是我们在别人眼中的形象。而且，"她停顿了一下才接着说道，"为白血病的同学捐款本来是件好事，也有报纸报道了这件事，我不希望它演变成一个粉红色事件，那样一来，好事都变味了。"

这不是粉红色事件。不是！豆崩在心里怒吼，但她知道她根本说不过兰老师。兰老师精英意识很强，有一种在云端的理想主义情怀。

少女的酥胸，是糕饼的名字。免费试吃，是营销手段。加在一起怎么会是粉红色事件？该怎么断句连小学生都明白，应该是兰老师自己的问题吧。豆崩越想越委屈，不自觉间，眼泪在眼睛里打转，只差没有掉下来。

这一晚，回到家里，她就开始做马卡龙，做了一晚上。

是逆反，也是发泄。

第二天一早，豆崩把马卡龙装盒，再放到一个黑色的提袋里拿到学校。她的表情，不像是提着一兜甜蜜，倒是一箱炸弹，就是一个把炸弹送到目的地的女特务。但其实她也不知道会怎样，或者说并没有想好怎么做。免费奉送？卖钱？原封不动地提回来？拿到天桥上去"走鬼"？最后这条立马被否，天桥上两毛七一块都卖不出，还要躲城管。

脑袋里一团乱麻。

课间操的时间下起了小雨，淅淅沥沥。不仅在露天操场做不成操，就连跑到大门外买吃的都变成了麻烦。

大伙情不自禁地看着张豆崩的课桌，但是那里没有动静。

雨打窗棂。徐徐的凉意令胃放空的感觉加倍，早饭像没吃过一样。这才是当过学生的人最顽强最生理的记忆。

"看什么看。"豆崩没好气地说道。

"当然不是看你了，今天才最应该请我们吃马卡龙吧。"筷子说道。

"今天没有明天没有后天没有永远都没有了。"豆崩答道。

她说话像崩豆子似的，看见崖嫣对她做了一个淡定的手势。是他妈的要淡定，豆崩趴在课桌上补觉，大脑袋还真沉。

这时她听到王行长的声音："喂，张豆崩，你这不就是断粮销售吗？跟我妈去买LV似的，售货员一说她要的那款没货要排队等，她就要去亲售货员的脚。"大伙笑，王行长很得意，又说，"我好饿，我愿意花钱买马卡龙。"

不等豆崩做出反应，她又听见自己小组的小组长沈辽尖锐的女声："王行长你就别起哄了，马卡龙的事影响不好。"

这时正巧有几个外班的同学走进来，理直气壮地问为什么今天没有色情饼干派送？算是最好的佐证。

沈辽的语气，就是一个小兰老师。

豆崩二话没说，懒洋洋地站起身来，提起课桌下的黑色手提袋，走到王行长的面前，她把提袋放在王行长的课桌上："团购价两百块。"

"成交。"王行长说完，自己先打开包吃起来了。

同学们都向王行长涌去，吵成一锅粥。

豆崩斜了沈辽一眼，就知道她会去告状。

像沈辽这样的小组长，全班共有七个。他们之间有一组循环日记，分别为赤橙黄绿青蓝紫七个颜色，严格的说是周记，每个小组长按照时间轮替交给兰老师，至于内容，除了本人以外就只有兰老师能看到。据说周记的内容都是对班集体的针砭时弊，怪不得兰老师既有千里眼，又有顺风耳。班集体又不会闹不团结。不过张豆崩心里却不以为然，认为那就是变相的小报告。

六

星期四的下午，天气少有的晴好，就是那种随便干什么都会心情愉快的天气，南方少有这种因干燥而凉爽的感觉，大概是台风刚过的关系吧。

兰老师在课堂上说提前一个半小时放学，然后又打手势示意大家不要欢呼得太早了，她说道："单亲家庭的子女留下来。"她低着头，一边整理教案一边说。声音不高不低，还有一点不为人察的随意。而同学们似乎也只是短短几秒钟的一愣,马上,有的人坐下来,而有的人提着书包走了。似乎是,也没有什么惊天动地的不妥。

然而对崖嫣来说,却如同一声惊雷。或者说这句话非常刺耳,甚至简直是让她生理上都感觉不适。

这时兰老师抬起头来,神色安详,但是双眼目光如炬,像X光透视机一样洞察着留下来的每一位同学。崖嫣意识到,《给父亲的一封信》其实就是一份单亲调查表,兰老师就像一位专门破解秘密的先知,脸上挂着一丝颇有成就感的微笑。

崖嫣的脸色木木的,幸好感觉有人拍了她一下,回过头来,自然是豆崩,约她一块放学,只淡淡说了一句:"走吧。"她顿时得救一般地站起身来,胡乱地收拾书包,恨不得在一秒钟之内离开。

但是兰老师叫住了她。

兰老师走过来,满脸慈悲地说道:"崖嫣,留下来吧。"

崖嫣的心里一万个不解,她这次的作文评语是:"立意不错,但是只有骨架没有血肉,文字干巴。"就是这么几个字而已。

三个人就这么站着,有一点点僵持,崖嫣没有说话,豆崩也没有说话。她们看着兰老师,兰老师也看着她们。但是她们知道兰老师的厉害,不敢轻易发声,犹如三个人的心战。果然,兰老师压低嗓音说了一句:"崖嫣，留下吧，我去家访过了。"

似乎是怕她说出必然会被揭穿的谎言，只会让她更丢脸。所以兰老师及时亮出了底牌，保全了彼此表面上的平和。

这才是五雷轰顶，兰老师去过她家？崖嫣竟然一点都不知道，母亲提都没提，但是不用说，母亲肯定是竹筒倒豆子一样把家事晾了一个通透。这就是母亲，心思简单，还以这种简单为荣。

崖嫣突然有一种被当众剥掉衣服的耻辱感。她脸色苍白，默默走回自己的座位。有气无力地坐下之后，这才想起豆崩，见她在门口呆立，一直望着她，一旦目光相遇，她做了一个淡定的手势。崖嫣微微点头。她其实好羡慕豆崩，因为马卡龙的事，豆崩的父亲张箭被请到学校。张豆崩在学校填任何表格，都只留父亲的手机。豆崩的解释是和父亲有着天然的默契。

张箭和兰老师在教务室相谈甚欢，但是他什么都没说，尤其是家庭信息。而且还成功地化干戈为玉帛。回家就给豆崩打了电话，叫她们两个女孩子到他供职的体院资料室，在现任夫人小陈阿姨那里，总有需要输录的资料，简单说就是打字，按页付费。

虽然钱不多，但是还上王行长的贷款还是遥遥有期的。

直到这时，张箭才和颜悦色地对豆崩说："还是不要做马卡龙了，兰老师是对的，对于道德的敬畏感必须从小培养，她是一个负责任的好老师。"

所以，像兰老师这种像特工组长一样精明、干练的人，也没有觉察出张豆崩家的蛛丝马迹。

此时，教室里响起一阵噼噼叭叭的鼓掌声打断了崖嫣的思绪。她望向讲台，只见兰老师正在给大家介绍一位长着"大众爸爸脸"的男人，说这位专家是曾经在美国哈佛大学攻读儿童发展心理学的博士，目前是青少年心理辅导研究所的主任。这次讲座的课题是《你永远不会独行》。

崖嫣也承认，她对这个大众爸爸脸的男人并无恶感，而且坐在下面的同学数量表明，全班有三分之一的同学来自单亲家庭。这个比例无论如何还是让崖嫣在心里暗自吃了一惊。

不过看大家的表情，似乎天下太平。

然而崖嫣的心情依然是糟透了，她讨厌这种强权之爱，这种以爱的名义对人的划分，然后被要求接受这种精心奉献的爱。

就像当年的励志班，班上的同学变成贫穷的标签。甚至连笑的权利都被剥夺了，因为只有表现出与年龄不符的沧桑和沉重，似乎才配接受人们的善款和资助。结果近两年来，培诚中学竟然也招不到励志班的学生，可见承受爱的人压力有多么大。

缺失和贫穷虽说不是"红字"，需要遮蔽和掩盖，但更不是光环。为什么有那么多人喜欢大张旗鼓地把我们拿出来陈列？包括与众不同的兰老师也未能幸免。崖嫣悲哀地想。

七

回到家时，自然天色已晚。虽然崖嫣内心里火大，但还是吃了母亲留给她的晚餐，是炒土豆丝、一个叶子菜和一个煎蛋。吃完之后洗碗，又把母亲的中药煮上。这才坐在自己的房间里歪着头想想心事。

她房间里的墙上，有一幅她自己画的画，算是自画像吧，一个瘦弱的女孩牵着白云的手在天际翱翔。女孩非常快乐，白云非常写意。这张图画的红色木框是崖嫣在宜家买的，简单而且便宜。有关这幅画，崖嫣一直以为只有她自己看得明白，母亲其实是个粗枝大叶的人，某个位置似乎有幅画她都会不记得，没有了她也不会提及，她做事很认真，但是神情一直是恍惚和不确定的。

但是今天，崖嫣看到这幅画，首先她坚信兰老师家访时，不只坐在客厅，一定进过她的房间。其次，兰老师一定看明白了这幅画——当她回想起兰老师下午挽留她时的眼神，她深信自己的判断准确无误。

是的，画中的白云是一个男人的轮廓，一个威武雄壮的父亲的轮廓。这是她十岁的时候画的：向往，但不知道他的样子。

女孩子最不喜欢的就是别人看透了自己的心事，并且还要揭穿它。

听到客厅传来的一声门响,崔嫣知道学琴的孩子走了,她便快步来到客厅质问母亲:"妈,兰老师来家访的事你为什么没告诉我?"

母亲愣了一下,的确是在回忆,然后只是"噢"了一声。

她茫然地看着崔嫣,意思是,那又怎样?

"你干吗要跟她说我们家的事。"崔嫣不高兴地说道。

母亲的神情还是呆呆的,她不解地反问道:"我们家有什么事?"

"她去了我房间吧?"

"是啊,也去了我的房间。她说我可以参观一下吗?我能怎么办?"

"那你也可以什么都不说。"

"她看到我的床上只有一个枕头,洗手间里除了你的卡通牙刷就只有一把牙刷,话题就从这里开始了。"

崔嫣翻了个白眼,气哼哼地说道:"特务。"

母亲奇道:"你怎么能这么说你的老师呢?我对她的印象很好,待人正直、诚恳,我们又是同代人,聊了很多心里话。"

崔嫣叹道:"妈,拜托你不要跟陌生人说话,而且还说心里话。"

母亲瞪大眼睛,半晌才道:"兰老师对你不好吗?"

就连崔嫣自己都没想到,她突然就爆发了,对着母亲嚷嚷起来:"我不跟你说了,反正跟你永远也说不清楚。"说完转身去了厨房,中药壶在武火的威力下狂沸,药味四溢。崖嫣把它调成文火,但没有马上离开厨房,一直盯着药壶发呆,内心开始厌倦这样的生活。

好一会儿,她听见母亲跟进厨房,冲着她的后背说道:"你冲我喊什么?"停了一下她又说道,"就算是单亲家庭我让你受委屈了吗?还是我做了什么事让你觉得很丢脸?我都不知道你在气什么?"

崖嫣不说话,眼泪奔涌而下。本来她想说我不是这个意思,但最终什么都不想说了。总之没有默契,说什么都不对。

但是身后的母亲不依不饶,依旧数落道:"我哪点对不起你?你说出来。我要上班,还要教琴,从来不进美容院,不买时装和化妆品,我这么做是为了谁?我告诉你林崖嫣,全世界的人都可以对我喊,但是你不行,就是不行。"

母亲是个情绪容易失控的人,她不是那种坚强的妈妈,反而内心脆弱,生存状态犹如在跟什么人赌气,而且这口气真够长的。所以看似辛辛苦苦任劳任怨,但其实受不得半点委屈。

不过母亲一发火,崖嫣反而冷静下来,她转过头去看着母亲,根本不跟她讨论美容院和化妆品的事,更不会跑到母亲面前跟她抱头痛哭。省省吧,这是她最讨厌的戏码。

她只是严肃地说道:"你把我爸爸的事也告诉兰老师了吧?"

这话让母亲哑然,而且目光也不再跟她对视。

"我就知道是这样。"崖嫣冷笑道,"全世界的人都是你的亲人,唯独我不是。你能不能咱们家的事只在家里讲,别跟外人说?"

母亲火道:"我们家里还有别人吗?你都没发育,像个六年级的小学生,感情上的事我跟你说得着吗?说得明白吗?"

那就憋在心里烂掉也不要跟别人说,这本来是崖嫣脱口想说的话,她还想说,我就是不想让别人知道我是单亲家庭不可以吗?这个愿望太小了吧?小得像尘土一样,无关任何人的痛痒。但是她统统没有说出来。因为她看到母亲眼中有泪,并且有无法言说的苦衷。

见她默不作声,母亲才以暂时占了上风的心态离开了厨房。

崖嫣也回到自己的房间做作业,但是始终心神不宁。心想不知明天上学其他同学会怎么看她?是同情还是轻视?或是从心里看不起她?但即便他们做出若无其事的样子,她也无从分辨了,肯定跟过去不一样了。

对于今天发生的事,她也始终不能释怀。自以为维持得十分圆满的完美谎言,像肥皂泡一样轻易就破灭了。

差不多晚上十点钟,崖嫣端着热气腾腾的中药走进母亲的房间。显然,母亲也已经平静下来,她好像在清理东西，桌子的抽屉和柜子的门都开着。她看了崖嫣一眼，表情淡淡的仿佛什么事情都没有发生过。

崖嫣放下药碗，母亲把一个红色的小本丢在桌上，之后努一努嘴。崖嫣拿起小红本，见是一个过往的工作证，塑料套上烫着金字，这种工作证属于上个年代，所有的单位都大同小异。现在不同了，是挂在脖子上的电子卡。

崖嫣打开工作证，仿佛打开一本历史书籍，那种感觉有些奇妙。这时她看见一张大一寸的黑白照片，照片并没有泛黄，但仍可以感觉到时间的流逝，是静止的过去。照片是一个年纪尚轻的男子，五官端正，戴一副银丝边的眼镜，嘴巴紧闭给人很牢靠的感觉。工作证是电力公司发的，此人的职务是工程师。

崖嫣问道："这是谁？"

"你爸。"

崖嫣"啊"了一声，因为实在大感意外。

母亲头都没抬，还在抽屉里翻着一些旧盒子旧本子，一边说道："以前把他的东西都处理了，还好剩下这个工作证，不然连个凭证也没有。"

"拜托他又不是东西，而且样子好好。"崖嫣开始仔细端详这个陌生人，他的名字叫黄东明。

"样子好有什么用？他害死我们了。"

"什么情况？"

"就是好赌。又不像电影里演的粗俗恐怖，他是一个斯文的知书达理的赌客,赌牌局、麻将、地下六合彩。总之家里的钱全部搞光,姥姥姥爷也为他还过赌债,每次都痛心疾首,但是戒不掉。只好分开。"

母亲越是平静,崖嫣的心情越是黯然、沉重,这完全不是她脑海中的父亲的形象。她一直以为他们也是感情上出了问题,就像豆崩的爸爸一样,她可以理解他。但其实根本没有相同的故事,所以想象的空间都是骗人的,有多美好就有多失落。

"那他现在在哪里呢?"崖嫣的声音已经明显地没了自信,却又抵挡不住强烈的好奇心。

母亲还是淡淡地叙述,像说别人的故事:"他又结了婚,但是这个毛病根本改不了,最后动了公家的钱,因为他老婆就是会计,所以数额很大,现在还在新疆服刑呢。"

"你说哪里?"

"新疆。"

崖嫣情不自禁地倒吸一口冷气。

母亲叹道:"所以说啊,不想提他总是有不提他的理由。"

不知不觉之间,崖嫣有些泄气,一时间也觉得若是如此,实在是不提也罢。但是这样的情况,有必要告诉兰老师吗?

母亲像是明白崖嫣的心意,她说兰老师是个热情洋溢的人,又一直夸她了不起,能干而且优秀,装扮优雅怀旧，非常欣赏她的气质，这一切都让她当时心里面温暖如春，把兰老师视为知己，话就慢慢多起来，也聊得深了。

"我知道我是一个落伍的人，跟现实完全脱节了，"母亲无不忧伤地说道，"难得碰到一个懂得我的人。"就这样，她停顿了片刻，却没有再说下去。

崖嫣心想，以母亲的智商，自然是特工组长的手下败将。

回到自己的房间，崖嫣靠在床上发了一会儿呆。新疆，不仅没去过，而且没有什么概念，只知道很远，哈密瓜、女的梳很多小辫子跳舞时还动脖子。

崖嫣跳下床，回忆着父亲的样子，上网查新疆到底是怎么一回事。

这天晚上，崖嫣做了一个梦，梦见在一望无际的戈壁滩上飞来了一只大鸟，大鸟在她的头顶盘旋，微微张开的翅膀遮天蔽日。崖嫣下意识地挥舞着双手，但是大鸟始终没有落下来。

大鸟的面部戴着掩饰眼睛和鼻子的面具，在它飞走的一瞬间，她从嘴巴认出了它是父亲。她追逐着大鸟而去。

当天边只剩下美丽的云彩，她开始放声大哭。

第三章

一

一场冷雨之后,天凉了下来。

如今的天气都是这样,气温大跳水,前一天短袖后一天棉袍的情况时有发生,一步入冬的现象还真让人更容易相信世界将进入冰河期的预言。江渡这样想着,一边走在回家的路上。他穿着厚装的运动服外加一个羽绒背心,仍感到一股寒气袭来,不禁把运动服的领子竖了起来。

他的家住在老城区,素日热闹的街道因为连日未停的微雨和寒冷,显得有些冷清。仅有的行人也都步履匆匆。

拐进平洲里,破败的月亮门里面全是旧房子,主色调是黑灰,被阴暗的天空衬得如年代久远的水墨画。江渡就是这样一个人,朋友们评价他是冰海沉船时最后一个小提琴手的现实版。

江渡平时住在学校,他很感激汪校长特批给他一间单身宿舍，汪校长说搞艺术的人最需要的就是空间。而江渡并不是培诚中学教师队伍中的主将，还能有此待遇实在是他的幸运。

逢是星期六下午，江渡便会回家探望父母。

家中一切如常，屋里弥漫着萝卜煲牛杂的特有的香气。母亲例牌在厨房里忙碌，父亲和妹妹不知所终。江渡像以往一样，倚着厨房的门框有一搭无一搭地跟母亲说着闲话。完全没有觉察出这并不是一个寻常的周末。

晚餐的饭桌上也依旧平静，从江渡的眼中望去，母亲刘小贞有着圣母玛丽亚一般的安详，她做的饭菜对江渡来说都是美味佳肴，乐当百吃不厌的骨灰级粉丝。此时她正在盛饭，微低着头，额前有几绺发丝垂落，更让人感到心安。这些年母亲因为操劳犹显憔悴疲惫，但是那份安然若素不只是对他，江渡认为几乎对所有的男人都是有照耀、有力量的。

父亲江渭澜有着一张天然的具备悲悯气质的脸，要说五官包括身材个头都没有什么特殊，江渡也奇怪为什么父亲会有这样一张脸，也许在别人眼里就是普通，但他却有意外的解读。

这张脸不是压抑但绝对隐忍，不是愁苦但一定凝重。不过父亲的目光有时又一往情深，江渡偶尔看到过，但都如雨后的彩虹般瞬间消失。

父亲就是那种有故事的人，尽管什么都不说，看着他也会感动。

妹妹江姜是一个冷漠的小美女。她也读高二，莫名其妙地傲视这个世界和身边所有的人。

饭桌上暂时没有人说话，电视机开着，整点新闻中插播着热情洋溢的广告。父亲夹了一块饱含汁液的牛肚放在江姜的碗里，江姜爱吃牛杂，路边的推车摊位都会光顾。令江渡奇怪的是，江姜毫不犹豫地把牛肚扔回装萝卜牛杂的大碗里，闷头只吃白饭。

父亲愣了片刻，什么也没说，继续吃饭。

江渡忍不住说道："你有病啊。"一边把那块牛肚夹到自己的碗里，吃得津津有味。心想，这家伙的"公主病"又犯了，对于住在平洲里的人来说，可以算是家门不幸了。

母亲像什么事都没发生一样，她给父亲夹了一筷子的水东芥菜，这种菜看上去和吃起来都是清脆爽口。看也没看江姜一眼。

江姜突然"噗"的一声哭了出来。

满嘴肉香的江渡简直被她惊到了，正要腾出嘴来问一句"什么情况"，江姜已经放下筷子跑回她的房间了。

母亲头都没抬地说了一句："吃你的饭。"

于是江渡和父亲就像听到命令一样，继续吃饭。虽然饭桌上的气氛直落至冰点，但是这顿饭还是勉强吃完了。

饭后，父亲悄无声息地走了。

江渡一边帮母亲收拾碗筷，一边问江姜怎么了？母亲平淡道："也没有什么大不了的，我们把饭馆卖了。"

江渡"啊"了一声，手不禁停在半空中，心却一直没底地往下沉，直觉又是父亲那一头出了问题。

一问，果然是。

父亲有一个小型的工程队，到处接工程，工程有大有小，生意有赔有赚。上一次碰到的最大的危机，是一个大工程队发包下来的修路工程，发包人当然把前景分成都说得天花乱坠，就是有一条致命的要害问题是要先垫资开工，父亲当时没有重视这个可怕的黑洞，欢天喜地地开了工，这就如同洗湿了头，洗不洗澡都退不出来了。结果路是修好了，工程款却怎么也要不到，不仅家里贴进去的钱，就连工人的工资和拖欠建材商的款项都没了着落。

当时家里已经买了新房子，三房两厅，自家的装修队精心设计精心施工。甚至连入住的好日子都选定了，江渡还陪着母亲在新房子里煮一大锅沸水，买一个会摇头的电风扇狂吹，俗称入住后会"风生水起"。

江姜若干次跟平洲里的姐妹淘告别再见，她才不想做什么老土的西关小姐，而是要做天河商圈的白领丽人。

结局当然是把新房子直接卖掉还债。

那一次，江姜半年没跟父亲说话。

江渡的损失也不小，谈了一年多的女朋友无疾而终。

母亲曾经劝导他："我知道你心里不好受，可是你爸这个人，他不能欠人家的钱，又不会演跳楼秀。他就是一个认死理的人，赖账、扮戏他都做不出。总之钱去人安乐，又不是没得吃没得住。"当时江渡安慰母亲道："我没什么不好受，也不怨人家女孩子，还是没缘分，架都不吵就分了手，应该跟爸的事没关系。"母亲叹道："幸亏你是个明白人，你看你妹，一脸的讨债相，我都没眼看她那个鬼样子。"

所以说，在江家，江渡才是父母的小棉袄。

如今家里的微型银行就剩这个小饭馆了，取名叫作天天渔港。虽说不是气派的海鲜大酒楼，但也有上下两层，装修是简陋了一些，楼上的桌子椅子都不是统一色调，大小也不同。不过所有的海鲜都在一楼铺开陈列堂卖，即点即做，一眼就可以看到鱼虾是否新鲜，而且价格公道。加上地处老城区属于街坊生意，实在可以说是门庭若市。

这样的旺铺，供几代人出国留学都是没有问题的，傻瓜才会出手。

"难道这一次又是接了垫资的工程吗？"江渡弱弱地问道。

"他哪里还敢垫资？叫他去买半只盐焗鸡他都要伸手跟我要钱。"

"那是你给他的零花钱实在太少了，他哪里够钱买鸡？"家里出状况以后，钱都由母亲管理，从那时开始，江渡的工资也要交给母亲，自己只留一小部分。女朋友无意间得知后，头也不回地走了。

不过家里的大钱怎么花，还是父亲说了算。

"这一次接的工程是资金链断掉了。"母亲停顿了片刻，同时也让江渡感觉到这么专业的名词从母亲嘴里说出来，既有点奇怪又很不真实。母亲继续说道："开发商跳楼过世了。"

"什么意思？出人命了？"江渡问道，他知道母亲忌讳说死这个字。

母亲郑重地点点头。

江渡不觉倒吸了一口冷气，但还是脱口而出："真的假的？"

"哪里会假，你爸都跑去了，说太平间外面全是人，看着又热闹又凄凉。"母亲说到这里，索性将碗筷放下，重新坐回餐桌前的椅子上，"可是活着的人怎么可能一了百了？天冷了，年关将近，好多人等着还钱结账，又是一条大数，到哪里去借？我们也是没有办法啊。要说有感情，天天才是我和你爸用第一桶金从别人手上顶下来的，我们是最舍不得卖的。"

江渡也坐了下来，跟母亲相对无言。

枯坐了一会儿，母亲说道："你去安慰一下你爸吧，我没事。"说完起身继续收拾碗筷。

江渡注意到母亲没提江姜，似乎她唯一担心的就是父亲。母亲对父亲的爱山高水长，没有痕迹。但却是无对错无原则无条件的，无论什么事她都不会说父亲半个不字，天塌下来都是偏袒父亲的。

有心事的时候，父亲会一个人在天台上抽烟。

路过江姜房间的时候，江渡推门进去，见江姜面壁躺在床上，听到门响也不回身，显然还在气头上。

她格外火大的原因是，她一直都在"中国流"棋艺社学围棋，这个棋社的水平不错，若遇到所谓的小天才，可以享受一对一教学，也就是私教。私人教练的好处是老师会根据个人情况制定方案，比较有的放矢，学棋的孩子会有明显的提高。江姜课余时间在这里学围棋，很快被看成苗子，便请了私教，据说进步明显，已达到业余初段的水平。

但是"中国流"是走商业路线的棋社，通俗地说就是用金钱铺路。私教的价格自然更高一筹。

家里无论出现什么问题，母亲的做法都是如实禀告，绝不演电视剧。家里饭馆都卖了，还学什么棋？等以后有钱了再学。

江渡坐在妹妹的床沿，有心安慰她几句。但一是自己手上没钱，说什么都等于没说；二是觉得妹妹不懂事，刚才那样对爸。还有最重要的一条是，江姜不听劝，从小就自私，只要发生侵害她个人利益的事立马反击，根本不替别人着想。所以有时候江渡干脆把她激怒，让她发泄一下就算是帮她了。

"不学棋你会死吗？"江渡懒洋洋地说道。

江姜果然中招，一骨碌坐起来，大声回道："就是会死、会死、会死。"

"那就等有了钱再学啊,你又不是要当专业棋佬。"

"妈也是你这个腔调,好像是我在浪费家里的钱。出那么大的事她都不怨爸,老是骂我,还说从此家里停止一切娱乐活动,我说还降半旗呢,哼。是爸生病啊,害我们全家吃药。"江姜把头别到一边,越想越气。

"爸也不想这样啊,谁想到地产商会出事。"

"早就应该想到啊,他根本不适合做这一行。上一回害我们没有新房住,现在房价又升了那么多,我同学家那时买的房子现在都值几百万了。这些也就算了,大不了我考清华北大考到北京去。现在棋都不能学了,我怎么开发我的智力?难道我一辈子呆在平洲里吗?"

"那你就嫁个有钱佬,你不是老说自己靓爆镜吗?"江渡话音未落,已经被江姜踹了一脚。

江渡继续叹道:"咱们家靠爸是没戏了,将来就靠你脱贫致富了。"

江姜跳下床,只穿着袜子追打江渡。

二

中型车熄火之后,江渭澜并没有直接打开车门,跳出驾驶室,而是瘫靠在椅背上,从兜里摸出香烟盒子,从中抽出一根,点燃。

深吸一口之后,他疲惫的脸上稍稍有了一点舒缓。

香烟的牌子是芙蓉王,跟他此刻的模样并不匹配,他自己也根本舍不得买。所以啊,当然是儿子江渡送的。为此，小贞批评过儿子，意思是你不劝你爸戒烟也就算了，为何还要送他好烟？难道是鼓励他多抽吗？江渡的观点是，要抽就抽好的，差烟对身体的损害更大，而且爸爸会因为价格贵，少抽，至少会多忍耐一会再抽，这样总量就控制住了。

江渡跟他的话并不多，安慰他的办法就是安静地陪他坐着。那一天，家里的餐馆被卖掉，江姜跟他闹别扭，自己也觉得郁闷，他干这种"一夜回到解放前"的事不止一次了，过程就不说了，总之结果是全家跟着倒霉。

于是他一个人坐在天台发呆。老实说，脑袋木木的，人伤得重了反而不觉得痛，就是像挨了一闷棍那样，不知该如何反应。

江渡就陪着他坐了整整一晚上。

他知道江渡也没钱，为给他买烟要动用攒下的零用钱。江渭澜暗自叹了口气，深感自己对不起儿子和女儿，当然还有小贞。

餐馆卖掉以后，大部分钱用来清理债务，补发农民工的工资等。剩下的鸡毛鸭血，根本做不成什么像样的生意，算来算去只够开一家小小的搬家公司，租大型车和中型车各一辆，请的两个工人是他有工程队的时候就跟着他的，也是因为人老实，遣散工程队的时候就没走，说他讲诚信肯发工资，跟着他至少饿不死。接生意就靠一个手机。

取名叫作小蚂蚁搬家公司，他知道这家正规的蚂蚁搬家企业总部在四川，于是照抄人家的历史、商标、资质，只是电话号码换上自己的，小蚂蚁的小字写得小到可以忽略不计，然后挂到网上去。说白了就是冒牌货，只有一点他告诫自己，一定做好服务，别砸了别人的牌子。

同时他在心里骂自己，江渭澜，你就是这样一点一点变坏的。

有个鬼诚信。

没办法，只有这一行门槛最低，而且由于楼市限购、运营成本增加、用工荒等问题，这个行业基本进入"严冬"，不少正规公司无以为继。在这样的时刻，江渭澜也无奈地挤进"黑公司"大军，虎口夺食。

幸运的是，他曾经有过一段难忘的部队经历，让他学会了吃苦耐劳，雷厉风行。他的小蚂蚁搬家的具体特色是，价格低，随叫随到，半夜也可以出车，而且他从来都是自己和工人一块干，多一个人差好远，就当是多请了一个工人。否则人太少就会被看穿是山寨版吧。

他今天的生意不错，可以说是从早忙到晚，中间只吃了一个廉价的盒饭，所以现在不光是肚子饿，而且还灰头土脸，满身是尘。

只是吸上一口好烟之后，还是不得不承认，筋疲力尽是这个世界送给人们最好的礼物。用脚后跟想都会明白，吃穿用度全得从辛苦这两个字里来。

下午的一家人，是从城区密集的住宅地段搬到郊区的别墅，坐到驾驶室里来押车的是一个年轻的男孩子，顶多十七八岁，侧分头，白净脸，嫩得跟个青玉米似的。男孩子的怀里竖抱着一个黑色的小提琴琴箱。

开始他们之间无话可说，后来中型车过了猎德大桥，不知什么缘由开始塞车。干等的过程中，江渭澜突然冒出来一句："会拉《野蜂之舞》吗？"

男孩子愣住了，几乎不相信这个老司机在跟他说话，一身又脏又旧的劳动布工作服，握方向盘的两只手，手指头跟胡萝卜一样粗，怎么可能知道《野蜂之舞》？不过男孩子还是很有礼貌地说："不会，那首曲子对于我来说有点太难了。"

"那你拉到什么水平了呢？"

"中级。"

"拉到开赛练习曲了吗？跳弓有点难啊。"

男孩子吃惊得眼睛都瞪圆了，他说："叔叔，难道你年轻的时候也拉过琴吗？"

江渭澜只是笑了笑，不置可否。

一路上，他们都在谈音乐。

直到分手，男孩子还是强调："叔叔，你过去一定拉过琴，对吗？我说得对吗？"然而他的眼神分明又在说，你怎么混成这样了？这是怎么回事啊？

是啊，有谁能想到，在遥远的一九八一年的春天，他也是这个年纪，估计也是这副青玉米的模样，同样是坐在卡车的驾驶室里,他,江渭澜,也是怀抱着黑色的小提琴琴箱。不同的是,他穿着草绿色的新军装,坐的是解放牌大卡车,当时他们刚刚结束了三个月的新兵集训,正式分到下面的部队去。

开车的是一个老兵,现在想来应该也是个城市兵,总之空军的城市兵最多。老兵一边开车一边问他:"知道把你分到哪个部队吗?"

江渭澜摇头,然后补充说道:"问过,回答全是到了就知道。"

这也的确是部队的传统,就是少问,或者问了也没人告诉你。坐上闷罐子火车,然后是解放牌,感觉跑了很长时间,就是不知道到哪儿了。

老兵想了想,说道:"不管分到哪儿,还不都是站岗、出操、训练、打靶,我就想啊,你什么时候拉琴呢?"

"爱好不行吗?"

"新兵蛋子,部队可是一个消灭爱好的地方啊。"说完这话,老兵只是斜眼看了黑色的琴箱一眼。

新兵连的二十多个人,在不同的地段陆续下车,被当地的老兵接走了。最后只剩下了江渭澜和王觉两个人。他们在新兵连的时候只是认识,几乎没说过话,居然分到了一个部队,于是对望了一眼,内心仿佛一下子拉近了很多。

王觉比江渭澜大五岁,相对成熟许多。他们跟在老兵的身后来到集体宿舍,正好分在上下床。王觉坚持睡上铺,对江渭澜道:"你是小布尔乔亚,你睡下铺吧。"接着又说,"我就是怕当工兵,结果就分到工兵五团。"说完深深叹了口气。江渭澜道:"工兵有什么不好吗?不都是站岗放哨,出操打靶吗?"王觉道:"不发枪,不打靶,就是打洞,说白了就是一个打洞的隧道工。"

王觉说得没错,他们到达的空军韶关场站,就是来挖战备洞库的。整个洞库可以装下一个飞行师的飞机,非常之大,等于是把一座山给挖空。

这支伟大的部队就是前赴后继地打洞。

看到老兵们从洞库里出来,那就是衣衫褴褛啊,跟叫花子差不多,干这活尤其地费衣服费鞋。

本来,王觉的理想是干技术兵种。技师、侦听,哪怕是当个汽车兵也不错,将来复员可以找个好工作。而江渭澜参军,完全是为了实现内心深处个人英雄主义的梦想。他看见那些叫花子老兵,都傻了。

然而,部队是个大熔炉,尤其对于这些不切实际的边角料,专门是对付他们的。

一年以后,他们也成为老兵,虽然依旧衣衫褴褛,满身是伤。但已经蜕变成胸怀宽广、精神崇高而且脚踏实地、意志坚强的战士,这是用鲜血、汗水、单调和寂寞换来的。

唯一让江渭澜没想到的是,部队并没有消灭他的爱好,反而包容了他的小资产阶级情调。只要有空闲的时间,他就到山里去拉琴。老实说,他是一个音乐天才,尤其对于小提琴，几乎到了无师自通的境地。这在他当兵之前，已经有过无数的印证，尽管当时的环境还十分保守和封闭，但也不止一个业内盛名的专家或教授要收他为关门弟子。只是，他就是觉得男人要有气度和胸襟，雕虫小技不能满足他对自己的期待。

他崇拜巴顿将军那样的人。坚定、果敢，甚至粗暴狂野。他希望自己成为一个真正的男人。

所以他义无反顾地当了兵。

还有一个得以坚持下去的理由是，他有一个忠实的听众就是王觉。王觉最爱听的就是《野蜂之舞》，他说这段音乐里，有风，有光，有自然界万古只在一瞬间的洒脱。

那是一个异常艰苦的年代，尤其是军旅生涯，辛劳、单调、性压抑、每时每刻都身处险境，但在挖洞之余，战士们还是有剩余的体力在篮球场上呼啸奔跑，发泄掉喷薄欲出的生命力。而当时的每个连队都有自己的菜地，因为士兵大灶的伙食标准实在太低，一般都要自己养猪、种菜。通常王觉挑着粪桶去浇菜地，江渭澜就站在地头给他拉小提琴，直到黄昏将尽。

时间过得飞快，一年又一年，他们成为真正的战友、知音和知己。在这个过程中，王觉提升为排级干部，因为他特别会写总结，部队也最需要这样的人。本来他是希望和江渭澜一起复员，然后有可能的话一块上大学。当时上大学是年轻人唯一的憧憬。但是部队非要留王觉,指导员反复找他谈话,还破格提前把他提拔上去了。

就在江渭澜确定复员的那一年,出了大事。

老实说,当工兵的辛苦一目了然,所以最尖锐的问题还真不是辛苦,而是如何解决生死关的问题。当年的施工条件非常简陋,挖洞库的主要手段就是打钻和爆破,很难避免哑炮突然爆炸或者坑道塌方的险情。

就在江渭澜和王觉来这里正式报到的第一天,指导员就把他们带到了洞库外的一座小山坡上。那里是一个简朴的墓园,长眠在此的都是年轻的工兵兄弟,二十岁,二十二岁,全都是嘎崩脆的小伙子。可以说洞库每一寸的推进,不光有青春和汗水,还有鲜血和生命。指导员当时只说了一些"要奋斗就会有牺牲""一不怕苦二不怕死"之类的话,这就是当年的语境,却可以说服任何人。

指导员说,当工兵的头等大事就是正确对待生死,因为我们比别的兵种危险,同样是和平年代的兵,可是我们没准哪天就光荣了,光荣就光荣,没有价钱可讲,就是比泰山还重。

当年的两个新兵蛋子满脸肃穆,沉默不语,的确是被一块一块整齐的墓碑给镇住了。并且彻底粉碎了他们参军前的那些不着边际的遐想。

然而时间,却是一个了不起的慰藉大师,总可以在不知不觉间抚平人心中一些坚硬的块垒。渐渐地,因为什么事都没有发生,也因为艰难困苦的磨砺,两个老兵不仅可以在墓园里散步、聊天、拉琴，甚至可以拿生死开玩笑了。

有一天傍晚，王觉突然说道："如果我哪一天光荣了，你可要给我爸妈当儿子，我是独生子，你家可是有三个光头。"

是的是的，江渭澜上面有个哥，下面有个弟。所以他答应得特别痛快，他说"那是当然"。而且语气轻飘飘的。当时他并不知道，这个应允对于他的人生有着怎样的意义。

不能不说，事情的发生总有不为人察的暗示和铺排。江渭澜骨子里是个才子，也是一个生性散漫的人，再艰苦的部队生活都没办法改变他这一部分的DNA，因为总有一些与生俱来的东西顽强地潜伏在人的所谓的性格里。江渭澜非常看重自己的手，所以施工必戴劳保手套，也就是本色的粗线手套，有时还一次戴两双。他的线手套自然不够用，家里便经常会寄来包裹。主要是劳保线手套，但也会有鸡仔饼、椰子糖、陈皮梅、铁罐的麦乳精和美加净牙膏。

每一次，大伙都是把他的包裹吃光分光，只给他剩下一摞手套。

逢是此时，王觉都要说一句："别只顾着手不顾脑袋，脑袋砸坏了照样拉不了琴。"的确，江渭澜有个坏习惯就是进洞库不爱戴安全帽，一是脑袋大，戴帽子不舒服，二是头发有点自来卷，拉琴的时候很有盛中国的范儿。为此王觉不以为然,他说进了洞库你给谁看啊,收工的时候累得跟死狗一样,又有谁看你?江渭澜回说,是真名士自风流,我原不是给人看的,只为自己高兴。

但每次王觉提醒他安全第一时,江渭澜也会立正回答:是!排长同志。

说是这么说,然而只要看见江渭澜,不是一只手臂夹着帽子,就是拿安全帽扇风,只有打风钻的时候,才会老老实实地戴着安全帽。

当年,工程兵里最好的工作就是开挖掘机,后来俗称的钻地龙,是修隧道、地铁的大规模推进武器。那时的挖掘机比较简陋,但还是有技术含量。所以只要有可能,王觉还是尽量安排江渭澜开机器,这样可以少用点手。他的苦心,只有江渭澜心里明白。

出事的那一天,是一个稀松平常的下午,收工时分,江渭澜和王觉结伴往洞库外面走,当时是多雨的季节,也许是连日的大雨令洞库上方的土石发生松动,也许是不断的爆破和深挖改变了地貌的结构,总之就在他们已经看到洞库外的光亮时,江渭澜又习惯性地摘下头上安全帽扇风,一边哼着小曲,完全没有注意到头顶隐隐传来的岩石断裂的闷响。

一颗小石子掉了下来,紧接着是一小片沙石轻轻落下,温柔而充满诗意。

几乎是下意识地,王觉顺手就把自己的安全帽扣在了江渭澜头上，好像还白了他一眼。

仅仅是一秒钟之后，突然而至的五雷轰顶令江渭澜目瞪口呆，瞬间石化。不等他反应过来，王觉猛然地推了他一把，这一系列的肢体动作快得像滑音一样，只是在刹那间发生并且中止，以至于此后江渭澜一次次地回忆，都感觉到快得难以捕捉。

是的，严重的塌方在那一刻发生了。被推倒在地的江渭澜回头看了一眼，他并没有看见王觉，而是如暴风骤雨般的石头迅速掩埋了下面的那个人。

紧接着，他也被倾天而下的石土砸晕了过去。

三

锦绣香江是坐落在番禺地区的一个楼盘，属于高端住宅区，房子的外观结实顺眼，但是园林建设总是显得更胜一筹，到处都是绿树成荫，令再喜欢居住城里的人都会对这里有所动摇和迷恋。

算上这一次，刘小贞已经是第三次光顾锦绣香江了，以前也曾听说过或路过这个楼盘，但没有任何缘分欣赏真容。直到这附近通了地铁，她便是乘地铁来的，不过从地铁站走到这个楼盘也有相当的距离，楼盘的穿梭巴士停运之后，还有个体的摩托车营运，满足人们的需要。当然刘小贞是走来的，她的特点就是比一般的女人能吃苦。

来这里是为了找到房地产开发商的老婆。自从开发商跳楼身亡之后，江渭澜就不愿意再面对这件事了，他认为人死账就死了，他怎么可能再去逼人家孤儿寡母？但是刘小贞不这么看问题，她觉得上一次垫资修路的事，是事主根本就不想给钱，又是政府部门，当时都是靠裙带关系接活，也没有签正规的合同，管理方面更是漏洞百出，民营的小工程队想跟一个公家部门理论，根本是不可能完成的任务，的确是吃了哑巴亏。

但是这次不同，一切工程都有公事公办的手续，人死了账不应该死，家里卖餐馆是暂时没有办法周转，但是开发商欠下的钱，只要有一线希望，她还是要想办法找回来。

她先是到公司去找人，公司地址现成，名片上就有。公司在城里的世贸大厦，气派的写字楼，但因为老总出事，公司已经瘫痪，据称大部分员工作鸟兽散，剩下个别人善后也都是一问三不知。刘小贞去了两次才发现，债主并非她一个人，而是众多，因为见不到开发商老婆或家人，也只能唉声叹气。有一个秃顶的男人还算面善，刘小贞便小声问他为何不能到开发商的家里去找人？秃顶男人也小声跟她说，去了好几次，也是见不到人。

刘小贞还是坚持要了开发商的家庭住址。她想，只要过了这一阶段，他的家人是不可能不现身的。

第一次来，她本来也没抱什么希望，当然是开发商家的大门紧锁。唯一感觉意外的是开发商住的并不是别墅，而是两套打通的公寓。看上去并没有想象中那么豪华。第二次来也是撞门钉，但她在楼下的信箱里没有看见过期的报纸、对账单、煤气费、水电费之类的邮件，因为只有信箱爆满才可证明这一处住宅确已闲置多时，而这里显然是有人回来打理过的。

所以刘小贞这一次调整了思路，以往的两次，她都是下午四五点钟的时候抵达。她觉得这一时刻人都是下班归来，倦鸟知返，比较容易碰到人。但是这一次她挑了星期天上午十点前，幸运的话可以把人堵在家里。

每一次坐在地铁上，刘小贞的心情都是黯然、低落的，也不知道自己这样没有目标地乱跑有什么意义和希望。但她就是不甘心——不止一次，她路过曾经是自家的天天饭馆，虽然没有装潢，设施简陋，但是楼上楼下门庭若市，看着让人眼热。而她从一个菜市场的卖鱼的档口走到今天，太不容易了，跟一个国家的改革开放之路一样，不仅同步而且同样艰难。现在这一切已经不是她的了，一个国家睡狮觉醒，繁荣崛起，可是他们家却归零了。

真的是没有办法接受这样的现实。

无论能不能补救，总得试一试。这就是她的想法，简单直白。要说她比人强的地方，就是更能忍耐。刘小贞从小没有父母，是跟着伯父长大的，很小的年纪就懂得看人脸色，知道寄人篱下必备的勤劳、谦让、吃苦受累，默默地接受被忽视、被斥责，甚至被欺负。

她的平静，不是胸有惊雷，而是心里和表面一样平静。

经历过苦难的人，如果没有变得愤世嫉俗与全世界为敌，就有可能变成沉默的石头。

上午九点五十五分，刘小贞按响了开发商家的门铃。很快，她隐隐听到了脚步声，厚重的紫檀木门上有一个猫眼，小贞本以为会费尽口舌才能把门说开，没想到里面的人问都没问，门就开了。

这是一个保养得姣好的女人，四十岁上下，她的脸窄窄的一条，眉眼细长精致，烫着大波浪用一个镶水钻的发卡夹住，不知是不是因为嘴唇很薄有一点点薄相，居家服是浅米色的小格，淡雅整洁，一看就知道是不用干活但又养尊处优的女人。

房间里也收拾得井井有条，并没有想象中的凌乱，或者生活已经全面脱轨的那种一塌糊涂。小贞注意到家里还设了灵台，一个中年男人的黑白照片被黑色的镜框镶嵌，面前放着白色的菊花。

正想着该如何开口做自我介绍，也没法想象对方是否会脸色一沉，二话不说就把她赶出去。小贞正待开口，狐狸一样的女人迅速地端详了她一眼说道：

"是正祥和家政公司派来的吧，说好了十点还挺准时，体检单带来了吗？"

显然她把她当成了来面试的钟点工，怪不得这么顺利地开了门，看来女人尤其是上了年纪的女人最容易计人丧失警惕性。小贞自忖。

"体检单。就是抽血的化验单,这个最重要。"见小贞有些不明白,那个女人又补充了一句。

事不迟疑,凡事一开始就要讲重点。小贞这样提醒自己,立刻在第一时间说明来意,先介绍了江渭澜的工程队,然后说明了自己的身份,又说老公一直都接开发商的工程,合作近十年彼此是有信任度的,而且希望可以查账对账,把家里的损失哪怕补回一小部分也比血本无归强。说到家里实在没办法卖了饭店,一直还算平静的小贞不知觉间提高了嗓音,语气和语速还是显出了急切和波动。

她几乎没有一次性说过那么多话,而且越说越多,似乎又越讲不清,有些话重复了若干次,但她像是怕被打断那样,怎么也停不下来。

得知小贞的身份和来意,狐狸一样的女人的确脸色一沉,但是见到小贞喋喋不休,她慢慢又变得两眼涣散,虽然还是无可奈何地看着小贞,但思绪和意识早就不知神游到哪里去了。甚至觉得在自己面前诉苦的这个女人实在可笑,我家可是搭上一条人命耶,纵身一跳,肝脑涂地。什么是苦?我能跟谁说去?无以言说才是真正的苦吧?所以这个狐狸一样的女人到后来,干脆两只胳膊在胸前卷成麻花,歪着脑袋看着小贞,嘴角还有一丝似有似无的浅笑。

房间里安静下来。严格地说她们还只是在客厅靠大门口附近的位置,两个人都站着,狐狸一样的女人靠着一个三人座长沙发的后背。

"说完了吗?"卷毛狐狸口气平淡地问了一句。

小贞下意识地点点头,但又有些茫然地看着卷毛狐狸,希望她能听进去一句半句的。

"那你可以走了。"卷毛狐狸又说。

小贞当然没有走,只是怔怔地看着卷毛狐狸。

卷毛狐狸正色说道:"你走吧,我真的没什么可说的,你可以去告我,我也只能等着吃官司,或者吃牢饭,我真的没有办法。"她清了一下嗓音继续说道:"昨天银行找到我,说我老公总共欠了二点五亿,我反而昨晚第一次睡着觉,出事以后我就没睡过,最多迷糊一会,我要是欠两千五百万我会愁死,想着还能卖什么,倒腾什么,欠二点五亿,我还愁什么?我可以睡觉了,睡大觉,反正成了砧板上的鱼,你们想怎么样就怎么样吧。"

小贞一时无话可说,只能呆呆地看着卷毛狐狸。

她居然嘴角一咧,还笑了一下。

屋子里恢复了安静。小贞进也不是,退也不是,再说下去,卷毛狐狸显然一句也听不进。

当然卷毛狐狸也没有心情陪她,径自去倒了杯水,好像还吃了片药,一边转脸安慰她道:"你慢慢想吧,想清楚了再走。"

还好,她还不是那种野蛮、无礼的女人。小贞这样想着。

这时又有人敲门，估计是真的钟点工上门了，卷毛狐狸应该是同样的想法，快速地走到门口，打开门。

想不到的是，门外是黑压压的一片人，那么安静，那么训练有素实在令人吃惊。小贞看见卷毛狐狸只愣了一秒钟，便想重新把门关上，但已经太迟了，那些人一拥而进，几乎站满了半个客厅。

他们和卷毛狐狸之间爆发了激烈的争吵，无意间就把小贞挤到边上去了。听了好一会小贞才搞明白他们是过世的男方家的亲戚，中心意思是男方的父母也老了，而且体弱多病，虽然不是第一顺序的继承人，但也有四分之一的继承权。卷毛狐狸承认婆家那边的继承权，但是她说无论是家里还是银行里都没有钱。

婆家那边的人根本不相信，他们说这怎么可能？骗鬼去吧。至少在五年前就有二十个亿，想独吞，没门儿。

卷毛狐狸说，如果有钱，老公怎么可能走上绝路？

那边的人说，那是你的解释，没准是为情而死，谁都知道他不止一个女朋友；也没准是患了忧郁症，他赚钱压力那么大，能不忧郁吗？

卷毛狐狸备感委屈，悲从中来，带着哭腔道，他的遗书你们都看到了，就是破产了，他没有办法接受这个现实……

遗书不能造假吗？我们凭什么信你？

卷毛狐狸说，你们不能漫无边际地混说，如果真是他的女人带着他的孩子找上门来，我认。可是没有啊，来逼我的只有你们，他生前对你们不薄，我手里还有你们的欠条呢。说他有忧郁症，证据呢？他在哪个医院看过病？有病例吗？

少来这一套。那边的人绝不肯示弱，他们说什么狗屁证据病例，我们还管你要人呢，你若是贤内助，老公怎么可能这么倒霉？

还有，要是心里没鬼，为什么不接电话，不见人影？

你回过家吗？去看过公公婆婆吗？

天生的贱货，你不就是挺着肚子找上门来的那个人吗？

他们人多嘴多，卷毛狐狸说一句，就有十张嘴说出一堆话来，让人无从辩解。总之只要卷毛狐狸开口，就被一片质疑声打压下去。

他们举出网上疯传的典型案例，一个优秀的企业家累死了，他的老婆带着十九个亿跟老公的司机再婚。这位司机感慨地说，我一直以为自己在给老板打工，没想到老板一开始就在为我打工啊。

这样的悲剧怎么可能在咱们家重演？那是绝对不可能发生的事。婆家那边的人被这个故事激励得几乎失去了理智，开始推搡卷毛狐狸。可能卷毛狐狸也担心现场失控，她开始一声不吭，甚至一动不动。像巨浪里的一叶扁舟左摇右晃，任其摆布。但是这样的状态又被解读为死硬到底，更让婆家那边的人感觉到她明天就要嫁给司机了，更是气得咬牙切齿。

只听啪的一声脆响，不知是谁突然打了卷毛狐狸一巴掌，不仅众人愣住了，连卷毛狐狸本人也给打蒙了。她抬起头来，惊恐而又仇恨地盯着打她的那个人，混战一触即发。

小贞也不知道自己怎么会一下子冲了上去，用身体挡在卷毛狐狸前面，她说："有话好好说嘛，怎么能打人呢。"

打人的亲戚已经红了眼，他说："你是谁啊，滚一边去。"说完动手要把小贞拉开，但是小贞不肯走。其他人帮腔说，我们家的事，你一个钟点工插什么嘴？小心连你也被打一顿。小贞心想我就这么像钟点工吗？不过身体还是没从卷毛狐狸面前移开。

"既然你们那么有理，就去法院告，打人不行。"小贞还是这么说。

"你是哪根葱啊，我不但打她，而且也敢打你，让开。"打人的亲戚推不动小贞，果然左右开弓扇了小贞两个耳光。

小贞照样纹丝不动，她说："我五分钟前已经报警了。"

"那又怎样?!"打人的亲戚大声吼道，"我就怕警察不来，我还想让报纸、电视台都来人呢，只有上了媒体头条才能真正解决问题。"

众人也是一片叫嚣之声，没有半点畏惧。

就在这时，小贞听到身后一声闷响，回过头来，只见卷毛狐狸已经直挺挺地倒在地上，不仅全身抽搐，而且双眼上翻，口吐白沫。开始婆家那边的人还以为她是装的，后来有人悄声说卷毛狐狸有"羊痫风"，可能是真的犯病了。

人潮退去，屋子里只剩下小贞和倒在地上昏迷不醒的女人。

小贞赶紧俯下身去抱起卷毛狐狸，一边"喂喂喂"地呼叫，一边轻轻拍着她的脸。心里又有点害怕，万一出了什么事她怎么说得清？

她用手机拨通了120急救中心的电话。

四

在医院急诊部的观察室里，病床上的卷毛狐狸依旧双目紧闭，没有意识。但是护士已经进来给她打了针，又在胳膊上输液吊上药水，医生说她并没有生命危险。小贞这才暗自松了一口气。

离开卷毛狐狸家的时候，小贞还算冷静，没有忘记拿着放在玄关处的女主人的手提袋，是一个大红色的羊皮包，横起的暗纹如龙须面那样细密，闪亮的金色链扣。肯定是名牌，但是什么牌子小贞并不知道，只因皮包跟人一样，样貌端庄正色，一副神圣不可侵犯的样子。她当时打开皮包扫了一眼，见里面有钱夹和钥匙，便毫不犹豫地拎着上了救护车。

用药前要交费，小贞再一次打开红色皮包，用了里面的钱，也看到了女事主的身份证，她的名字叫宋春燕。

做完了这些事，小贞把大红皮包放在宋春燕的床头，准备离开。

不知不觉间已是下午两点多钟了，小贞感觉到饿了，想一想宋春燕也没吃东西，另外又想到万一这个女人一直不醒，别人把她的皮包拎走了怎么办？这个红色皮包就是显眼到令人担心。

小贞重新拎起红皮包，迅速地跑到医院门口的便利店，用自己的钱买了几个热包子和两杯豆浆。回到观察室后，她一边喝豆浆、吃包子，一边等着宋春燕醒过来再走。

如果把十字绣随身带着就好了，可以在这里绣几针。小贞这样想着，自从卖掉餐馆，她便一下从繁忙中变得空闲了许多。她曾在临街的窗台处挂了"织补"的牌子，这算是一门手艺，绒线衣，毛料衣裤脱线、勾烂或者虫蛀，都需要经纬编织，织补后完全没有遗痕。可惜这样精致的手艺也过时了，谁还穿这一类老古董一般的时装，都是坏了即可丢弃的休闲服。连江姜都问"什么叫织补"，就像再小一点的时候问"什么叫地主"一样。

如今流行的是手工十字绣，她会接一些复杂图案的活，这样收购价会高一些。像她现在绣的美人鱼是一个大美女抱着小美女，都是人身鱼尾，色彩丰富绚丽，有些地方绣一针就换色。而她现在可以出卖的就只有耐心了，年轻人或者富人做不到的事都是因为嫌烦，也是她唯一的生机。

她决心找到宋春燕也是这个意思。

只是没想到最终要在这里守着这个昏迷不醒的女人。

刘小贞并不是一个爱心泛滥的人，对于素昧平生的宋春燕，她为何要扮得像爱心天使一样？这实在跟她的经历有关。

人的所谓经历就是这样，它怎么发生就在人的心里怎么扎根，直到把你变成你坚信应该这样生活的人。

她生命的转折点就是王觉牺牲的那一年，当时她二十三岁，江渡才七个月。她的丈夫王觉牺牲了，消息传来，她完全没有反应，甚至都没有掉眼泪，因为不相信这是真的。她跟王觉是中学同学，王觉一直都很喜欢她的懂事和安静，那时的人比较简单，不管多穷都对钱没有概念，男女相爱就是互相看着顺眼就行。

王觉的父母也说，小贞是王觉的药，无论什么事，小贞只要看他一眼，王觉便言听计从。

她第一次见到江渭澜也没什么感觉，当时的江渭澜是来给她送王觉的遗物。她双手接过来，木着一张脸。倒是江渭澜哭得像泪人一样。

他抱着江渡，抱一次哭一次，后来他说，他要当江渡的爸爸。

江渡那时候还叫王渡。王觉的父母亲也都因为儿子的事病倒了，江渭澜真的像儿子一样到医院去陪床，他从部队带回来的行李一直都放在王觉的家里，就是平洲里的这套老房子。

刘小贞不可能把江渭澜的话当真,世界上可能有许多千奇百怪的故事,但是刘小贞跟所有平凡普通的人一样,认为所谓的传奇离自己十分遥远。

最初的危机过去之后,江渭澜果然也离开了王觉的家。但是后来刘小贞才知道,他直接去了深圳。那时刚刚改革开放,深圳被传说成遍地捡钱的地方。江渭澜和王觉有一个战友,转业后就在深圳的城建总公司工作,江渭澜就是奔着钱去的,因为孩子太小,王觉父母亲的医疗费是最大的拖累。

每个月,江渭澜都有钱寄回来。

他还托人带回来沙头角买的大光明奶粉,黄色的大铁罐。虽说是上海的产品,但是小贞在国内的商场里见都没见过。这样的高级奶粉真是救命啊,江渡嗷嗷待哺,一副吃山崩的模样,而异常悲痛的小贞早就没有一滴奶水了,当初她省吃俭用只能给江渡买大庆牌的袋装奶粉。

江渡如今总说自己是吃牛妈妈的奶水长大的,他哪里知道,他根本就是喝着江爸爸的奶水长大的。

那时候公公婆婆虽然出了院,身体照样很糟糕。公公一直都有肺气肿,渐渐加重,后半夜基本坐到天亮,服药是一天都不能断的。婆婆得了慢性肾衰要定期透析。他们的治疗单连在一起像一匹布那么长。一个家庭可以转眼间走到山穷水尽。汇款单,变成全家人唯一希望看到的东西。

这样过了三年。

江渡歪歪斜斜会走路了,他跌跌撞撞地在家门口抱住一个陌生男人的双腿,抬起头来仰望这个大树一样的粗粝的男人,他叫了一声爸爸。

是的,这个人就是江渭澜。

那是她第一次正经端详这个王觉的战友,发现他的长相虽然黝黑、沧桑,但仍旧透着周正和英俊,笔直的鼻梁,目光坚定而且明亮。

而且他对他们很好,寡言,温厚。

那一年,他们登记结婚了。

此后,他有了自己的工程队,还是一门心思地赚钱。他们有了江姜,又依次为王觉的父母送了终。时间就这样像水一样,没有声息地滴水穿石。这样一种方式的相濡以沫,只有他们两个人的心里明白,爱,他们忌讳这个字。

不说。也从来没说过。

但是他让她相信,人在关键的时刻是可以不转身离开的,哪怕你只是一个陌生人,都应当处理好眼前发生的事。

终于,宋春燕醒过来了,她有气无力地睁开眼睛,足足愣了五秒钟,搞不清刘小贞是谁?也不知道自己躺在什么地方?过了好一会儿,她好像才恢复记忆,她跟小贞说的第一句话却是:"警察呢?"

小贞回道："我并没有报警，我以为他们会害怕警察。"

宋春燕低声说了一句谢谢。

小贞拿出手机，一边说道："你醒过来就好了，我可以给你的家人打电话，叫他们来接你。"

宋春燕沉默了片刻，道："我没有家人，唯一的女儿在国外读书，老家在外地。没关系，我过一会就好了。"

小贞默默地把手机放回兜里，宋春燕怎么可能没有家人呢？刚才站了半屋子的亲戚，如今已成为比路人还不如的凶神恶煞的敌人。小贞只好劝宋春燕先吃点东西，但是宋春燕不想吃。

实在无话可说，小贞决定告辞。她向宋春燕交代了从大红皮包里拿了多少钱出来交诊疗费，单据也都在里面。并且客套地说要确实没事了再回家。

转身间的一刻，她的手臂被宋春燕没有打吊瓶的那只手拽住。

"你能再坐一会儿吗？就一会儿。"宋春燕有些迟疑地说道。

小贞望了望门外静谧的走廊，安慰她道："他们不会到这里来的，他们不知道你住在这家医院。"

宋春燕道："我不是这个意思，我知道他们没有一个人会送我到医院来，我只是……"她突然说不下去了，眼眶里陡然蓄满了泪水。她把眼光移开，看着天花板，努力不让眼泪流下来。

小贞重新坐回病床前的椅子上。

她想，江渭澜是对的，有些事情还是不要面对。因为心酸的滋味并不好受。人死如灯灭，是非，恩怨，钱，没有一样是说得清楚的，只有心酸很结实，满满地堵住了胸口。

五

吃晚饭前，江渭澜在水池前洗手，听见江姜在餐桌前一本正经地问小贞："爸爸把餐馆都亏掉了，为什么还要奖励他？"

小贞道："奖励他什么了？"

"做这么多好菜给他吃，我考全班第三名，不见你这样慰劳我。"

"你少吃了吗？还减肥呢，每次数你吃得多。"

"妈，你偏心。"

"那些都是身外之物，你少挂在嘴上。"

"妈，我就不同意你老是贬低钱的价值，有时候身外之物可比咱们的心肝肺还宝贵，爸爸现在开套牌的搬家公司，你绣十字绣眼睛都要绣瞎了，不都是为了钱嘛，干吗那么不屑一顾？"

"我懒得跟你说，你懂什么。"

江姜哼了一声，随即大叫："爸，菜都要凉了。"

江渭澜答应了一声，不禁哑然失笑，这就是他喜欢的家庭氛围，每个人都可以自由表达，又都带有每一代人深深的印记。

他来到餐桌前,小贞已经给他倒好了二锅头。

菜式是支竹羊腩煲、水东芥菜捞鹅肠、酱爆茄子豆角,还有一碟腐乳虾仁跑蛋,四个菜聚在一起,香味袭人。

江渭澜笑道:"江渡又不回来,干吗做这么多菜?"

小贞道:"你怎么知道他不回来?"

"今天才星期四啊。"江渭澜正说着,房门被推开了,柔黄的灯光里,只见年轻的王觉健步走了进来。

当然不是王觉,是江渡。然而每次看到他,江渭澜都有一种成就感,还有一种父子情深之外的亲切感。

江渡走到餐桌前,笑道:"咱家不是都破产了吗?怎么还吃得这么好?"

小贞拍了一下他的后背,道:"没钱了才要吃好点,身体健康就当是赚到了。快去洗个手。"

江渡洗手回来,坐下以后,小贞递给他一碗饭。江渭澜这才问道:"你今天怎么有空回来?"

江渡道:"是妈打电话叫我回来的。"

江渭澜看了小贞一眼,小贞并没有看他,只是一门心思吃饭。

当天夜里的凌晨两点钟,有一单搬家生意,客户给江渭澜打电话说,他们一个多月前就千挑万选了这个黄道吉日,结果天气预报有暴雨,但是今天的天气还不错,所以决定半夜就搬,把时间给抢出来。

别人家不肯接这种活,才找到"小蚂蚁"。

客户需要两辆大车,江渭澜可以去借,但是人手肯定不够,其实临时抓人在大城市反而是件麻烦事,有时候出钱也未必抓得到人。小贞的观点从来都是求人不如求自己,所以叫回江渡,她自己也去,可以搬易碎物品,她准备了更多的竹筐、旧毡毯、麻绳,还有编织袋。

果然这些东西都派上了用场。

小贞穿了一身旧工装,蓝色的劳动布洗得发白,两只胳膊戴着草绿色的袖套。到达客户的家里,客户的脸上还有点疑问,因为从未见过搬家公司里有过女人,但是后来都非常服气。

小贞一声不吭地归类、整理,把异常零碎的物品装筐或装袋,尤其是厨房和洗手间,只要经她一通打理,立刻变得有条不紊。垃圾都泾渭分明,有形的捆在一起,其他的装进垃圾袋。后来客户直接把她请到书房,因为实在乱出了水平,而且是二十年没搬过家的老书房。虽然大部分的书装在大大小小的纸皮箱里,但仍旧有太多的东西凌乱不堪地摆满一地。

破家值万贯。搬家的人总是什么都不想扔。凌晨四点多钟,家还只搬了一半,但是老天爷已经正式变天了,南方的天气,从来就没有变化的过程,狂风大作之后便下起了豪雨。

流程只好中断,大车已经停在了客户新家的大楼门口,但也有二三十米的露天距离,只有等雨停了才能卸车。

大雨变成小雨以后,一时半会根本停不下来。江渭澜叫江渡在驾驶室里躺下来睡一会,虽说是年轻人,但是第二天还要上班,又困又累对身体不好。他自己打着伞跑到车尾,爬上大车的车斗里,一直听到雨打在车篷上噼噼叭叭地作响,更显得夜深人静。

小贞整个人陷在诸多笨重的家具里,显得尤其渺小,她的头依在一摞装书的纸皮箱上睡着了。伴随变天气温也是大跳水,让人明显感到寒意。

江渭澜找到剩下的包家具用的旧毡毯,轻轻盖在小贞身上,随即坐在小贞身边,把她的头挪到自己的肩膀上。

她轻得像一片叶子,几乎没有分量。

然而至今他都在想:他和小贞,他们两个人到底是谁救赎了谁?

他一直都觉得她的内心够强大,够坚定。其实时间越长他就越发现自己并不适合包工程,接生意活儿。这种角色不是努力就可以完成好的,结果反而是小贞无条件地接受和包容了他。

上一次因为垫资承接工程的事情破产,他亲手卖掉了新房子,煮熟的鸭子飞了。下午在房地产交易中心办完手续,他在街上闲逛,一直沮丧地不想回家。直到夜深人静,江姜已经睡了,小贞给他热了饭菜,他只记得有一个菜特别好吃。小贞说是白水煮白菜心。他说为何以前没吃过?小贞说因为贵,两斤重的一棵大白菜只不足二两的心,所以只放一点盐就好吃。

那一个晚上,小贞说,穷日子很累,但是有钱的日子一样累,只有简单的日子才是最好过的。

当时他疲惫无力的心里就流出泪来。

雨越下越大,被黑夜衬托得像素描本上的铅笔线条。

有雨的黑夜你会想起谁?这是一个既温柔又尖锐的问题。风声,雨声,眼前是一片阴湿的水气,有雨的黑夜你会想起谁?

他想到的就是身边的小贞啊。

第一次见到小贞,是在王觉的钱包里,那时候年轻人的钱包里没什么钱,最重要的东西是照片。王觉珍藏了一张小贞的照片,聊以安抚他寂寞而惨绿的青春。当兵三年,老母猪赛貂蝉。在光棍高度集中的深山里,谈论女朋友是一件多奢侈的事,今天的人们是无法体会的。

当时在江渭澜的眼里,小贞实在算不上什么大美人,最多是眉清目秀,但在王觉眼里就是七仙女。王觉说,上初中的时候,小贞总是迟到,老师问她,她不作声。有不怀好意的同学会说,她推菜去了。于是就有同学窃笑和起哄。那时的王觉就萌生了保护弱者和女性的情愫。江渭澜嘲笑他,你这是早熟还是好色啊?王觉说,我这是纯真好不好。

于是,少年王觉开始早起,他上学前绕到小贞家的附近,她的伯父在菜市场卖菜,的确一大早要到蔬菜批发商处运菜回摊位,一两百斤的蔬菜如果不是两个人合力又蹬又推，还真是一件麻烦事。小贞念及伯父还肯出钱让她念书，所以推车风雨无阻，十分卖力。王觉就帮着小贞一起给伯父推三轮板车。因为加快了速度，小贞就没再迟到了。

当时的那张大一寸的黑白照片，小贞的样貌清晰，文静之间还有一点羞怯。但是江渭澜只是看热闹的心态，觉得跟自己一点关系都没有。

再一次见到小贞，是江渭澜终身无法忘怀的。

他先是在平洲里放下行李，见到了王觉生病的父母，得知小贞在农贸市场卖鱼，他便径自找去，找到了小贞的鱼档。是嘈杂又混乱的农贸市场的一隅，上下两层的或铁皮或泡沫塑料的长方鱼盆，里面是不同品种的游动鲜鱼，所有的一切都湿漉漉的。小贞围着塑胶围裙，穿着高筒雨鞋，在一个血水横流的案板上剖鱼和刮鱼鳞。她微低着头，苍白的脸，因为消瘦而尖尖的下颏，背上还背着一个年幼的孩子。

南方的冬季阴冷，冰寒蚀骨。可是小贞的手泡在水里。江渭澜想到在王觉的家里，王觉的父亲穿着棉衣棉裤，但却光着脚穿一对棉鞋，是因为肺气肿哈不下腰来，自己穿不上袜子。在失去独生儿子的这个家里，没有人注意和关心这些细节，每一天都是匆匆而过。

有很长一段时间，江渭澜都不觉得自己是幸存者，他不否认是王觉和王觉的帽子救了他。然而只要他一闭上眼睛，就会想起王觉，不是王觉的音容笑貌，而是那些巨型的，从天而降的石头。

那些石头，像山一样压在他的心里。

让他在半夜大汗淋漓，呼吸困难地惊醒。

后来，清理事故现场，并没有找到王觉的尸体，他是在一瞬间被深深地掩埋了。他的墓碑下面是一个衣冠冢，只有他的一套2号军装和军帽。小贞曾在结婚前提出要去看一看王觉，他们便一块回了老部队，回了那个墓园。小贞抱着墓碑，她的单薄的身体伏在墓碑上，哭了很久。

江渭澜和王觉过去的战友，那时已荣升为指导员。他把江渭澜拉到一边，他说，你跑到哪里去了？为什么不回家？你的父母大老远跑到部队来问我们要人，结果谁都没有你的消息。那边民政局的复员军人办公室也查了，说你根本没有去报到。我们也觉得奇怪，难道你人间蒸发了吗？怎么可能？为什么呀？江渭澜说，我直接去了深圳，那边是特区，大搞城市建设，活儿多，在部队干苦力，回去也只有干苦力了。

指导员还是不理解，他说那也要回家啊。江渭澜马上说回了回了。算是搪塞了过去。

那些石头，几乎让他窒息。年轻的浪漫的心根本接受不了残酷的现实。

所以，江渭澜才会做出决定，他要成为王觉。如果命运注定需要一辈子扮演王觉，那他就是王觉。

这是他跟小贞共同的救赎之路，此后都是余生。

他不能回家，回自己的家。

他知道回去，他就走不出来了。不为什么，而是他有他的生活轨迹。生活本身有很强的还原能力，就像太阳每天从东方升起，就像鱼在水里，香蕉待在香蕉皮里，年画贴在墙上，筷子成双，鞋子成对，火车在铁道上飞驰。总之，他没有能力和生活对抗。

他要成为另一个人，就必须和从前的一切彻底告别。行注目礼。永远保持沉默。

在此后漫长的岁月里，他也曾经想过他的另一种人生，或者考上了音乐学院的作曲系，成为庞大的交响乐团的指挥，开始创作自己的音乐作品，一展个人艺术生命的蓝图。或者只是在乐团当了一名首席小提琴艺术家，演绎古今中外的经典曲目，每一天都可以是自由的、轻盈的。

但他知道，江渭澜已经死了。

王觉不拉琴。在去深圳的前一晚，他在江边拉琴。一曲终了，他伸出左手，优美的小提琴悬挂在半空中，不胜细雨凉风的娇羞。一松手，香琴入水，很快就看不见了。

还是老兵见多识广，部队的确是成功地消灭了他的爱好，从此再无踪迹。

只是，那一天他拉的曲子不是《野蜂之舞》，而是《梁祝》。

六

光控的街灯还没有完全熄灭,江渭澜看了看手腕上黑色的电子表,是清早差五分钟七点整。雨虽然是停了,但仍旧是阴天,阴沉得差不多要掉下来,天地间仿佛支起偌大一个帐篷,一切都灰蒙蒙的,总之天低云重。

昨晚,在暴风雨的间歇中,算是把家搬完了。拖拖拉拉的直到天亮,客户自己都不好意思了,一个劲地解释风雨不由人,因为是选定的日子,所以抱着下刀子也要搬家的心理,想不到还是人算不如天算。江渭澜反而没说什么,心想这也是拿人钱财,替人消灾。好差事又怎么可能轮到"小蚂蚁"。

虽然得到双倍的报酬,但是一家三口已经累得筋疲力尽。

回到家里,小贞赶紧去了厨房做简单的早餐,因为江渡要赶回学校上班,江姜也梳洗完毕要去上学。只有江渭澜坐在客厅木制的长椅上点着了一支烟,顿时感觉整个人散了架,就是那种形神俱散,都收拾不到一块了。

他得承认他老了,昨晚搬家要是没有江渡,还真吃不住劲。好在江渡年轻,又一直坚持长跑,身体强健,居然一个人背着高过他的大冰箱下楼,令江渭澜暗自吃了一惊,不服老还真不行。

江姜倒是精神焕发,头发一丝不乱地梳着马尾,衬着一张小蜜桃脸分外紧致。她背着书包径自向门外走去。

小贞追出来道："你不吃饭了？"

江姜不屑道："我去肯德基吃法国烧饼。"说完头也不回地走了。

小贞转过脸去就冲着江渭澜道："是你给她的钱吧？"

江渭澜不说话，只是笑了笑。他有时候想，家庭关系就是金钱关系，没有什么道理好讲。他偷偷给江姜零花钱，马上就和好如初。

小贞又道："你就惯她吧，都没样了。我们一晚上没回来，累成这样，她问都不问一句，什么人啊。"

江渭澜轻描淡写道："女孩子嘛，任性不了几年。"

小贞张罗着把早餐端上桌，也就是白粥、蒸花卷和几样咸菜。

江渡一边用干毛巾擦着头发一边走进客厅，他换了一件三文色的衬衫，藏蓝色的毛背心。身板笔直如坚实的倒三角，加上微湿的头发，犹如刚出锅咬一口就会爆浆的青玉米，饱满而性感。这在江渭澜眼里不仅是王觉，简直帅气得如好莱坞明星。

江渭澜不觉想到，哪怕自己的人生就是由若干次破产所组成，得子如江渡也是夫复何求。

江渡听说江姜去吃法国烧饼了，笑道："江姜本来就是爸爸的小情人嘛。"

江渭澜一边喝粥一边抿着豆腐乳，似是很享受平淡中的滋味。

小贞说了一句："肉麻。"

三个人不约而同地笑了起来。笑毕，江渭澜还是对江渡说了一句："昨晚真是辛苦你了，今天还要上班。"

江渡笑道："妈，你说我是爸亲生的吗？"

小贞当即脸色微微一暗，不为人察地跟江渭澜对视了一秒钟。好在江渡又道："怎么突然跟我客气起来了？我就是家里的小毛驴啊，你们都老了，有事不找我还能找谁？"

江渭澜和小贞又都笑了。

江渡飞快地吃完饭，出门上班去了。

剩下的两个人还在慢慢吃，隔了好一阵，江渭澜才道："永远都别跟他说，他就是我儿子。"

小贞点头，然而表情却是那还用你说吗？

江渡七岁的时候，江渭澜给他做了一个弹弓，他的观点是男孩子小时候没玩过弹弓就不知道自己的性别。很快，江渡就用弹弓打烂了教学楼的玻璃，被叫到老师办公室的外面罚站，而且要家长到学校赔玻璃、领人。

江渭澜在老师面前点头哈腰，掏腰包赔钱。出了学校的门就带江渡吃了顿麦当劳，后来两个人手拉手嘻嘻哈哈回了家。

小贞说："他在学校闯了祸，你不骂他也就算了，难道还奖励他不成？"

江渭澜道："男孩子哪有不闯祸的？又不是什么大事，你看你严肃的样子，跟计生办主任似的。而且学校负责罚他，我们负责爱他，不就是这么回事嘛。"

江渡十七岁的时候，利用一个暑假的时间，跟着江渭澜泡在建筑工地上，什么也不干，只是当跟屁虫。

就是体验一下"父亲每天在外面都干了什么"。

即便如此不等于不辛苦，江渭澜说起来算个工头，大伙都叫他江队长，但是他什么活都得干，在烈日炎炎的高温下东奔西走，登高爬低，解决各种问题。有技术层面的，也有人事矛盾，还要跟各种各样的生意人打交道。

第一天吃的第一顿饭是中午一点半，盒饭，可疑又难吃的样子，大家都一样。江渭澜没有半点特殊，这种习惯应该是在部队时养成的。

江渡真的是给饿死了，但因为热得吃不下东西，下午就中暑了，大汗淋漓地晕倒在地，被父亲背回了家。

一个假期下来，江渡晒得何止又黑又瘦，简直就是三度烫伤。小贞都有点看不过眼，半夜起来坐在儿子的床头，给他扇扇子。

那一年的夏天，天热得辣。人像吃了毒蛇椒似的，擦根火柴都能点着。

江渭澜说，这还是性别教育。

上一次破产之后，父子两人已经可以开始男人之间的对话。

也是一个傍晚，也是在自家的天台。江渡困惑道："我就是想不明白，为什么你这么落力地工作，又这么讲诚信，但是为什么……"他没有把失败的人生这几个字说出口,觉得无论如何太伤害父亲的自尊心了。

所以后半截话以沉默结尾。

见父亲无语,江渡又道:"可是有的人,坐在国家给的位置上,拿着国家的俸禄,有权有钱不愁吃喝,为什么还要鱼肉百姓,让人有理都没地方去说?怎么这样的人都过得比我们好?"

江渭澜叹道:"杀人放火金腰带,铺路修桥无尸骸。从古至今都是如此啊。"

"那还有人当好人吗?"

"你以为当好人是为了什么?好人是最没用的,不当吃喝,现在说谁是好人就是一句骂人的话,无非是没用的意思。"

也许实感意外,江渡的脸上出现了若干惊叹号。

"做好人只是为了心安啊,孩子。"

江渡没有作声,他还太年轻,不是那么明白,也不一定觉得心安那么重要。

江渭澜想了想,又道:"其实人生无所谓成功还是失败,因为既没有统一标准,也没有正确答案。你看十三行行商潘振承,当年是世界十大富豪之一,占住几条街修潘家祠,如今只剩下半间破屋出租放货,连匾额都没有了。所以我看人这一辈子唯一要做的,就是把心给安置好了,人不就是活个踏实吗?"

"那你的心安置好了吗?"

江渭澜觉得答案是肯定的,但当时却出乎意料地沉默了。

老半天，才不置可否地"嗯"了一声。

从前的一家人，无论过得怎样，都要整整齐齐地去一次艳芳照相馆。开票，等着叫号，然后整理一下头发和衣服，照一张全家福。这样一张黑白照片可以说是人有我有，家家都有。江家当然也不例外。

照片至今还挂在客厅的墙上，江渡就站在江渭澜的身后，一只手插在裤兜里已经会扮潇洒了。

第四章

一

必须承认,兰老师的板书的确是笔力苍劲,有着男子的气度和风范。

纵一苇之所如,凌万顷之茫然。兰老师叫起两位同学解释《赤壁赋》里的这两句话是什么意思,同学都支支吾吾地说不清楚。

崖嫣叹了口气。

也许是教室里太安静了,这一声叹息似乎被放大了倍数,不仅吸引了兰老师的目光,有几个同学也回头看崖嫣。

兰老师让崖嫣站起来,温和地问道:"可以告诉我们你为什么叹气吗?"

崖嫣不说话。

兰老师笑道:"不是说现在最时兴的就是把伤心事说出来,让大家高兴一下吗?"

全班一阵哄笑。的确,班上的同学人人都爱兰老师。

崖嫣还是不说话，心想我凭什么告诉你？你为什么什么都想知道？而且你家访像特务一样访出了我的秘密我就是不爽，我为什么每件事都要配合你？我对这种所谓的亲密无间不感兴趣。

然而兰老师是有宽阔胸怀的人，她当然不知道崖嫣在想什么，也没有必要知道。她只是说道："那么就请你解释一下这两句话的意思吧。"

崖嫣答道："听任小船漂流而去，穿行在旷远朦胧的江面上。纵，听任。一苇，小船像一片芦苇叶狭长而轻。所如，所往。凌，越过。万顷，形容江面宽广茫然，江面迷茫一片。"

连兰老师都盛赞，回答得非常完美。

此后无话。这一天算是无惊无险地过去了。

放学回家的路上，张豆崩突然说道："我知道你为什么叹气。"

崖嫣看了张豆崩一眼，意思是说说看。

张豆崩道："我们就是想过'纵一苇之所如，凌万顷之茫然'的日子，但是不可能啊。"

崖嫣点点头。心想张豆崩还真是聪明，像她这么聪明、漂亮又有钱的女孩子谁会不喜欢呢？每念及此，总是不觉又矮了一截。

由于今天晚上是例牌的读书会活动日，所以她们不着急回家吃饭，而是要去一家小咖啡厅聚会。以前读书会的活动就在学校里的空课室，缺点是没办法固定下来，感觉像游牧民族。于是作为召集人的江渡老师找到了这家他朋友开的咖啡厅，一切免费。咖啡厅的主人首先是爱书之人，其次也希望偶尔的嘈杂与喧嚣有望带动人气。

两个人决定先去玫瑰甜品店吃一碗双皮奶，然后就去参加聚会，活动完了再去吃宵夜。总之去那家僻静的咖啡厅是一定要路过甜品店的。

走进店里，客人还真不少，只剩下门口的两张小台，两人拣了一张坐下来，点了两碗红豆双皮奶，不一会便呈了上来，雪白如凝脂的糕状奶品上，顶着一团黏稠的红豆，鸡冠花一般的可爱。

吃完之后付账，店家说有人帮你们付了。顺手指的那张台上并没有人，只剩服务员在收碗擦桌子。两个人的目光又投向门口，才看见王行长已站在店门外，冲她们挥了挥手扬长而去。崖嫣知道，王行长才不会为了她这么做，自然是在巴结豆崩。

再看张豆崩，则是一脸的莫名其妙。

崖嫣忍不住笑道："我看他挺喜欢你的。"

豆崩不客气道："我早就知道他喜欢我，可是谁喜欢他啊？变态。"

"太夸张了吧。"

"哪个正经男生会进甜品店啊？"豆崩一脸的嫌弃。

崖嫣捂着嘴咕咕笑。

豆崩又道："还买卫生巾，不变态又是什么？"

"他不是说他是汗脚嘛,买卫生巾是当鞋垫用。"

"当然是当鞋垫用,难道还……那就不是变态是变性了。"

两个人忍不住笑起来。

这时崖嫣深藏不露的小心思顿时泛起,道:"那筷子呢?我觉得他也只对你一个人好。"

张豆崩用鼻子哼了一声,随即站起身来。

两个人离开了甜品店,因为没有吃晚餐,时间尚早,所以一路上她们迈着四方步,有一搭没一搭地说着闲话,前往咖啡厅。

杜丘咖啡厅深藏在燕登道的巷子里,是洋房改建而成,一座两层小楼,僻静到放鞭炮都不会有人上门兴师问罪。根本不是什么商业口岸,一看就知道是以非盈利为目的,怎么可能有大众进来消费?但是说来也怪,只要是这种类型的咖啡厅才可能保留一点文艺气息,否则就成了星巴克。

这里最大的特色是自己有一个独立的庭院,随意摆放着四五张笨拙的船木桌子,椅子是同样的漆黑木色,但长短不一,显然是根据木料的最大可能性而做出的设计,它们四散在桌子旁边。庭院里绿色葱茏,有着浓密细软的草地,总之是那种颇适合小型活动的场所。

老板杜丘,真名不详,人长得瘦瘦高高的,额头扎一日式头巾,表情也永远是酷酷的浪人模样。大门上就粘有英雄帖,上面写着:"我们这里什么名人都没来过,只期待着你成为名人。"

崖嫣和豆崩来到这里时已经是华灯初照,这时庭院的感觉最好,黄昏暮色中汇集而来的年轻人纷纷攘攘,都在胡扯。一个个争相表现自我,正事无话,越低俗越快乐。

人来得七七八八,但没有看见江渡老师的身影,他每次都是提前五分钟到场。崖嫣看了看手表,果然与约定的时间还有八分钟。她和豆崩找了一张双人椅子坐下来,豆崩这才慢条斯理地说道:"崖嫣我告诉你吧,筷子其实是个小人。"

崖嫣想了想道:"他也就是精明一点吧,可是现在的人谁不精明呢?"

豆崩对筷子不做评价,只道:"我跟他之间是有交易的。"

崖嫣没有说话,神情渐僵地看着豆崩,唯恐她说出什么惊天动地的情节来。豆崩不觉笑道:"也没有啦,看你吓的,他告诉我数学题都是有补偿的,比如他的随身听,是我给他的。你明白我在说什么吧?他才不会随便帮助别人呢,喜欢我?喜欢个妹啊。"

崖嫣笑了,但是心底着实一沉。

"再说了,我又不是没有喜欢的人,什么王行长、筷子都是浮云,他们怎么可能是我的菜?"豆崩继续说道。

崖嫣还是用眼睛寻问,谁?是谁?

豆崩笑道:"还是别晒了吧,他还不知道呢,我怕晒死了。"

崖嫣心想，那什么都不用说了，张豆崩真正喜欢的人肯定也是江渡老师。这种电视剧里的烂桥段怎么降临到自己头上了？心里陡然生出一根刺，崖嫣越想越是这么回事。因为对于读书会的活动日，她和豆崩都有着相同的兴奋和期待，尽管也同样加以掩饰，故作寻常。

果然，江渡老师来了以后，崖嫣觉得张豆崩的目光没有一分钟从老师的身上移开，老师对于豆崩也是抱以灿烂的微笑。

这场景让崖嫣突然想起，有一天下午，在学校时路过篮球场，两个女孩子都忍不住驻足，看着满场飞奔的年轻的老师和同学，抢球，投篮，激烈争夺血气昂扬。江渡老师就在场上，只穿一件圆领T恤，手臂和胸肌的线条紧致刚毅，小麦色的皮肤在夕阳下有着油画般的质感。

崖嫣呆呆地看着场上，内心一阵小马奔腾。

应该说，每一个女孩子心里都有一个篮球场，是曾经暗许芳心的地方。尤其是看到自己不愿承认，但又心仪的男生那样的青春迸发活力四射。

当时的张豆崩也像现在这样，目光仿佛春天里的蝴蝶，一直追随着江老师的身影翩翩起舞，不仅目光呆滞，还兀自感叹道："身材真是一流的黄金比例，听说还跑过'半马'呢。"

崖嫣故意问道："谁呀？"

张豆崩得意洋洋地晃了晃脑袋，没有吱声。

但是崖嫣一猜就知道是谁，因为看过江渡老师穿纪念参加半程马拉松比赛的运动衫。

他今天仍旧穿着牛仔裤，军绿色的薄棉夹克，里面露出黑色的针织衫，上面就隐约呈现出半马的字样，戴一只便宜的又大又黑的腕表。一如既往的通勤装扮，然而在崖嫣的眼里就是光芒四射。

时至今日，她还记得读书会的第一次聚会，同学们一一做了自我介绍，之后江渡老师说道，我是老师，又是召集人，在这里重申一下规矩和范围，那就是读书会还是以读经典为主。

不会闷吗？有同学提出异议。

就是闷啊，江渡老师回道，就是因为闷才要年轻的时候读，不然就读不下去了。他的话堪称语惊四座，但语气又是那么温和，目光是只有享受过温暖和爱惜的人才可能有的那种清澈。他继续说道，读经典是给人生涂一层底色，此后就不怕五颜六色了，至少有了基本的品位。这一点非常重要。

是一个伟大的人说的吧？当时张豆崩冒出这么一句。

是我爸爸说的。江渡老师如实回答，引来一片哄笑。但不可否认，许多同学都开始喜欢江渡老师，既平和，又坚持。

这时，杜丘和他的服务员已经派发完饮料，找位子坐了下来。而每次，必定等杜丘坐下来，江渡老师才会进入正题。他对别人的尊重和礼貌，总是可以打动敏感并且细致的崖嫣。

开始谈书，上一次活动结束前布置的书目是《傲慢与偏见》，每回都是这样，众人根据布置的书目回家阅读，然后活动时集中讨论。这时同学们有的拿着实体书，有的捧着电脑，有人拿着迷你苹果机，开始谈论各自的读书感想。

崖嫣的心情莫名其妙的黯淡，任何精彩的眉批和深度解读她都听不进去，包括同学们的一些奇思妙想。

只是在听到哄笑的时候，她也赶忙咧咧嘴，做出笑的模样，其实并不知道他们在笑什么。

二

读书会结束之后，豆崩提议去吃比萨。崖嫣说道："那是宵夜吗？比正餐还厉害。"心里面，当然是没有什么胃口。

豆崩大剌剌道："馋了呗，好想念红肠和芝士焗在一起的味道。"

崖嫣但笑不语，用沉默表示：不减肥了吗？

豆崩嘴角微微翘起，道："我都不怕，你怕什么？"

"走吧。"

"不然你想吃什么？"

"我真的随便。"

"我看你刚才一直走神，还是为兰老师家访的事生气吗?"

崖嫣做了一个不置可否的表情。

豆崩又道:"你今天在课堂上简直是用眼睛跟她掐架。"

崖嫣叹道:"好吧,我承认我和我妈是两个笨蛋,可是那又怎样?并不需要她的同情和拯救。"

"又不是病毒,干吗非要介入到别人的生活里?"豆崩面无表情地回应。

"我就想像一个笨蛋一样生活,不喜欢她的无微不至和三百六十度无死角的管理,我为什么不能有自己的秘密?难道老师就是侦探吗?"

"谁说不是,做个马卡龙卖,把我爸都叫到学校来了。让我觉得自己是个问题女孩。"

"可是你没暴露啊,我是在全班同学面前亮了相,我最讨厌这个标签,凭什么脑袋上贴个红纸条,单亲不单亲都可以过得很好或者很不好。"

"她要是知道我也是单亲家庭,肯定立刻成为她的小白鼠,不知怎么教育我才好。我真想不通,他们怎么有那么多一套一套的理论扣在我们头上?"

"她不会知道的,这是我们最后一点秘密。"说这话时,崖嫣和豆崩对望了一眼,两个人的目光像地下党员一样坚定。

这时有一个全身上下真假名牌混搭的女人气势磅礴地从她们身边匆匆路过,顺便飘过一丝恶俗的香味。

她们俩的目光再一次对望。

豆崩撇了撇嘴，小声道："她出门都不照镜子吗？她是煤老板的五姨太吗？打扮得这么土就出门了？"

望着那个女人的背影，崖嫣心想，她其实从来都不知道成年人到底是怎么想事的，同时也是她害怕长大的原因，没有之一。

点了厚底的纯正美国比萨，配料只有红肠和双倍芝士。由于已经不是饭点，店里的客人不多，所以热气腾腾的比萨很快就端了上来。用饼铲铲起一角，浓郁软糯的芝士便一条一条地拉成了丝，被不情不愿地拖进小盘里，香味扑鼻。

豆崩对准比萨张大嘴巴咬了一口，立刻闭上眼睛缓慢咀嚼，用鼻子发出心满意足的长鸣。

崖嫣喜欢她无忧无虑的样子，还有那种能摆平一切的轻佻。她看着豆崩小脸红扑扑的，皮肤细致光润到吹弹可破，身材也大有前突后翘的趋势。再看看自己，自卑心理又开始探头探脑地冒出来，黄黄的皮肤，平胸，瘦弱，砍掉脑袋看就只有十三岁。

崖嫣还是没有胃口，这是一个五味杂陈的晚上。

刚才在杜丘咖啡馆，散会前布置了下一期活动的书目是《毛姆短篇小说精选》。之后众人起身，三五成群地往外走。

崖嫣感觉到身边的豆崩一动未动，显然是不准备马上离开。渐渐地，人走得差不多了，还剩七八个人便向江渡老师和杜丘这边围拢。因为院子里安静下来，依稀可以听见他们在商量做公益的事，对此崖嫣并不陌生，据说江渡老师就是做公益时认识杜丘的。

读书会的分化在所难免，一部分人结伴看小剧场话剧，一部分人成立了环保小组，也有"吃喝团"，踏踏实实当一枚吃货。

江渡老师坚持的是才艺下乡，就是到贫困地区，如粤西或粤北的山区小学教当地的孩子唱歌、跳舞、画画，还有诗歌和电脑，花钱不多但是深受乡下孩子们的欢迎。

"我们也加入吧。"这时豆崩说道。

"加入什么？"

"当然是公益。"

崖嫣迟疑了一下，她倒不是缺乏爱心，而是……如果他们好，就不必当观众了吧。她现在唯一想做的就是逃离。

"走吧。"豆崩几乎是用命令的口气对她说道，然后两个人手拉手地走到江渡老师面前。

江渡老师自然十分欢迎她们的加入，不过还是问了一句："张豆崩同学，你为什么要做公益啊？这可不是选答题而是必答题哦。"他的意思是做公益贵在坚持，如果只是凑热闹完全不必开始，生怕孩子们感到被嫌弃。那种居高临下的救世主模样，也是要防微杜渐的。

"那老师你为什么要做公益呢？"豆崩出人意料地没有马上回答老师的问题，脸上反而闪过一丝挑衅的神色。

她是想让老师记住她吧。崖嫣心想。

江渡老师坦率地回道:"时尚。做公益是当代文艺青年的标识,多时尚啊,我得承认我是一个赶时髦的人。"

大伙笑了起来,杜丘并没有笑,反而一本正经道:"还真怕你说出只要人人都献出一点爱什么的……"他的话倒是引起哄堂大笑。

张豆崩一拍大腿道:"我也是这么想的,做公益多时尚啊,几乎每一部韩剧都有这个内容,也是每一个大明星的必修课。素颜、森女打扮、做公益,文艺女青年的三板斧嘛,我怎么能落伍呢。"

崖嫣看着这两张意气风发的脸,心想你们还真是志同道合呢。

"那么你呢?崖嫣同学。"江渡老师突然转过头来,微笑地看着崖嫣。

这应该是他第一次跟她说话,他们的目光在瞬间交汇,但没有停留一秒钟,崖嫣马上就像被烫了一样移开了目光,只觉得全身的血液都涌向头部,脸红得像歪嘴石榴都要爆开了。

崖嫣一时张口结舌,对于江渡老师的感觉,她从来都是很想见到他,但是一见到又千方百计地想躲避和逃离,从不指望有半点交流。

所以他突然开口跟她说话,着实把她吓了一跳。

更糟糕的是她感觉到周围一片寂静,仿佛所有的钟表统统停摆,全世界都在屏息倾听。心底的那个小小的自我冒出头来拼命地催促她,你说呀你快说呀,你知不知道你像个傻瓜?

"可能是孤单吧……"她的声线细弱像蚊子叫,但还是说了出来,"我希望和大家在一起,不管是做什么。"

她也真的是这么想的。

豆崩呼出一口气,右手重重地搭在崖嫣的肩膀上拍了拍:"嗯,与众不同,我就是喜欢你的与众不同。"

崖嫣记得江渡老师也是颇以为然的神情,好像还点了点头。

整整一个晚上,豆崩就是一边享受比萨的美味,一边夸奖江渡老师,这也好,那也好,总之样样都好。就算扯到别的话题,也会老马识途一般地返回来,接着说江渡老师怎么好。这让崖嫣坚信,张豆崩做公益根本不是为了变成时尚的文艺女青年,而是为了和江渡老师在一起。

当然她自己也一样。

三

刚走进房间,就闻到一股红葱头蒸鸡的独特味道,江渡忍不住吸了吸鼻子,说了一句好香。

又是一个周末的晚上,天气晴好。江渡例牌回家,看见巷子口有人聚在一块下棋,从来都不是两个人,总有一圈人在观战或者抓脑袋。还有人出来遛狗。街坊们凑在一起有很多的废话要说。这对江渡来说是回到人间，他今天一天都在学校的宿舍里画画，不知不觉天色渐暗。

父亲一个人坐在餐桌前独斟独饮，心情平静的样子，见到他就说江姜同学有约，母亲跟人结伴去买便宜货了，好像是哪家超市大放血。

一边叫他一块喝一杯。

江渡答应着去厨房拿了一个酒盅，和父亲相对而坐。

父亲只喝二锅头，他曾经劝过他改喝葡萄酒，父亲说那不就是糖水吗？江姜喝还差不多。他觉得还是二锅头有劲，而且在部队时就喝，已经喝惯了。不过关于部队的生活就到此为止，其他的一切只字不提。一直让细心的江渡感觉到父亲对那一段经历多少有一点讳莫如深。

江渡对二锅头就是意思一下，谈不上喜欢，但是他喜欢陪父亲喝酒。喝过酒的父亲说话直白、稠密，偶尔还会有老拳重击的感觉，不像平常那么沉默、隐忍，前后完全是两个人。

不过这一次，他似乎仍旧心思凝重，不发一言。

"你没事吧？"江渡问道。

"没事。"父亲眼皮都没有抬。

"还说没事，最近一段时间都是扑克脸。"

"什么意思？"

"一点笑容都没有啊。"

父亲终于勉强笑了一下，自语道："我真是越活越没有自信了，我年轻时候的自信就像力气一样好像都用完了。"

这回换成江渡说:"什么意思?"

"我在报纸大黄页上登了一个虚假广告,自己看了都觉得羞愧。"

餐桌上果然放着一张当天日报的广告分类大黄页,上面密密麻麻红绿黄蓝各显奇招的广告亲密无间地挤在一起。小蚂蚁夹在中间只有豆腐干大小,上面除了印了一只蚂蚁和一行电话号码外,还写着"曾经一夜搬走机场、电视台,搬迁长征三号运载火箭,神舟五号飞船等"的广告词。

江渡当场都给惊着了:"爸,你还真敢说啊。"

"是啊,我都觉得自己面目可憎。"

"不过登都登了,没有人会相信这是真的。"

"可是已经接到两单生意了。"

"真的假的,也太好笑了吧。"江渡的眼睛瞪得更大了,但转即笑道,"就当是求生存吧,像爸说的那样'静悄悄的做人,像早晨一样清白'估计只是一个愿望,根本行不通。"

"所以啊,我现在是敲锣打鼓地做人,像下午一样混沌。"

父亲不再说话,带着自嘲的笑容一杯一杯地喝酒。是的,这一次卖掉家里的小饭馆,父亲再不像从前那么自信和潇洒了,真的就像他的容颜、力气、孔武的线条一样,潮水一般地退去。

最伤害他的，应该是去做这些不屑的事。不屑，但是他都做了。江渡在心里为父亲难过，因为他是老派的人。

不过他还是宽慰父亲道："爸，你也不要太纠结了，就像妈说的，无论发生什么事，只要一家人能整整齐齐无灾无险地坐在餐桌前，就是幸福的家庭了。"

沉默了良久，父亲才不情愿道："我用了很长时间，才发现你妈是家里的定海神针。"他继续说道，"我总是把生活搞得一团糟，害你妈吃苦受累，害你妹退了棋社，害你丢了女朋友……"

江渡急忙打断父亲的话，说道："爸你千万别这么想，是我们自己不合适。"

"那个女孩还不错，一看就是过日子的人。"父亲是真的惋惜，声调低沉下去，"我第一次听说高富帅，以为是面粉的牌子，因为年轻的时候吃富强粉的白馒头，是最高级的享受，很令人难忘，后来才知道是名牌男孩的意思。"

"爸，老实说，家里不出事，我也会跟她分手的。"

"为什么？"

"没有心动的感觉。"

也许是太急切地想安慰父亲，江渡脱口而出道："爸，这是真的，因为我现在终于明白了心动是怎么回事。"

这话倒是把江渡自己先吓了一跳，因为是深藏心底的秘密，认为跟谁都没有办法开口，竟然被没怎么喝酒的自己说了出来，实在让他暗自吃惊。

父亲抬头看了他一眼，似乎在确定此话当真。

然而话已至此，他也只能沿着这个话题说下去，虽然仍旧没有想好怎么说，结果冒出来的一句话是："爸，你相信缘分吗？"

父亲叹道："我不是相信，而是太相信了。"

"我也是觉得太奇怪了，在我不认识她之前，当然我也没有见过她，可是我画的明信片上的女孩跟她长得一模一样。"

再微薄的公益活动也是需要钱的，孩子们画画要用纸和笔，当他们第一次看到彩色铅笔的时候，犹如城里人见到了大海或者日出。为了做公益，江渡把自制的明信片放到格子间去卖，所得甚微，但他总会想起母亲的话：蚊子腿也是肉。母亲生性节俭，这是她爱说的一句话。

此外，还帮人画手绘T恤。图案都是人家规定好的，如熊猫、长城还有汉字，估计是卖给外国人的。

他需要钱。

他有一个小小的愿望，就是带着贫困山区的孩子来一次长隆野生动物园。在一次义教活动中，他叫孩子们画动物，然而除了猪和鸡，他们从未见过狮子、斑马、长颈鹿。这很正常，他应该想到才对，也因此有了这个愿望。

前女友曾经说过，我们都这么穷了，你还想着别人。

他当时没有说话，但是心里却想，穷则独善其身。如果又穷又没有品质，才是真正的穷人吧。他也知道，这种想法不合潮流。他的同学有的去了设计公司，有的直接接装潢或装修的活儿，目的当然都是为了发财。有谁会去津津有味地做一个美术老师呢？或许也是每个人对时尚的理解不同吧。

前女友走了，他也不是不难过，不过同时又有一种如释重负的感觉。

江渡记得，那是在一次校外写生的时候，许许多多的学生中，他先是不经意地注意到那个女孩，没有什么特别，但就是感觉到这个小黄毛丫头似曾相识，仔细一想，颇感意外。

后来听说她的名字叫危险，心想怎么会有这样的名字？这是名字吗？难道她的父母是想让人远离她吗？

为什么是危险呢？真的是危险吗？她又是什么样的危险？

以往也听人说过什么前世就遇到过之类的话，从未当真，想想不过是《牡丹亭》里的唱词，如果变成了寻常之事，那还有什么千古名篇？

可是见到崖嫣，不由得不信。

他开始默默地注意她，一直在想她为什么会吸引他？她的单薄、瘦弱和一脸的懵懂与倔强？似乎都不成其为理由。但就是犹如内心里植入了一株树苗，它每天都在成长，蓬勃翠绿，没办法无视她的存在。

他想破了脑袋，但还是不明白。

"你会不会太文艺了？"父亲问道。

"我也觉得不可思议。"

"我其实希望你实际一点，要不然一辈子辛苦。"

"可是爱情都是辛苦的啊，爸。"

父亲顿时愣住了，一种莫名的伤感令他的神情涣散，少有地举起酒杯主动跟江渡碰了一下，舌头有些打结道："怪不得有人说，多年的父子成兄弟。"

隔了一会儿，父亲突然落下一滴老泪，但是他什么都没有说。

酒，是一个好东西，可以让人自我放逐。江渡这样想着，他一直觉得父亲是一个无解的谜，更需要释怀。

一切归于平静之后，父亲说道："方便的时候把她带到家里来吧。"

"她还不知道。"

"为什么不告诉她？你们这一代人，不是死了都要爱吗？"

"她还小，是我的学生，这让我有罪恶感。"

父亲沉吟片刻道："是一见钟情吗？"

"嗯。"

父亲平静道："我和你妈也是一见钟情。"

江渡笑了。

"你笑什么？"

"你们肯定是相亲认识的，然后交往了没多久就结婚了。"

父亲翻了翻白眼，眉心拧成疙瘩道："为什么呀？为什么我们就不是一见钟情？我们有那么生分吗？"

"你们不是生分，你们一直相敬如宾。但你们是两回事。"

父亲不知不觉吸了一口凉气，似乎酒都醒了，歪着头，一时间像个小学生似的问道："有这么严重吗？两回事？"

江渡想了想，深思熟虑道："你看我妈吧，是一个很务实的人，但是爸，你不一样，你其实挺文艺的。"

父亲大笑道："我是工程兵出身，从以前到现在，干得都是力气活，说白了就是一个大老粗啊。"

江渡不说话了，笑。

父亲忍不住催促他道："你说你说。"这时又发现酒没了，自己便跑到储藏柜里翻酒，然后对江渡莞尔一笑："今天我们一醉方休。"

江渡不愧当过老师，声调不急不缓，神情四平八稳，道："我只说两件事证明你不是大老粗。我三年级的时候，是个夏天，闷热得不行，妈不在家。你闲着没事，看到江姜睡得很死，就把她的脸画成孙悟空，我在做作业，被画成沙和尚，你自己画成猪八戒。那张黑白照片后来不知弄到哪去了，长大以后我一直想，如果你是大老粗，怎么可能看过《西游记》呢？"

"没看过《西游记》，也知道孙悟空啊，家喻户晓的动画人物嘛。"

"那是没错，但是大老粗会对着脸谱一笔一画勾脸吗？"

父亲无话可说。

"有这事吗？"他想了一会儿，好像也没有想起来。

"还有一次，是电视里的青年歌手大奖赛，听力测试的时候，放了一段对大家来说都挺陌生的乐曲，你当时就坐在电视机前面，马上就答出是维瓦尔第的小提琴协奏曲《四季》。请问你拉过小提琴吗？我想不明白，为什么你会那么熟悉古典音乐？"

父亲再一次哑口无言。

四

卧室里没有人，但是卧室内的洗手间里传来哗哗啦啦的水声。

张豆崩坐在母亲的梳妆台前，熟视无睹地看着那些高级护肤品，像等待检阅的士兵一样整齐排列。她随手拿了一瓶香水，往自己的身上喷了一下，淡淡的玫瑰气味弥漫开来。又把梳妆台上足有两米长的珍珠项链一圈一圈地绕在脖子上，人顿时成熟了十岁。

雪白的地毯上有一双红底高跟鞋，豆崩站了上去，马上有一种急于颐指气使的感觉，快意极了。

无论多少次来到母亲的房间，豆崩都觉得母亲更像是"野晴小姐"。

"你是验尸官吗?在这里翻来翻去的。"正想着,身后便传来野晴小姐喑哑磁性的声音。

豆崩转过头来,野晴小姐已经从浴室里走了出来,整个人包裹在松软的浴袍里,一边在脖子和手臂上涂着润肤霜。又是淡淡的玫瑰香型,母亲热爱的玫瑰、珍珠、红底高跟鞋、《安娜·卡列尼娜》,还有钥匙扣上的一颗巨大的水晶,无不诉说着她的寂寞和忧伤,即使她平时给人的印象总是红尘滚滚,一副赚钱赚翻了的忙碌。

"妈,我需要钱。"

"多少?"

"一万。"

野晴小姐在脸上拍爽肤水,对着镜子说道:"我是银行吗?还是提款机?再说了,给你的零花钱还不够多吗?你看看你网购的那些东西,堆成了山,有的到现在都没拆封。"

豆崩感觉到今天晚上的野晴小姐有一点无名火,以往她对钱没那么敏感,当然她也没有要过这么多钱。

"我网购的东西是花生、桃干、黑蒜油方便面,根本没有贵东西。"

"那你要这么多钱干什么?"

"事先声明,我可不是要买什么名牌,是要做公益事业。"的确,豆崩听了江渡老师想带乡下孩子参观动物园的愿望,认为这件事情非常有意义,希望可以尽快进入实施流程。

她想母亲跟她下面的对话一定是：什么公益事业？这个计划太了不起了，我真为你感到自豪等等。但想不到的是母亲半点好奇心都没有，也没有看她一眼。

野晴小姐说道："公益事业？这么崇高的事你应该跟你爸爸要钱。"

豆崩愣住了，想不明白怎么突然提起爸爸了。

半天豆崩才回道："他没钱。"

"听听，没钱还这么理直气壮。"

"妈你真是太奇怪了，你明明知道他不爱钱，干吗要为难他？"

"我不是为难他，而是觉得你很奇怪，你叫你爸爸去开家长会也就算了，为什么还要叫那个什么小陈阿姨冒充我去开家长会？我就这么见不得光吗？这么给你丢人吗？"

豆崩一时无话可说。

心想一定是袁浩的妈妈告诉野晴小姐的。袁浩的妈妈是野晴小姐的客户，据说现如今最坚固的友谊不是来自朋友，而是客户。这个女人在家长会上看见她和小陈阿姨勾肩搭背，眼里曾经流露出一丝疑惑。

这是两周前的事，爸爸出差去了，只好叫小陈阿姨替代。豆崩也想过叫野晴小姐来开家长会，但是以兰老师的火眼金睛立刻就会发现问题。

野晴小姐就是要等着她开口要钱的时候再质问她，

所以她哪里是无名火？明明事出有因。她希望她明白钱是多么重要，无论要做多么伟大的事，都不应该轻视爱钱的野晴小姐。

这是一个越描越黑的问题。"钱我不要了。"豆崩低声说道。一边脱掉高跟鞋，并且把脖子上的珍珠一把摘下来，小心翼翼地放回梳妆台上。

"我的话还没说完。"

正要离开的豆崩只好站在原地。

野晴小姐问道："你没有什么可解释的吗？"

豆崩摇了摇头。

她也真的不知道该说什么。

跟崖嫣一样，她不想让人知道她是单亲家庭，虽然有一些励志的说法，但根本是全社会的偏见。尤其是兰老师，那么处心积虑地要把他们像土豆一样一个一个刨出来，然后变成她眼中的问题女孩。

母亲不会理解的，她相信的是实力，是有钱以后便可君临天下。豆崩决定什么也不说。

野晴小姐好像真的火了，提高声音道："张豆崩你明不明白，我不是为了钱，也不是为了家长会，而是因为……你是不是觉得我很爱钱，所以很可耻？"

豆崩吃惊地看着母亲，这话听上去很刺耳，但在她的心底，是否觉得崖嫣的妈妈、小陈阿姨这样的人更像妈妈？

"如果你觉得他们那么好，那你就搬过去住好了。我一个人没关系,也没有任何问题。"野晴小姐冷冰冰地说道。

"妈,你是不是太小题大做了?"

"你吃我的,用我的,花我的,跟我要钱,心却在那一头,你觉得这是小题大做吗?"

"反正我不是这个意思,我也不要钱了。"

"不要就不要,你以为我会偷偷塞到你的书包里吗?"

豆崩头都不回地走了。

她回到自己的房间,倒在床上,枕着双臂发呆,怎么也想不明白自己居然会为了钱发愁。想起以往漫不经心的样子,野晴小姐就说过,张豆崩你没有资格视金钱如粪土,在别人眼里会是一个笑话。

没有缘由的,对钱竟然生出几分敬畏之心。

这一天的深夜,张豆崩夹着自己的枕头来到母亲的床上,两个人都流下了泪水,然后相拥而眠。

她本来想对野晴小姐说,你对我来说很重要,你才是我的唯一。我懂。当然她什么也没有说,这不是她们之间表达感情的方式。她们会斗嘴,互不相让、甚至有些冷漠,却又无不心心相印。

第二天早晨,豆崩被父亲的电话叫醒,野晴小姐的大床上只剩下她一个人。光线从厚重的窗帘缝里挤成一道闪电。

她揉着眼睛走到餐桌前,家政工人正在布置早餐,有丰盛的水果和煎蛋的香味。野晴小姐穿着淡藕荷色的晨褛坐在沙发上,身体微微前倾,茶几上是一大束平躺在她面前的玫瑰,新鲜到露珠未干,工人隔三差五会在早市买来时令的鲜花,也只有玫瑰,野晴小姐会一枝一枝修剪好,插入广口透明的玻璃瓶里。那些玫瑰亭亭玉立,娇嫩矜贵,不禁让人肃静俯首。

早晨真好,太阳照常升起。可以让生活恢复原样,似乎什么都没有发生过。

豆崩这样想着,一边站在母亲身边,观赏那些玫瑰。

"知道我为什么喜欢玫瑰吗?"野晴小姐面色温柔地说道。

"是因为有刺吗?"豆崩心想,野晴小姐肯定不愿听到平庸的回答,例如非凡的美丽幽香之类。

野晴小姐果然点头道:"耐旱耐涝耐寒冷,而且有刺有价。"

有刺有价。豆崩心想,这不就是野晴小姐的真实写照吗?

此后,她们谁都没有再提起那个令人伤感的夜晚。

五

吉之岛超市的出口处,不大的地方开了两家咖啡厅,一家健康热饮,还有一家以鲜榨为主的水果站。但由于是小周末,人还是很多,崖嫣和豆崩从超市里挤出来,她们只是买了一些零食和糖果。

第二天凌晨五点就要起床集合，利用双休日参加第一次的艺术支教活动，这让张豆崩格外的兴奋和期待。但是崖嫣看上去是既激动又纠结。

超市的大门外，有一家凉茶店，这里倒是比较冷清。店的一边是装各种凉茶、特色饮料的保鲜柜，另一边是三张小圆桌，贴着落地玻璃窗，每桌都配了三把椅子。此时一个人都没有。主要是人们喝凉茶的习惯，若不是站在门口一饮而尽匆匆离去，就一定是整瓶买回家慢慢喝，很少有人坐在店里品味苦涩的凉茶。

她们两个人当然是因为这里有座位才会坐下来，勉强要了加热的枇杷雪梨特饮，一喝还是满嘴药味。

豆崩瞪着一双圆眼睛看着崖嫣，意思是说吧，你不是有话要说吗？

本来她们约好今晚早睡，明天早起。现在也买好了路上的零食和给孩子们的花花绿绿的糖果，理应赶紧回家睡觉。

崖嫣一副死相，低声说道："我明天还是不去了。"

豆崩当场愣住，半天没说出话来。她依然看着崖嫣，但是明显的，崖嫣回避了她的视线。

"为什么呀？"豆崩盯着崖嫣问道。

"不为什么，我妈的身体……"

"打住，拜托你换个理由，我一听你的语气就知道是假的。"

崖嫣不再说话，也还是不看豆崩的眼睛。

豆崩突然有点明白了，道："你不是孤独吗？我不是时尚吗？其实那都是借口，我们是为了一个人才去参加支教的。"

"没有没有，不是这样的。"崖嫣一直摆手，生怕豆崩口无遮拦说出什么来的样子。

豆崩笑道："我还什么都没说呢，你干吗这么神经兮兮的？"

崖嫣的脸红了，像铁板烧，只差没冒出烟来。

豆崩又喝了一口枇杷雪梨汁，心里想着但愿真的能润肺，嘴上不紧不慢道："崖嫣，我知道你喜欢江渡老师。"

崖嫣猛地抬起头来，这一次她情不自禁地看着豆崩。

"而且，"豆崩得意道，"我觉得江渡老师也挺喜欢你的。"

崖嫣一下子站起来了："你不要瞎说好不好。"

"我不是瞎说啊，他跟我打听过你啊，每次我说起你的事，就觉得他的耳朵竖起来了。"豆崩笑嘻嘻地打手势叫崖嫣坐下来。

"这是不可能的。"

"有什么不可能的，这是一个万事皆有可能的时代，你们很特别吗？"

"我不是这个意思。"

"那你是什么意思？你不愿意参加活动，不就是为了避开他吗？总不见得是为了避开我吧。"

崖嫣坐下来，显出横下一条心的样子，道："我觉得你也很喜欢江渡老师啊。"

"我哪有喜欢他？我喜欢的是程思敏好不好。"

"程思敏是谁？"豆崩感觉崖嫣的脑袋一直转一直转，但完全想不出来这个人是谁。

豆崩心想，程思敏虽不是玉树临风，但也十分抢眼，于是提示道："也是我们读书会的啊，只不过他是高三的，帅锅。不爱说话，但是非常聪明。"

崖嫣还是没有半点印象。

豆崩不快道："你怎么会不知道程思敏？他不但在读书会，就是在我们学校也很出名啊，是天才的尖子生啊。"

崖嫣抱歉道："我真的不知道谁是程思敏，但是豆崩，谢谢你告诉我这个秘密。"

"这真的是一个秘密噢，他好像完全不知道我的心意。"豆崩一边说一边拿出手机，似乎更介意崖嫣连程思敏是谁都不知道。

手机上的照片显然是偷拍的，崖嫣看见一个面目模糊的男青年，是在篮球场上三步跨栏一跃而起的动作。

崖嫣忍不住脱口而出道："这么瘦，个子好像也不高。"

"你想起来了吧？"

崖嫣翻了一下白眼，还是摇摇头。

不一会又道："你还说他的身材是黄金比例？"语气

像是在质疑假冒伪劣。

"哪有那么差?"豆崩拿回手机,又看了一眼,有些迷茫道。

"就算看了照片,人群里还是认不出啊。"

豆崩懒得再理崖嫣,单手托着下巴把目光移向窗外。

她记得第一次见到程思敏是在读书会的活动上,当时也的确不是被他的容貌吸引,而是觉得他与年龄不相符的沉默寡言。别的同学都在开玩笑或者说一些书中趣事,只有他旁若无人,手不离卷。后来豆崩发现那是一本《庄子》,心里很不以为然,觉得他"装×"。但后来每个人做自我介绍的时候,程思敏说他酷爱古典文学,还背诵了一段《离骚》,才让张豆崩对他刮目相看。

程思敏跟江渡老师的关系很好,如果是课余时间,常常形影不离。豆崩后来才知道,这是因为程思敏有着保送清华大学的成绩,尤其是屡次得过奥林匹克数学奖,但他自己的愿望却是读师范,将来做一名普通的老师。

据说所有的人都对他的想法大跌眼镜,只有江渡老师觉得这个愿望很好,也支持程思敏的想法。

包括打球和跑步,程思敏都是受了江渡老师的影响,江渡老师就是说他太瘦了,小腰板难以承担自己的理想,学习永远都没有身体重要,更何况为人师表同样有个形象问题。总之句句话都说到程思敏的心坎上。

有一次,豆崩的父亲张箭要带着体院的学生去大夫山国家森林公园骑游,晚上还在那里露营,这当然是张豆崩的最爱,于是约了读书会一票同学参加。江渡老师和程思敏都去了,当然还有崔嫣,所以崔嫣居然不知道程思敏是谁?简直让豆崩无话可说,可见她的小脑袋里满满的都装着别人。

森林公园的绿道骑游并不是永远一马平川,很快就遇到"勇敢者小道",只见山道崎岖,丝带一般缠绕在灌木丛中,虽然是自行车道,却也险情四伏,至少能把屁股颠麻,把人累趴下。

女生们纷纷绕道而行,只剩下张豆崩成为勇敢者。男生里面,程思敏有些犹豫,因为那时他的确单薄瘦弱,而且面色苍白还有点上气不接下气。

但若是他一个男生混到女生堆里绕道而行,那不是逊爆了,成为一辈子的人生污点?所以张豆崩大声道:"走啊,程思敏,到这边来,还愣着干什么?"程思敏无路可退,只好踏上勇敢者小道。

父亲张箭自然是在最前面开路,豆崩在最后押尾,她叫程思敏在她的前面慢慢骑,总之她在后面保驾护航。然而极少运动的程思敏还是摔得不轻,路一不好走,他的手就把不住车头,连人带车翻倒在山道上。豆崩只好不厌其烦地把自己的车扔在一边,扶起程思敏,还从双背包里拿出创可贴、纱布之类的东西给他解决擦破伤等问题。最后干脆陪着他一块推着车在山道上一瘸一拐地走,令程思敏满脸愧疚之意。

他们严重掉队了,而且又饿又渴,程思敏只带了一个干面包。张豆崩给他吃自己带的三明治,里面有火腿肠和鸡蛋,还有拌着沙律酱的黄瓜蔬菜粒。程思敏说太好吃了,问她是在哪里买的?豆崩说是自己做的。程思敏几乎惊掉了下巴,他说不仅是他,就连他妈妈也做不出这么好吃的三明治,他们家平时都是在食堂打饭吃,吃什么都是一个味,就是食堂味,有时候虽然很饿,但光一想到,意念上也就饱了。

豆崩又从双背包里翻出自制的马卡龙送给程思敏吃,程思敏的眉毛都在脑门上跳舞,说他根本不知道世界上还有这么好吃的东西。

而且,而且还是张豆崩的两只小胖手做出来的,他觉得太不可思议了。

豆崩当时的表情是本该如此,这些都是寻常食物,又不是龙肝凤肾、驼峰熊掌值得大惊小怪。难道他生活在地狱里吗?

"这饼干叫什么名字?我可以网购。"程思敏问道。

"少女的酥胸。"张豆崩存心想逗逗这个书呆子。

程思敏顿时停止了咀嚼,一时不知所措,脸颊涨得通红。结结巴巴含糊不清道:"不可能,不可能有这种名字……你瞎编的吧。"

"当然是真的,只是你不知道而已。"豆崩笑道,"吃个饼干还脸红,你也太老土了吧。"谈笑间,又把自己跟马卡龙的故事,包括对兰老师的不满竹筒倒豆一般统统说了出来。

程思敏一直认真地听，时不时地还若有所思。

豆崩不禁叹道："我也知道，兰老师希望我们成为一尘不染灵魂高尚的人，可是不知为什么，她越是高海拔我越是想干坏事。"

程思敏不住地点头，表示深有同感，并道："我认为这根本不是坏事，分明是她无中生有。"

现在想起来，也许就是在那一刻，豆崩便把程思敏引为知己。

两个人正聊得起劲儿，只见一位同学从前方跑来，并没有骑车，只是徒步而来，说是张箭老师让他来接应落在后面的同学。豆崩忙道："是我们俩断后，路实在太颠了，程同学只好陪我慢慢走。"那位同学听毕，便主动接过豆崩手上的自行车，三个人一同下山。

不仅如此仗义，豆崩在走完勇敢者小道时，还安慰了程思敏一句："放心吧，这是国家机密。"

总算，到了太阳快落山的时候，骑游之路又开始好走，并且风景更加动人，犹如骑进一幅水墨画卷。这时绕道的同学、掉队的同学和等待的同学重新汇集，为这幅画卷增添了明快的青春色彩。

抑或是一首热情澎湃的交响诗，一条水晶般清亮的溪流。

欢歌笑语的队伍再一次出发，开始最后的冲刺，等到达目的地后便可安营扎寨，彻底休息。彼时，大伙在绿道上正挥汗如雨,骑得又辛苦又兴奋,冷不丁来了一场雷阵雨,于是纷纷跑到树下或亭子里避雨。只见程思敏在雨中两手撒把地狂骑,嘴里还哇啦哇啦地大嚷大叫,跟疯了似的。

有同学说,他打了鸡血吗?

傍晚搭帐篷的时候,程思敏也是异常兴奋,摩拳擦掌地想帮助别人,但其实他是第一次露营,反而是张豆崩更受同学们的欢迎,她对安装帐篷的熟悉程度,令程思敏叹为观止。

一直以来,程思敏由于学习成绩好得令人惊叹,同时又有过目不忘的天赋,所以表面谦和的他内心极其傲视群雄,根本不把平庸的同学们放在眼里。这是豆崩从他经常低垂的眼皮和微微上翘的嘴角间读到的,骗得了别人但是骗不了内心敏感的张豆崩。

不过很明显的,这一次他对张豆崩的态度,慢慢地从爱答不理发展到多看她好几眼。

这天晚上吃完饭,大伙在夜色中围着湖边散步。

白天的战斗友谊终于开始发挥作用,豆崩和程思敏单独聊天,在不知不觉间被甩在了人群的后面。程思敏对她说,他所以发疯,是因为压抑,觉得人生没什么意思。

豆崩当时有些吃惊,她说我们的人生还没开始吧?

现在想来,那一天程思敏是决心要打开话匣子,别说是对着豆崩,就是对着绿草、树木、岩石、群山也会说上几小时。

他说他的人生早就开始了,从降生的那一刻起。"你听听我的名字,"他说,"勤于思而敏于行,就知道我的父母对我寄予厚望。他们是千千万万中国式父母的化身,勤勉,勤力,把所有的心血倾注在我身上,也注定了我的生命也许就是一场逃亡。

"我从小就是看书,学习,做题,没有节假日,因为我妈妈说我天资太好,不学就浪费了。如果我得了奖,她就把那些奖杯奖牌和奖状放在家里最显著的位置,我开始也没有在意,因为学习对我来说的确是一件轻松的事。但后来我五年级就架上眼镜,身材瘦小得跟姑娘似的,我开始反感他们对我的教育,也因为我感觉不到快乐。

"我发现父母亲如果齐心合力地要培养孩子,那真是一件可怕的事情,还不如有争吵、闹小三那样生活得多姿多彩。

"我的父母就是高度和谐,志同道合,一个人若想出一个培养我的点子,另一个人一定拍案叫绝,然后进一步完善。我在家里其实特别孤独,绝对是寂寞高手,根本没有人可以说心里话。

"曾经,高一的时候,由于要代表学校备战数学竞赛,学校单独给了我一间办公室做题,我在那个几乎是封闭的空间做得天昏地暗。终于有一天,我做题做到吐了,回到家肚子饿但又不想吃东西,现在想起来,如果当时我妈叫我好好休息，或者看看电视打打电玩，或许我就没事了。结果她在我身边一直说励志的话，喂我心灵鸡汤什么的，我一下就崩溃了，突然嚎啕大哭。我质问我妈妈这样的人生有什么意思？只是比别人会做题有什么意思？这不是我要的人生。我一边哭一边把饭桌掀了。

"那是我第一次跟父母亲冷战，我爸爸还好，后来开始在我和妈妈之间和稀泥。但是我妈妈一直不肯原谅我，她说程思敏，你将来是要做大事的人，怎么可以在微不足道的困难面前一败涂地，情绪失控?!

"我为什么喜欢江渡老师？当然首先是我从心里热爱艺术，其次是只要跟江渡老师在一起，就觉得心里特别温暖，无论我跟他说什么，哪怕是纠结成一团乱麻的心情，他都是微笑地看着我，包容又淡定，并且都能理解。但是老实说，这种感觉在家里找不到一星半点。

"那次的数学竞赛我还是拿了金牌，我妈妈总算露出特赦我的表情。但是我并没有半点高兴，还找了个没人的地方痛哭了一场。

"我跟父母之间的矛盾总爆发是去年寒假，他们让我去参加一个'青少年领袖素质训练营'的班，十天的封闭式培训，美国请来的导师，学费四万五。不知为什么，我当时就想四万五能买多少好吃的，能买多少口香糖、巨无霸、可乐，多少电玩和苹果机，还可以去美加或欧洲豪华游。有一次我想买一双新款的耐克，我妈就回了我一句玩物丧志。你说这是哪儿跟哪儿，它们之间有关系吗？所以我坚决不去训练营，心想这才是最大的浪费。我说我根本不想当领袖，只想做一个普通的人。我告诉他们我的理想就是当一名老师。

"我爸爸妈妈当时就疯了，轮番地跟我吵架。他们对我的胸无大志非常失望。这一次，反而是我比较镇静。

"我妈说，我明天就去交钱，这个班你上定了，一个人年轻的时候就那么关键的几步，但是你不自知，所以才说父母亲的责任重大，你将来能够成就一番事业，到那时候就会感谢我们了。我爸在一边频频点头。我觉得他一直挺崇拜我妈的，认为我妈的话特别正确，也特别有力量。

"我说，你们如果交了钱我肯定会去，因为不能浪费钱，这个道理我懂。但是这也改变不了什么，无论是送我去白宫还是中南海，去学习还是去深造，我也还是当老师，而且不会教数学，我就教艺术或者历史。

"说完这些我就不再说话了，无论他们说什么，我既不反驳也不生气。但在我的心里，以前跟他们是没有隔膜的，那一刻突然生出了一道厚厚的墙。

"这是一场战争，而且是我有生以来第一次向父母公开宣战。没有硝烟炮火，血雨腥风，我们三个人都温文尔雅，表面上一切照旧，每个人该干嘛干嘛。但是真正的局面是他们说他们的，我干我的。"

听了程思敏的故事，豆崩完全接不上话，只剩下暗自吃惊。这一切太超出她的少得可怜的生活经验了，所以轮到她不知所措，只能双眉紧锁，傻傻地看着程思敏。但是在感情上，她非常清晰自己站在程思敏这一边。

"后来你去参加领袖素质训练营了吗？"

"去了。我妈说到做到，第二天就去交了钱。"

豆崩半晌无语，心想比起程思敏的妈妈，野晴小姐已经是天使了。自己可真是珠玉在侧瞎了狗眼。

从此以后，他们成为无话不谈的好朋友。只是豆崩心里明白，程思敏一直拿她当哥们儿。而她，没有缘由地凌空一跃，就是非常喜欢程思敏，是那种少女怀春式的喜欢。密码是她没有办法无视他的才华和他抵御成为领袖的英雄气概，她喜欢他，喜欢他的一切。

这一天的晚上，豆崩和崖嫣例牌在地铁站里分手。两个人是不同的方向，等车时，豆崩感觉崖嫣的脸上有一层淡淡的喜气，跟刚进吉之岛时的面色黯淡判若两人。心想，什么嘛，明明就很期待明天去才艺支教的活动，明明就很想见到江渡老师，还装作不想去的样子，让人死说活劝的，这可太不是崖嫣的风格了。于是豆崩对崖嫣说道："知道我怎么看出来的吗？"

"看出什么？"

"上次在读书会的活动，你的眼睛就没从江渡老师身上移开。"

"我哪有？！"

"而且只要看见他，你的心里就开始放烟花。"

"我哪有?!"

崖嫣的脸又红了,这一次是冒着烟的铁板烧。幸好她要乘坐的地铁先到,两个人急急地说好明天凌晨见。然后崖嫣匆匆忙忙上了车,透过玻璃窗,彼此几乎同时做了一个淡定的手势。

这时,豆崩要乘坐的地铁已经缓缓进站。

六

上课前的五分钟,教室里面乱哄哄的,许多同学在大声说话,像憋了太久的鹩哥,一旦发声就没完没了。还有人在相互追逐。然而江渡一眼就看出崖嫣不在教室里,不光因为她的座位空着,打打闹闹的人群里也没她。

江渡走到张豆崩的课桌前,豆崩正在书包里翻美术课的讲义。江渡问她崖嫣怎么没来上课。豆崩说她重感冒,发烧,她妈妈已经给她请假了。

江渡点头离开,其实也是他意料中的事,只不过证实一下而已。

上周六去支教的地方仍旧是湛江遂溪的麻石村,开始还比较顺利,他带着同学们坐上长途汽车,随着都市喧嚣的远去,视野渐渐开阔,远处青山蜿蜒,近处是成片的农田,有一种杏花孤影响笛声的韵味。

然而几经辗转,终于离麻石村越来越近。看得出来,同学们对贫困偏僻山区的现状做了充足的心理准备,但还是被眼前的荒凉和孤远所震撼。明显感觉到开始的轻松、兴奋和不过如此的"支教就是春游"的想法彻底动摇，没有人说话了，尤其是第一次来支教的同学，都在用沉默掩盖内心的惊讶和恐慌。

麻石村只有一条崎岖狭窄的山路与外界相连，不通汽车，从乡政府到村里要走三个多小时。

江渡斜背着挎包，除了简单的行李，他还背着画板，背着一挎包的文件纸，因为废弃的文件背面洁白挺括可以画画。他的一只手还拎着装满清水的透明塑料袋，袋子里游动着优雅闲适而又色彩鲜艳的金鱼。这一次他想叫孩子们画金鱼。曾经，因为孩子们缺少见识，他只好叫他们每一个人都画一张自画像，结果他们都画得出乎意料的好。于是江渡把画作拍下来，挂在网上，他希望有更多的人支持公益事业。

麻石村教学点只有三间简陋的教室，其中一间还塌了一面墙，后用几根木桩撑住，像是没有玻璃的落地窗，冬天的寒冷程度简直不敢想象。

好在这里的老师是一对中年夫妇，他们三年前辞去了深圳的高薪工作，卖掉了房子和汽车，来到这个教学点工作。以前这里只有一至四年级，现在有了五六年级，学生从十六人发展到三十多人。这一对夫妇非常懂得才艺支教的重要性，称这是在孩子们幼小的心里播种，毕竟艺术是精神世界的一个窗口，它可以让平凡的生命飞翔。

尽管艰苦，尽管穿得破烂，孩子们的眼神依旧清澈。

再说来参加支教的高中同学也还是孩子,所以很快大孩子们就和小孩子们玩在一起。

有的小同学画画,有的朗诵诗歌,有的在一把吉他的帮助下唱歌跳舞。杜丘带了乒乓球拍,在简易的水泥台子上教孩子打球。张豆崩背来电脑,教孩子们打游戏,因为没有宽带和网络,也只能打事先下载好的游戏了。大伙玩得热火朝天,直到孩子们放学,他们还都没玩够,但是天色已晚。那一对神情祥和的夫妇,男老师去送孩子们放学,女老师做了六七个农家菜来款待大家。

晚上,有几个同学住在中年夫妇的家里,三分之二的人住在村支书的家里。村支书自己盖了个三层小楼,简陋得跟个土碉堡似的,据说盖的时候就预见了接待功能,屋子里居然有上下床,也有简单的铺盖。

但是夜晚的村子里还是黑灯瞎火,只有单调的安静,贫困、偏僻和荒凉的感觉重新袭来。

江渡有些担心,在两边的住处来回跑了几趟,他发现同学们的眼睛都还是亮晶晶的,看来新奇和喜悦的心情压倒了一切。

想不到的是,星期天的下午忽然变天了。当时他们的支教小分队已经踏上归途,大约是两点多钟,山路还只走了一半,虽然没有突发的狂风骤雨,但是明显感觉到天色渐暗,起风了。是那种寒气逼人隐隐而来的山风,像无形的野兽从四面八方包抄过来,树木、荒草看上去纹丝不动,却让人感觉到无处不在的凉意。气温跳水，可以说直线下降。

江渡急忙招呼同学们快点走，希望可以赶在风雨来临之前回到乡政府。

大伙加快了脚步，也就是在这时，崖嫣乱中出错崴伤了脚，整个人一屁股坐在地上，半天爬不起来。江渡二话不说，背起崖嫣，指挥大伙尽快离开山道。因为他心里明白，山区的最大危险是瞬间暴发的洪水或泥石流，所以他不敢掉以轻心。

风是雨的前奏，这句话一点错都没有。

最后半个小时的路程，暴雨如注。江渡感觉到他的心提到了嗓子眼上，周围的一切在混沌的水雾中变得模糊不清，耳边仿佛有无数的飞刀呼啸而过。尽管近在咫尺，他仍然看不见人影。江渡只能大声地喊着每个同学的名字，听到答应的声音他才放心。

事实证明，他的担忧并非多余。当天夜里，电视新闻就报道了遂溪地区的恶劣天气演变成十四级的龙卷风，还挟裹着鸡蛋大小的冰雹，一棵四十多米高的香樟树王轰然倒塌，还有两个村民遭雷击一死一伤。

看新闻直播看得倒吸一口凉气，荧屏上的男记者算是体魄强健，也还是抱着一根水泥电线杆才没被大风吹走。江渡打电话给深圳去麻石村支教的男老师，好不容易才打通，但声音很小，时断时续，不过同学们没在上课，所以没有伤亡。但是塌了一面墙的教室屋顶被掀跑了，另两间教室的屋顶被砸成蜂窝状。想来也是满目疮痍，虽然逃过一劫，但是江渡仍旧心情沉重。

上课的铃声骤然响起。

江渡向讲台上走去，今天的课程是讲美国当代新写实主义画家安德鲁·怀斯。他的作品中最为人们熟悉的是那幅《克里斯蒂娜的世界》。

江渡将这幅画作的幻灯片打在黑板前的白屏幕上，他开始讲解，克里斯蒂娜是怀斯的邻居，因小儿麻痹症致残，画家听说她独自爬过一片原野去看山坡下面的墓碑，这件事给画家带来强烈的冲击，便用特殊的角度创作了这幅作品。也让人们对这幅画的含意做过各种解释。

优秀的作品都是内涵丰富和多解的。

"同学们请静静地看这幅画，看一分钟，了解一下自己的想象力。"

江渡走下讲台，然后回过身来，以同样是观者的身份欣赏着这幅名画。说实在的，同学们的小脑袋里都想到些什么，江渡不得而知，但是在他的眼里，画上的克里斯蒂娜的背影竟然渐渐变成了崖嫣的背影。这让他想起那天在风雨交加的山道上，不知是因为害怕还是寒冷，他能够感觉到崖嫣在微微发抖，两只胳膊紧紧环绕着他的脖子。然而她又没有什么重量，似乎是上天给予他并希望他好好守护的一个精灵。这种感觉奇妙到无法言说。

教室里出奇地安静，原来死寂也能让人回过神来。

这时江渡听见张豆崩说了一句："老师，已经三分钟了。"同学们轰的一声笑了。江渡还听见王行长说："我就是再看三天三夜，也不明白这幅画是什么意思。"同学们笑得更起劲了。

就连江渡自己也笑了出来，但他一直保持着上课以来轻松、随意的氛围，希望同学们直抒胸襟，他总是说艺术并不是让人紧张、刻意地去生活，而是感怀和放下。

江渡继续说道，怀斯一直生活在故乡，从不旅行，并且善于观察自己身边的印迹。他画的静物都不漂亮，但是真实自然、亲切淳朴。他很少画春日和盛夏，而喜爱冬季和秋天的落叶。

江渡陆续把怀斯的《冬日》《海风》《爱侣》《远方》等作品的幻灯片打了出来，一边讲解道，怀斯认为自己的内核是一种"提炼出来的抽象"，但我个人认为他是去繁求简的典范。他作品中的稳定、静谧和荒凉的情调有一种强烈的个人化的伤感和诗意。

但在心底，江渡的确是偏爱怀斯的。为什么会偏爱？他说不清。怀斯早期的作品就隐含淡淡的忧伤和孤寂，这和他父亲的意外死亡有很大关系。可是自己有个这么棒的父亲，这么幸福的家庭，似乎是没有理由喜欢怀斯的。

这一天放学之后，江渡跟张豆崩一道，去崖嫣的家里探视病情。他们在街边的水果店买了一些水果。

"张豆崩，你确定没事吗？"

"我连个喷嚏都没打。"

"其他同学呢？"

"好像都还好，就算感冒也不至于发烧，大概是在你家及时喝了姜汤的缘故。"

"程思敏呢？"

"他才没事，我给他发了信息，他说因为太累了，又喝了姜汤反而睡得很好。"

的确，那天他们很晚才回到市里。因为江渡的家离地铁站比较近，他事先打电话给母亲，叫她煮了面条煲了姜汤。同学们吃完之后显得没那么狼狈，这才由父亲开着小货车把大伙一一送回家。

由于下班高峰时段的塞车，两个人来到崖嫣家的时候，天已经黑了。

还好，崖嫣的烧已经退了，正躺在床上休养，小脸蜡黄，我见犹怜。然而见到江渡老师，眼中还是划过流星一般的光亮。

崖嫣起身坐了起来，被子上的日本漫画书滑落到地上。江渡信手捡起，里面当作书签的明信片，正是江渡画的目光呆滞的女孩。那种奇妙的感觉再一次袭上他的心头。当然他什么都没有说，只是把明信片插回书里，并将漫画书搁置在崖嫣的床头。

江渡对崖嫣妈妈的印象很好，感觉她虽然有了年纪，但是仍然保持了难得的简单和优雅。当她知道江渡是老师时，大为惊讶，说怎么会有这么年轻的老师？张豆崩在一旁说道，老师又不是老中医，难道也是越老越好吗？崖嫣的妈妈说我不是这个意思。神情像做错事的小学生。

而且，本来一路上江渡都十分忐忑不安，因为当天晚上，他已经接到个别同学家长的质疑电话，总的意思是高二的课程这么紧，还搞出这么多事，害孩子吃苦、受累还淋雨，如果再有下次就向校长告状。

江渡只能默默接受，并表示抱歉。

眼下的现实是崖嫣为此还发了高烧，江渡准备接受家长的黑脸与责骂，但这一切并没有发生，崖嫣的妈妈还亲手切了橙子给他们吃。

七

如果你认为这是一部爱情小说，那你就错了。

所有的言情，无非都是在掩饰我们心灵的跋山涉水。

第五章

一

再一次回忆起当时见到这个孩子时的情景,江渭澜还是情不自禁地全身的汗毛都竖立起来。

星期天的晚上,江渡带着七八个支教的同学来到家里,小贞给他们煲了姜汤驱寒暖胃。的确最近的气温起伏很大,而且多雨。尽管,本不宽敞的房子里顿时挤满了人,自然显得忽然而至的混乱,但是江渭澜还是一眼就注意到了江渡背进家门的那个女孩。

当时在心里就惊得山崩地裂。

不过他竭力克制住自己的情绪,同时又很难相信世界上会有这么巧的事。

而且当天晚上,是江渡打出租车送仅有的两位女同学回家,他负责用小货车送男同学。

结果一路上他都在想那个瘦弱的、眼圈暗暗发黑的女孩子。

隔了几天,他还是忍不住,利用下午的时间,到培诚中学来找江渡。

还好,江渡下午没有课,正在宿舍里画画。他见到父亲,宛若天外来客,几乎大惊失色,因为在此之前,父亲就算给他打手机的现象也极为罕见,更不要说跑到学校来了。

"我是鬼吗?"江渭澜不快地说了一句。

"当然不是这个意思,欢迎欢迎。"

江渭澜在椅子上坐下来,但显然对江渡的住处并不上心,也没有环视一圈到处看看的意思。

"爸,你有什么事吗?"

"你去把那个叫危险的女孩子给我找来。"

江渡瞪大眼睛,惊道:"爸,你要干吗?"

"我有事。"

"你有事不能问我吗?"

"跟你没有关系。"

江渡噎住了,做了一个吞咽动作,并且眨巴眨巴眼睛。

江渭澜继续说道:"我知道这个女孩子就是你说的跟明信片上一模一样的那个人,你喜欢的人就是她对吗?"

江渡更说不出话来了。

这时江渭澜才用平缓的口气道:"你去把她叫来吧,我只是跟她打听个人。"

"她怎么可能认识爸爸认识的人啊?"江渡一副听到天方夜谭的表情。

"总之叫你去你就去嘛，我又不会把她吃了。"

江渡总算是不情不愿地走出房间。临走时还说要等到下课什么的。

眼下，江渭澜就在江渡的宿舍里等待，这是他有生以来从未经历过的漫长的等待。

如果他没搞错的话，这个孩子妈妈的名字应该叫林紫佳。

她们母女俩长得实在太像了，而他对紫佳全部的印象，都只停留在年轻的时候，也就是现在人们常说的青葱岁月。她就是这个样子，那个名字叫作危险的孩子，活脱就是当年的紫佳。只不过他记忆犹深的紫佳穿着蓬蓬袖口的白纱连衣裙，坐在琴凳上弹钢琴。

那一年她九岁，而他十一岁。他开始朦朦胧胧有了男女生的意识，觉得她很美、很梦幻，不知从什么时候开始眼神会追逐她的身影。发现有她在的地方，世界变得很奇妙。在这之前，由于家中只有三个秃小子，他压根不知道女孩子是怎么回事。

那时无论任何活动的演出服都是白衬衫蓝裤子，偶尔有外宾来参观的演出，紫佳有幸穿上白纱裙，小辫子上扎着蝴蝶结。男孩子也会看呆。

可以说他们是在大学校园里长大的，因为父母亲都是音乐学院的老师。

那时的青少年风行分男女界线，没有人敢公然手拉手。要想显得与众不同，"从小爱科学"是个不错的选择。

记得有一次江渭澜告诉紫佳，他爸爸买了一块大罗马牌的手表，稀奇的是这是一块夜光表，夜晚可以自动发亮，在伸手不见五指的地方也能看清楚时间。紫佳想了想，不相信，认为不可能有这样的事。

于是星期天的时候，江渭澜把紫佳带回家，从爸爸的手腕上取下这块手表。当时父亲正在作曲，他是作曲系的老师，很忙，根本没工夫搭理小孩子。别说要手表，要什么他都会给。于是两个小孩子跪在床前，用棉被蒙住头，看看夜光表是否能在黑暗中闪闪发光。

紫佳叫了起来，她觉得好神奇噢，为什么日光下没有什么特别的手表，在黑暗中却刻度分明，指针也分外明亮、一跳一跳地往前走。

当然大部分的时光，他们除了捧着《十万个为什么》去讨论"潜水艇里的人怎么呼吸？""为什么地球自转我们却感觉不到？"这一类的问题，更多的时候还是疯玩，去爬山，去游泳，想尽办法去看内参片，偷偷读查禁的书和手抄本的《少女之心》。总之希望去干那些让人心惊肉跳的事。

就这样，他们亲密无间地一块长大，成为难得一见的金童玉女。

他们曾经有过钢琴与小提琴的深情对吟，不是在聚光灯下的华丽舞台，而是在朴素得有些简陋的琴房，不是表演，而是随意的琴上交谈，没有观众，只有会心时的四目相望。琴声柔和缠绵，时而忧郁，时而激扬，述说着相思之情。这时的他们还不能完全理解《爱你情深》的弦动琴音间流淌着爱的永恒的旋律，除了静美，还有苍凉，除了热情如火，还有万千无奈。

他们只知道练琴、炫技，偶尔也有正式的演出，曲目当然不是谈情说爱，而是彰显时代特征的《打虎上山》，同样被他们演绎得珠联璧合，铿锵有力并且默契十足。

在强光下伸出他们的手指，一般的修长、纤细，半透明如新鲜的葱白，能够在琴上自由地舞蹈，旋转，随心所欲，一吐衷肠。

他们比别人多了一种交流方式，不用说话，也不用牵手，只需相视莞尔一笑，只有他们自己的内心明白。你的眉梢，我的发丝，点点滴滴都是不必言说的喜悦、爱恋，如春花秋月般自然天成。

深信他们的人生永远美丽如初。

或者说，追忆总是美的。飘逝永不回的记忆总是美的。

直到参军前，那段时间是如此宝贵。江渭澜都没有跟紫佳正式的依依惜别，更没有说过什么温情脉脉的话，因为当兵在当时还是个相当不错的选择，还挺让人羡慕的。所以他们所能想到的就是去拍照片、划船、吃西餐，还有就是吃百吃不厌的红豆拌雪糕，在一间名字叫作"美利权"的冰室。

丝毫没有意识到这是一次真正的分手。

就此别过,莫问归期。

后来江渭澜去了山沟沟里当兵,那些花花绿绿的包裹,牙膏、糖果、陈皮梅,包括劳保手套,都是紫佳给他寄的。

写信,是唯一寄托相思的途径。现在想起来写的都是一些琐事,励志向上的警句,常常是还没有接到回信,却又感觉发生了好多事要告诉对方。最记得紫佳寄来的朦胧诗《双桅船》,那是他在洞库里挥汗劳作时唯一的微光烛照。

> 不怕天涯海角,
> 岂在朝朝夕夕,
> 你在我的航程上,
> 我在你的视线里。

当时就觉得荡气回肠,深情无限,是最奢侈的表白与馈赠。

那时候根本没有什么互联网,拥挤在每一条邮线上匆匆奔忙的纸片,大概都是这些充满爱情废话的信件。

紫佳的照片,也是在看到小贞的照片时,江渭澜从钱夹里拿出来给王觉看的。现在想起来,分享或炫耀女朋友的照片,好像是当年深山里的大兵哥最时髦的娱乐活动了,内心里充满着柔情蜜意。

每个人遥想当年的自己,大概都会从睡梦中惊醒吧。

那时的王觉也称赞紫佳是个美人。

而他自己,若不是前世有约,怎么可能有今世的命运急转弯?就是想破脑袋,做梦也想不到最终和王觉钱夹里的小贞结了婚。

仅仅是多看了一眼,所有的美丽都变成了石头。

在他决定告别自己诗一般人生的夜晚,最后一次拉的曲目是《梁祝》,老实说这并不是他曾经喜欢的曲目,只因有一点点的甜腻和单薄。他更喜欢高贵而不动声色的古典音乐,哪怕是用单调和重复掩饰内在的丰富。

但是对于他在那个夜晚的心境已经足够。

他在黑暗中一边拉琴,一边沉浸在深情款款的旋律之中。为紫佳,也为自己。终于,有一根琴弦不负忧伤,砰的一声断了。

当他直直地伸长手臂准备扔掉小提琴时,他都可以感觉到琴身在微微颤抖。他是多么想拥它入怀,像无数次的抚摸那样抚摸,无数次的珍惜那样珍惜。但还是闭上了眼睛,一松手,它便卷进了涌动的江水,没有一丝漪涟。

他至今还记得,结婚前曾带着小贞回到原先的部队,给王觉扫墓。

指导员把他拉到一边悄声对他说,你到底跑到哪儿去了?你父母带着你的女朋友来找你,你的女朋友怀疑你是不是死了,所以所有的人才对她隐瞒死讯,我们也没法解释你为什么突然消失了。她一个人在墓园里穿行，在每一个墓碑前一遍一遍地寻找，希望有你又没有你。

这话当时就让他石化了。

有雨的黑夜你会想起谁？那个场景不止一次地卷进他的脑海，一个纤瘦的白衣女孩在墓碑间穿行，徘徊，像风一样。

体味着肝肠寸断的煎熬，这是他该受的。

时至今日，互联网上成千上万的帖子，他无意间看到一个帖子，写着献给二十世纪六十年代出生的人。洋洋洒洒，怀旧的情绪恣意泛滥，但其中的一句话：他们是一批有过崇高理想和情操的人。

顿时红了眼眶，无法自制。

这本来是一句中性的话，却让人读出一丝隐隐的漫不经心。

会不会成为这个时代的一个笑话？没有人预料到社会的转型竟像变幻流行色一样轻而易举，赤裸裸的拜金并不会招致讥讽，但是崇高会变成嘴角的一丝浅笑，并不需要艰难地转身。

但也许只是一个人的坚守，有过孤独和寂寞，有过伤感和困惑，但在他的心底，却从未有过一星半点的悔意。

走廊里很静，一点动静也没有。

二

这样的相逢会有什么暗示吗?

他想了三天,还是决定跟她见一面。

尘封的记忆经不起鹅毛轻拂般的触碰,一旦揭秘便是针大的孔斗大的风,自认为坚强、冷酷的他也在狂风大作中站立不住。

按照江渭澜的本意,他只是想问一下这一对母女的现状,如果她们过得好,过得平静,便可心安。当然他仍旧会退到生活的幕后,给予默默关注,什么都不会改变。

那天江渡把崖嫣带到他的宿舍,崖嫣的神情有些茫然又有些好奇。她不敢明目张胆地环视屋里的一切,也没有直视江渭澜的脸,只好微低着头。

崖嫣在江家喝姜汤的时候见过江渭澜,所以一进门就叫了一声"叔叔好"。

江渭澜点头示意。

而后看了江渡一眼,意思是你怎么还不走?江渡只好说,那我回办公室了。走时轻轻带上了门。

江渭澜脸上的表情也随之变得慈祥和蔼。

"你妈妈是叫林紫佳吗?"

女孩的表情有些惊讶:"叔叔认识我妈妈吗?"

"我们是老熟人,不过……她可能都不记得我了。"后一句话,应该是他不希望崖嫣在她妈妈面前郑重其事地提到他。

"老熟人？你们是同学吗？"

"算是吧。你妈妈她还好吗？"

"还好。"

"她现在做什么工作？"

"她在歌舞团的乐队里弹钢琴，业余时间就教小孩子弹琴。"

"学生多吗？"

"还蛮多的。"

"是啊，现在好时兴小小年纪就上才艺班。"

"不过我妈妈经常会说服家长，还是晚一点叫孩子学琴，太早是白花钱，而且可以到少年宫学五线谱和乐理，否则按小时在我们家学这些是很浪费钱的。要不然，她会有更多的学生。"

他当然听出了孩子对母亲的敬佩之意。

"她不累吗？身体怎么样？"江渭澜继续问道。

崔嫣停顿了片刻才说道："她当然累，因为要供我读书。她有偏头痛和神经衰弱的老毛病，经常要吃中药调理。"

"那你爸爸呢？他在哪里工作？"终于可以问到重点了，江渭澜暗自吁了口气，并且希望听到岁月静好的答复。

然而崔嫣并非迟疑了三秒，而是眼睛看着地面，长时间的沉默。

良久,她才小声地说道:"我从来没有见过我爸爸。"接下来,她的表情是这个问题,请不必多谈,再问,也是免答题。

江渭澜心底一沉,谈话就此中断。

后来他们又说了一些无关紧要的话,具体是什么已经不重要了。因为他开始走神,想出一堆毫无依据的可能性。

他脸上的春风渐渐变成冰霜,笑容里全然都是忧伤,这样的回答实在让人内心严重不安。

在这之后,他一连三个晚上心神不宁,怎么想都觉得应该和林紫佳见一面。可是见了面说什么呢?安慰她吗?他又以什么样的立场安慰她?难道跟她话说当年吗?说了又有什么意义呢?而且,如果她过得还好,见面应该无妨,但目前的状况是并没有那么好,他的出现或许会让事情变得更糟。抑或,他对她并不如意的生活都是难逃干系的。

总之,心乱如麻。但是希望见到紫佳的想法,就像水上的浮瓢,按下去又浮上来,难以克制。

江渭澜在黑暗中瞪着眼睛,不禁暗自叹息。

"有什么事吗?"背对着他的小贞轻声问道。

"没事。"

"你好像三天都没怎么睡好。"

"能有什么事,睡吧。"

他顺手给小贞拉了拉被子,把身体转向另一侧,跟小贞背靠背。但这并不是一种疏远，多少年来，他们就是以背靠背的姿态面对来自生活的各种压力和打击，心里面想着，至少身后是安全的，是温暖的，是有所依托的。

他强迫自己一动不动，尽可能地不翻身，表示他已经睡了。

并且，彻底打消了与林紫佳见面的念头。尽管这一念头，从一开始就是单纯的，并没有想改变什么。

三

一个幽灵在教室的上空静静地盘旋。

又是一节堂上作文课，又是写信，刚才兰老师在黑板上写出了作文题目：《给苍井空的一封信》。

顿时，整个教室哗然，同学们都在交头接耳，讨论异常热烈。兰老师却一言不发地站在讲台上，用极具穿透力的眼神环视着同学们的脸，等待着大伙安静下来。

崖嫣望着洁白如洗的作文本发呆，但是她能够看到或者感觉到那个幽灵的存在。也许是上次写信曾经带给她创伤性记忆，她本能的反应是，这次写信又是要调查什么？高中生浏览色情网站的情况？还是他们会在字里行间暴露出早恋的端倪？当然也有可能就是一个极其普通的作文题目，是她林崖嫣想太多了，但是没办法，她就是能够感觉到那个幽灵的默默注视。

大部分的同学都显得激动和兴奋，因为相比起"论千里之行始于足下"或者"我的理想""学雷锋记事"这一类沉闷又老套的作文题，给一个日本女优写信至少是一件好玩的事。

所以同学们会喜欢兰老师，情不自禁地就会把内心的所思所想暴露给她看，也许全班只有崖嫣一个人认为这是陷阱。

她侧过头去，看见豆崩在奋笔疾书，这个傻瓜，看都没看她一眼，没法跟她淡定了。

崖嫣开始写作，尽量用四平八稳的语言，比如夸奖苍井空的清纯可爱，但是所有的夸奖无非是为了对国内"苍井空热"的批判，重点是精神的空虚和信仰的迷失。她觉得其实这就是兰老师心目中的标准答案，这是一种秘密对抗，如果她写看到美丽的苍井空就想到女人的灿烂和凋零都只在一瞬间，所以一定要珍惜属于自己的春天，那不是死定了吗？

崖嫣感觉自己像一个敌占区的机要秘书一样，不动声色地抄写着电文通稿。

对于兰老师的高度怀疑并不是没有原因的，除了上一次的写信事件之外，就在上周，为了配合语文课的教学，兰老师一手策划和主办了"莎士比亚之夜"的活动，讲白了是由同学们自己演出莎士比亚的戏剧片段。那段时间，课堂里总是充斥着"生存还是毁灭，这是个值得考虑的问题""上帝啊，这些凡人怎么都是十足的傻瓜"之类的台词独白。

这一活动算是别开生面，由于反复排练，大伙对于经典戏剧也有了难以忘怀的体验。《哈姆雷特》《威尼斯商人》《麦克白》《仲夏夜之梦》等片段都有选用，同学们还借了服装、假发和道具，总之全校上下繁忙一片，还有新闻媒体前来采访。

结果演出的那一天，学生的家长们都受邀前来观看。大幕还没有拉开，在后台化妆的同学们，居然穿着古典戏服一块大跳"骑马舞"，报道出去成为经典文学与快餐文化的大冲撞。兰老师听说是张豆崩带的头，对她很不满意，后来看到张豆崩和程思敏演绎的《罗密欧与朱丽叶》，她的表情如果让崖嫣来形容那就是阴险。

豆崩并不擅长表演，也许是和程思敏同台演出，又是演绎经典爱情，自然有些亢奋，双重的紧张让她的小脸出现了高原红。

朗诵时她的声音有些颤抖，这反而加强了戏剧性：

> 降临吧，温柔、可爱的黑夜的脸，
> 把我的罗密欧给我吧，将来他死了，
> 把他送上天，变成满天的星星，
> 将黑夜装点得光辉灿烂，多美啊，
> 世上的人们都要把黑夜爱上了。

而程思敏并不是一个风情万种的人，他一紧张就会全身僵硬，他基本是用天气预报的口气来朗诵情诗的：

>死神吸干了你那蜜糖似的呼吸，
>可对你那花容月貌它无能为力。
>你没有被死神征服啊，"美"的旗帜，
>依然飘扬在你朱唇和红润的脸蛋上，
>不允许死神的惨白的丧旗来占领。

无论如何，崔嫣都觉得他们的关系，是张豆崩倒过来守护程思敏多一些，豆崩看程思敏的时候总是微微有一点仰视，对他说的一切都表示赞许。而程思敏对张豆崩的提议又是言听计从，有点跟着大哥出来混的感觉。

是土豆烧牛肉的那种和谐。

对于莎士比亚跳"骑马舞"一事，兰老师说："我们将来还会有巴尔扎克之夜、雨果之夜，无论流行文化多么盛极一时，我依然要告诉你们经典的力量有多么伟大。我就是世界文化瑰宝的卫道士，哪怕是战斗到最后一个人！"

张豆崩"噗"的一声笑出来。

兰老师叫她起立："你笑什么？"但是脸上的表情是你还敢笑？明明批评的就是你。

"我想象老师手握宝剑的样子，好像灭绝师太。"

又有同学发出噗噗的声音。

兰老师不动声色道："那么是我的可笑还是你的肤浅？"

"是可以并存的啊，老师。"

兰老师用鹰一般的目光看着张豆崩，好一会才说：

"你坐下吧。"

兰老师的脸上仍旧难掩不快,她的特色就是价值观的强势输出,绝不兼容。就是要培养出整齐划一的精英雏形。

但是总有一些人想像个笨蛋一样生活。

崖嫣心想。

放学以后,崖嫣问张豆崩怎么写的作文?张豆崩说自然是希望像苍老师一样,美丽,真实,找到自己从心里喜欢的男生。

这时她们例牌路过学校的篮球场,江渡老师和程思敏都在场上打球。崖嫣怎么看都觉得程思敏没有豆崩夸赞的那么完美,他的小身板怎么可能跑过半马?顶多跑个迷你马拉松。不过她对程思敏的印象还不错,他正直,有才华,虽然有些恃才傲物俯视众生,但待人还算友善。

"我还写了我喜欢的男生大概长什么样子。"豆崩眼睛望着球场,有些扬扬自得地说道。

"是按照他的样子写的吗?"崖嫣也看着球场。

"当然。"

"不知道死字怎么写吗?"

"我知道兰老师心里是怎么想的,我就是不说。我不会按照她的想法写文章,以我之手,书我之心。"

"你是暴露狂吗?"

"我可不想被当成范文拿出来念。"

崖嫣心想，死了，这一回的作文说不定会被拿出来全班朗读。

正想着，场上的程思敏发现了她们，便向她们跑过来。只见他全身热气腾腾地冒着烟，头发被汗水全部浸湿了，活像一匹趟过溪水的小马驹，看得出来这种活力四射的样子很让豆崩心动，竟然呆呆地望着他好一会。

程思敏在豆崩的手机通信录里的名称是"超级帅锅"。

崖嫣用胳膊肘碰了豆崩一下，她这才如梦初醒。为了掩饰尴尬，豆崩用手撩了撩头发，把一侧的发丝挽到耳后，露出略显饱满的蜜桃脸颊。"淡定。"崖嫣小声地对她说。

程思敏冲着崖嫣点点头，算是打过招呼，然后神情严肃地示意找张豆崩有事。

张豆崩用寻问的目光指了指自己，得到证实后立马就跟崖嫣道别，还冲她挤了挤眼睛，满脸的称心如意。

崖嫣一个人走出学校的大门，手里还拎着一个宽底的塑料袋，里面是一盒精美的生日蛋糕。是"爱之吻"的出品。

刚才临放学前，兰老师拍了两下巴掌叫大家安静，然后宣布："今天是林崖嫣同学的生日，让我们一起祝福她。"接着由沈辽用双手捧着蛋糕迎面款款而来，蛋糕上点着温馨的蜡烛，全班同学一边拍手一边唱生日歌。

可是崖嫣心里没有半点高兴和感动，甚至还有点起鸡皮疙瘩。

她好怕这种人造的氛围。曾经，她在商店看到一种塑料花上还有虚假的永不干涸的晨露，就觉得好假，好肉麻。这些还是次要的，关键是兰老师动员策划了给单亲家庭的孩子更多关爱的献爱心行动，就是班级里只有单亲家庭的同学才能在当天收到蛋糕和祝福，钱是从班费里出。

于是又被大张旗鼓地展览了一次。

不排除有的同学收到蛋糕时热泪盈眶，但是崖嫣的确是个例外。她觉得如芒刺在背，五官没有一处不是僵硬的，恨不得心脏麻痹昏死过去。

她呆呆地望着沈辽一步一步逼近，眼角扫到豆崩同情的目光。

豆崩该多么庆幸自己是漏网之鱼啊。

双手合十许愿时，她唯一的愿望就是来自单亲家庭的现实不要被反复提起。真的，不要。

所以出了校门，她找到一处僻静地点的垃圾箱，把蛋糕扔了。

如释重负地回过身来，却忍不住浑身一颤，惊叫了一声。

原来在她背后离她很近的地方，有一个大叔正笑眯眯地注视着她。

定睛一看，这个人是江渡老师的爸爸。

"江爸……"

"我吓到你了吗？我在学校门口等你好久了。"

"江爸好。请问您找我有什么事吗？"

"我们找个地方谈谈吧，总不能站在垃圾箱旁边说话吧。"

崖嫣急忙点头，她心里也想尽快离开这个地方。

培诚中学的大门临街而立，附近便是一应俱全的洋快餐，大概是所有洋快餐的选址秘籍。每逢放学之后，里面都会聚集着众多穿校服的男女学生，有人吃东西喝饮料，有人做作业，有人冥想或发呆，也有人大声喧哗或打牌尖叫，总之都不想尽快回家。

所以环境十分嘈杂。

好在热闹的洋快餐附近，还夹着一间不合时宜的清咖店，虽然不是门可罗雀，但生意一直不死不活的。

然而谈事，这种店就挺合适。

崖嫣和江爸找到一个靠窗的位置坐下来，点了两杯热柠茶。尽管，崖嫣对江爸充满问号，也不明白他和母亲是什么程度的熟人，但也无须多问。自从父亲的真实情况现身，她对成人世界更感失望。也许是爱屋及乌吧，她对江爸的印象倒是出奇的好，觉得他诚恳可亲，温暖如春。

而且她感觉江爸身上有一种跟这个时代格格不入的气质，他不富有但绝不俗气，在强大的物质世界面前少有的安详。

江爸从随身带的黑提包里拿出一个盒子，崖嫣一眼就认出是"iPhone 4"手机的包装盒。她的心跳开始加快，手心都冒汗了，因为一直心仪这款手机，念兹在兹，做梦都梦到几次三番的拥有之后心花怒放的感觉。但是这款手机对于她来说实在太贵了，根本没法跟母亲开口。崖嫣用的还是老式的非智能机，平时很少当着同学们的面拿出来用，怕被他们讥笑。有时遇到来电，宁可把手伸进兜里直接挂断，再找没什么人的地方回拨过去。

江爸把崭新的 iPhone 4 推到崖嫣面前："送给你的。"

"不不不……我不能要这么贵的东西。"崖嫣碰都不敢碰那个精美的盒子，心里面一直在想，难道他知道我今天过生日吗？

江爸没有说话，只是微笑地看着她。

"我妈妈知道会打死我的。"崖嫣继续说道。

"你不要让她知道，只在学校里开机不就行了。"江爸从容镇定地说道，一边端起杯子喝了一口柠茶。又道："一个手机而已，不用大惊小怪，你有事随时可以打给我。"

崖嫣想了又想，还是坚定地把 iPhone 4 推回到江爸面前，并且坚定地摇了摇头。

"你喜欢江渡老师吗？"江爸突然开口问道。

崖嫣垂下眼帘，但还是微微点了点头。喜欢这个词好，是广义的。不像爱，太直白，也太让人难为情了。

江爸道："所以啊，我也是你的爸爸，你就当我是爸爸好了。"

这简直直接点中了崖嫣的死穴，惊鸿一般让她的心门有所松动。张豆崩有一个闹钟爸爸，每天都有一个幸福的早晨，因为可以听到爸爸的呼唤，爸爸的声音。若是她有一个苹果爸爸也不错吧，随时都可以打电话过去，哪怕是一次都不打，这个爸爸都在那里。

这时江爸就近打开包装盒，取出里面的手机，不仅电池是充好的，顺利地开机，里面该下载的软件也都各就各位。他把手机递给崖嫣，说明书和副件放在一个透明塑料袋里，没用的东西统统收回自己的黑提包，表示会处理掉。

"记住在家里不要开机，省得给妈妈骂。"江爸又叮嘱一遍，此后欲言又止。崖嫣明白这件事是他们两个人之间的秘密。

离开清咖店以后，崖嫣断定江爸并不知道她今天过生日，却送来了她从不敢惦记的生日礼物。江爸跟妈妈到底是什么关系呢？难道他爱过妈妈吗？那天在江渡老师的宿舍，江爸提起妈妈的时候，一直小心翼翼，但又看得出来他很想知道有关妈妈的一切。

得知她没有父亲，江爸变得如此慈悲，或者他年轻的时候暗恋过妈妈？因为妈妈那时是美丽的钢琴公主，而他……为什么是一个蓝领呢？

江渡老师也曾经问过她，他说："我爸爸都跟你说了些什么？"她回说就问了问家里的近况，什么也没说。江渡老师想了半天，也想不出任何头绪。他说他爸爸是一个与世无争又不善于表达感情的人,而且了无好奇心。真不知道为什么会对崖嫣产生兴趣。又说崖嫣生病时,他见过崖嫣的母亲,他们根本就是两种家庭、两种人生,没有半点交汇之处。

一切都太让人费解了。

这一天深夜,崖嫣突然醒了,起身在书包里摸到了苹果手机,方才相信不是又一个黄粱美梦。

她摸黑把房门反锁,跳上床之后,毫不犹豫地开机,不一会儿,熟悉的页面无声地展开,她在黑暗中尽情地摆弄着苹果手机,深感它是一个无懈可击的三百六十度无死角的美人,实在勾人魂魄。

江爸自己的手机都很烂。是她无意间看到的。

她情不自禁地在苹果屏上亲吻了一下,有老爸的感觉真好。

四

傍晚,刘小贞在街边的小食店吃了一碗鱼蛋粉。

今晚她难得清闲,因为江渭澜和江姜都有事不回来吃饭,而她自己,做了一天的织补,人也乏了,眼睛又涩又累,于是出来走走,顺便吃碗汤粉当作晚餐。由于跟街口干洗店的老板娘是老街坊,最近逢是有来洗衣服的客人需要织补,老板娘就把生意介绍给她,比门口挂个"织铺"牌子的情况好太多了。

走出小食店,天色渐晚。

这是一座越夜越快乐的城市,每当夜幕降临,街市才开始热闹,商家也振作迎接客人,尤其是餐饮行业。

这时她突然想起天天海鲜饭馆,这个曾经属于自己的小饭馆。当时卖掉时并没有摘肝摘肺的心疼,然而随着时间流逝,她对它的感情不仅没有慢慢淡漠,反而常常冒出来让她记挂。

她决定绕过一条街,专程去看看"天天"。

远远地,就看见天天海鲜饭馆灯火通明,门口还支起几把巨伞,下面至少有四排餐桌、靠椅,摆明是要占道经营,当然只有夜市才能这样。

门口有两个年轻男子在埋着头清理鲜蚝,一笼一笼长方形的铁皮箱,里面的炭火熊熊燃烧,这是专门用来烤生蚝的,看到两大盆山一样高的等待处理的生蚝,就可以想象出晚市和夜市的生意会有多么好。

已经是初春的气温,几个服务员小妹穿着超短热裤,进进出出地奔忙,大秀美腿。在小贞手上盘去饭馆的是谢了顶的杨老板,此刻正叼着烟在门口和食客搭讪,笑容满面。小贞从心里承认,杨老板比她更有生意头脑,像大面积占道经营、出动辣妹助兴,她以前根本想不到。只知道起早贪黑地傻干,累倒了都不知道为什么会倒。

透过玻璃门,可以看到左侧收银台上的那尊招财猫。

十年前,这条街还被称为"鬼街",因为晚上没有路灯,鬼都没有一个。后来进城的人越来越多,这里开始有洗车店，小型的广告印刷店，废品收购店和小五金店。第一个开餐饮店的是一对小夫妻，亏得鸡毛鸭血，只剩下换洗衣服，还有那尊招财猫，就把小店转让给小贞，他们回老家去了。

小贞接手这家餐饮店时，面积还只有几十平方米，那时候王觉的父亲还没有过世，给她出主意主打潮汕砂锅粥。砂锅粥偏重食材，若是好米便能熬出既家常又有锅气的香粥，在里面放上活虾、花蟹、象拔蚌等，粥水立刻变得鲜甜美味。而且由于这边天气的湿热，当地人都有喝粥养生的观念，时间一长，宵夜来喝粥的人越来越多，可以说他们是靠砂锅粥发家的。

后来又推出了烤生蚝，和砂锅粥形成绝配的组合，最终带旺了一条街的餐饮业。他们自己也不断地扩张、装修，变成了如今五百多平方米的两层正宗的海鲜酒楼。

决定跟江渭澜结婚前，小贞向王觉的父母行了大礼，拜他们为自己的亲生父母，表示一定尽心尽孝，给他们养老送终。婚礼也没有大办，只是一家人穿戴正式，下馆子吃了一顿饭而已。

母亲偏心江渡，这是理所当然的。但她做事情又不懂毁尸灭迹，全是些后患无穷的小事。比如在江渡的碗底埋上肥美的叉烧肉或者香喷喷的卤鸡蛋，江渡吃饭吃到一半，会把叉烧或者鸡蛋分给妹妹一半。江姜偷偷问妈妈，我的碗里为什么永远都变不出好吃的来？我要跟哥哥换碗吃饭。过春节母亲给江渡包红包是一百元，江姜却只有十元。江姜见状大哭。

类似的问题反复发生，直到天天这个小饭馆一年零八个月后回本，挣到的第一笔钱，小贞兴冲冲地回到家里，"妈，我们终于有钱了。"她把好消息告诉母亲，激动的声音都有点哽咽。

想不到母亲的第一句话就是："从今天就开始存钱，要把江渡上大学的钱全部存够。"

小贞忍不住跟母亲吵了起来："那江姜呢，她不是你孙女吗？"

"江姜缺什么？有你和她爸疼她呢。"

"难道我们不疼江渡吗？你看见他爸爸不疼他了吗？"

母亲不说话了。

"江渭澜不心疼江渡，他会留在我们家吗？妈，你干吗要做让他心里难受的事？他就是嘴上不说，你以为他心里不明白，不难过吗？"

母亲再也没有说话。

但是两个母亲同时都流下了泪水。

人就是这么奇怪，现在想起来，那样顶心顶肺的争执，今天也是珍贵和值得回味的。

当时要把"天天"顶下来，钱怎么也凑不够。父母亲只好拿出了王觉的抚恤金，这笔钱他们一直留着，一直未动，虽然没有多少，却是王觉留下的最后遗物，终于在关键时刻派上了用场。

所有这一切，说明他们是爱她的。

然而，"天天"说没就没了。如果母亲天上有知，说不定都要爬起来，跟她大吵一架。

仅仅片刻，小贞便回过神来。只见天天饭馆的门口已经停满了车，其中还不乏豪车，一桌一桌的食客都在高声喧哗，一锅一锅的褚红色的砂煲被端上餐桌。热气腾腾的砂锅粥是"天天"的保留节目，无论增加了多少新菜，它都是镇店之宝。这一点杨老板也知道。

一阵阵烤鲜蚝的香味扑鼻而来。

小贞有些落寞地转身离去。

老实说，在她的心底只有一个愿望，就是把"天天"再买回来。不光是为了钱，还有太多太多的记忆。

当然很难。

自从上次跟宋春燕分手之后，她还是去医院看过她，给她煲了一些汤水送过去。一个女人落到这个境地，实在让人同情。后来宋春燕出院了，坚持要小贞当她的钟点工，她把家里的钥匙交给小贞一把，吩咐她每周去一次，重要的不是打扫卫生，而是定时去看一看，如果她死了就给她收尸。

保不准是自杀还是他杀，宋春燕这样说，他杀也不用调查，死都死了还查什么？我只是不想登上报纸头条，说在哪里哪里发现一具女尸，已经过世半年了，因为恶臭引发邻居报警。

以这样的形式上报纸很没面子。她强调了一句。

小贞当时就劝她查账,小贞说:"你死都不怕,还怕查账吗?"

宋春燕说:"你以为查账那么容易啊,我去问过普华永道会计师公司,查账的费用大到吓死你。"

"我不是说了我来查。"

"那不是你开小饭馆的豆腐账,没有你想象的那么简单。"

"反正都是账,不懂我去问,我慢慢查,不要你的钱,如果真能把外面的债务追回来,你再给我钱。"

"我不是不相信你,可是查出来又怎么样?那个死鬼,他能把钱追回来他还会死吗?那些欠他钱的人,活着的时候都不还钱,现在死无对证,谁还会认这个账?别傻了,这个世界早就不讲理了,你讲理你就是傻瓜,什么有理走遍天下?谁跟你讲理?有人听你讲理吗?"

小贞说不过宋春燕,心想也只能慢慢说服她。

然而刚刚看到天天餐馆,就像看到自家卖给别人的孩子,虽说仍是白白胖胖,到底还是有一种骨肉分离的痛苦。

小贞拿出手机,给宋春燕打了个电话。

她决定跟她摊牌,若宋春燕不同意查账,就把她家的钥匙还给她,何必一直演苦情戏?她也从此对"天天"死了心。

宋春燕的手机一直空响,没有人接听。

拨到第三次,是一个年轻男生的声音。他告诉小贞,他们是一家红酒屋,这个手机的机主早已醉得不省人事,若她是机主的朋友,就请她过去,想办法把机主弄回家。

小贞并不觉得吃惊,因为这样的事件并非第一次发生。

在她的记忆中,最夸张的一次,是某一天晚上十点多钟,她接到一个自称是"喜相逢"的卡拉OK店打来的电话,他们就是用宋春燕的手机打过来的,说宋春燕手机的一号键就是小贞的号码。

小贞赶到"喜相逢",看见宋春燕衣衫不整地倒在包厢的地上。店家说她下午两点就开始在这里又喝又唱,点的全是洋酒,醉到无声无息,他们一算已有八个小时之久,担心出事,只好叫她的朋友来把她接走。小贞到达K房包厢时,大屏幕上的邓丽君还在唱着《甜蜜蜜》。

所以随机打过去便要收拾残局,也不算什么新鲜事。

她扬手招了一辆出租车。

这样的戏码还要演多久?她实在有些厌倦了。

五

小贞使了吃奶的劲,才把死人一样的宋春燕扛到床上。

重重地扔下她后,给她脱鞋,拉上被子,看着她呼呼大睡。这一系列的动作,小贞都不是第一次做,她还去洗手间拿了个脸盆,放在床头的地上,通常宋春燕醒来都会大吐特吐。

接着,小贞发信息给江渭澜,告诉他有事晚归。

她去了厨房,离她上一次打扫的时间才过了三天,这里已经是满水池用过的碗碟、筷子汤勺、形态不同的饭盒,挤不下就摞起来。台面上是各种大小不同的锅,都用了都没洗,挂着食痕,油迹斑斑,还有送外卖的包装盒等散落得到处都是,总之现场像被打劫过一样。

玻璃水瓶里的凉开水被喝得一滴不剩。

小贞烧上水,才穿上围裙,戴上袖套,开始洗碗、收拾。

宋春燕本来是一个过精致生活的人,似乎她丈夫的死都没有改变她的生活模式,这是小贞第一次见到宋春燕时所留下的深刻印象。然而噩梦是从她丈夫死后才开始的,没有人理解她,也没有人帮助她,理由是她侵吞了丈夫全部的财产。丈夫的家人隔三差五地来闹一通,终于把她给拖崩溃了。

每一只碗或者碟子摸上去都分外细滑,纹路精美,经过清洗水灵灵地透着出身高贵。曾经,宋春燕提醒过她,你要小心一点,这些都是英国的瓷器。

所有的锅都是意大利的。她告诉她,家里除了水龙头里流出的水,没有一样东西是国货。的确,她炒菜用的橄榄油是希腊进口的,澳洲的蒜香盐,日本的酱油。可是那又怎样?日子把人过了,每一天都活在地狱里暗无天日，这算什么？辛辛苦苦还搭上一条命，就为过这样的日子吗？

水开了，小贞把水注入凉水瓶，准备等凉了以后给宋春燕冲蜂蜜茶解酒。凉水瓶是雕花的水晶玻璃，晶莹剔透，像一件冰雕的艺术品，说是去西班牙旅游时带回来的。

小贞洗完了所有该洗的东西，又把厨房的地板拖了一遍，顿时厨房变得焕然一新。之后她脱下围裙和袖套，在客厅的沙发上坐下，等待着宋春燕醒过来。她没有开电视，在这样的时候想一想心事也不错。

她可不是为了同情她才留下来的，穷人有什么资格同情富人？人家过得再不好也是另外一种烦恼，不需要大惊小怪。反倒是穷人更值得同情吧，宋春燕的丈夫虽然不是卷款逃跑，而是走上了一条悲惨的绝路，但是对于小贞一家来说，结果同样悲惨，老公这么大年纪要去扛家具，儿子的女朋友吹了，女儿学棋这样小小的愿望也泡了汤，更不要说天天酒楼转手给了别人。一时间刘小贞觉得自己才是最应该被同情的人。

宋春燕的卧室里面有了动静，小贞快步走了过去。只见宋春燕趴在床头，吐得昏天黑地，难闻的味道弥漫开来。

小贞清理了呕吐物，端过来蜂蜜水。

宋春燕一口气喝干了蜂蜜水，然后四肢瘫软仰躺回松软的枕头上，怔怔地看着天花板。

"以后别这样了行吗？"小贞轻声说了一句。

"怎么样？"宋春燕还是望着天花板。

"少喝一点，你身体又不好。"

"有一种灵魂出窍的感觉，很轻松很轻松，像羽毛一样飘了起来。"

"我不知道灵魂的事……我年轻的时候卖过菜，卖过鱼，菜烂了或者鱼死了就要被丢掉。"

"你什么意思？我是烂菜叶或者死鱼吗？"

"我是说别作践自己，一切都可以重新开始。"

"你以为我不想重新开始吗？"宋春燕从床上坐了起来，郑重其事地看着小贞，一字一句道，"我本来打算把这里的一切都卖掉，躲到一个小城市去，租一间房子，平平淡淡地过下去。"

小贞下意识地点头，表示理解和赞同。

宋春燕苦笑："可是不行啊，他们，就是你看见的那伙人，他们把我告了，法院动用了财产保全，总之一切都冻结了，办公楼，房子还有银行账户，幸亏我在我妈的账户上还有钱，我妈才是我的神明，她总是叫我任何时候都要留条后路。要不早喝西北风了。"

"那你打算怎么办？"

"能怎么办？谁都知道这是一场持久战。"

"那就更应该查账啊，这样你才能心里有数。"

"幸亏他们手里没有账，他们手里拿的都是宣传他的文章，什么'一个男人的梦想'，什么'行业的领军人物',我那个死鬼老公他喜欢名,尤其是虚名,他们就用那些虚名证明他很有钱。"

"但是上了法院,总是要查账的。"

"账本早就被我烧了,就耗着吧,看谁耗得过谁。"

宋春燕有一种得逞的转瞬即逝的愉悦,一丝浅笑挂在她冷冰冰的脸上。像是戴了一个面具。

小贞突然什么也不想说了,喝就喝吧,死就死吧,每个人的路都是自己选的。

她把宋春燕家的钥匙轻轻放在床头柜上,准备离开。

片刻,宋春燕有气无力地叫住了她:"你是要加钱吗?"

小贞站住了,回过头来注视着宋春燕。

"要加多少?你说吧。"

还摆着有钱人的架势,小贞心想。宋春燕的语气、思维实在让人冒火,小贞也不客气地定睛回望,满脸写着:你还有钱吗?

"给你的钱还有。"

"你欠我的是工程款,我们全家有多倒霉你知道吗?"

"世态炎凉,"宋春燕冷笑了一声,"当然也不多你一个。"

小贞不再理她,一心只想逃离这里。是她太傻了,完全与常人不同的经历,总是让她相信困境中或许会有意外,但又都一次次落空了。

小贞出了卧室,穿过客厅,握住了大门的把手,只需往下轻轻一按,便可以离开这里,也再不会去看"天天"了。她的人生,从来没有过夜夜买醉的奢侈,也没有花前月下的温馨,永远都是大卖场的结束语:今天的营业时间到了,亲爱的顾客明天再见。就是在王觉牺牲的日子里,她也要站在鱼档里剖鱼,迎接亲爱的顾客。

"你要怎么样才愿意留下来?"宋春燕追了出来。

深夜是寂寞女人的天敌。

小贞转过头来,看着一身凌乱外加一脸疲惫和憔悴的宋春燕,平静道:"我要查账。你不让查我就走,我又不是什么海螺姑娘。"

"查账查账,能查我会不查吗?你不要再逼我了,我还是告诉你吧,我老公表面上是一个优秀的企业家,其实就是一个大烂人,当初为了逃税造了数不清的假账。他下属的子公司,地板公司、电器公司、铝材公司,就我知道的,至少一半以上都难逃干系。我当时就劝过他,我说你拉关系请吃饭不是一样要花钱吗?那些敢收钱的人,哪一个是省油的灯?还不如老老实实交税,可他根本听不进去,还骂我蠢。那些账能见光我干吗不查?只有我心里明白,他就是被人情、虚名、假账、混乱的管理给逼死的。"

小贞顿时噤声。

宋春燕找到自己的手提包,翻出一串钥匙,用眼神示意小贞跟她走。

宋春燕带着小贞来到储藏室，她打开门，里面有两大箱账本，她的声音低沉下来，双手在胸前卷成一个麻花。

"查吧，给我查得清清楚楚，我倒要看看这个人有多烂，也好给他们家的人有个交代。我就是一直在想，死者为大，他又是那么虚荣的一个人，死都死了，这个神话让他亲手毁掉太残忍了。还是死于忧郁症比较体面，所有的恩怨都一笔勾销吧，但是没人答应，连你都不答应。那就坚决查账，大伙见光一块死。"

小贞看着七横八竖的账本："不是说都烧了吗？"

"准备这两天就烧。"

小贞接过了两串钥匙。

还好，烧掉就彻底没希望了。这会不会是一线生机呢？她想。

送她走的时候，宋春燕自语道："你这个人挺奇怪的，不好琢磨，还知道田螺姑娘？"

小贞原本是不知道的，她的童年根本没有童话书。

曾经，江渡小的时候，江渭澜给他买过很多童话书。家里的日子一直要算计着过，人没钱的时候觉得书特别贵，也看不出有什么用。江渭澜说，从小看童话，男孩子的心灵也会长出天使的翅膀。

那些书都被江渡和江姜翻烂了，没人的时候，小贞也看过两遍。

孩子们的心灵是否长出翅膀不得而知，但是那时候她就觉得江渭澜是上天送给她一生的礼物。

第六章

一

一眼望过去，每张课桌上都是书，一摞一摞跟砌墙似的，间隙里露出同学们备考的脸，清一色等待枪毙的表情。黑板报花里胡哨，最醒目的标语是"考过高富帅，战胜官二代"，剩下的是"童鞋们辛苦了""加油"之类，还画着若干卡通人物。

大概全中国的高三年级教室都是这副德性吧，哪怕是在培诚中学。

张豆崩想。

课间休息时，张豆崩来找程思敏，眼睛溜了一圈没找到，问一个头戴健脑器的女同学，她反应了好一会儿，才指了指教室后面。

高三还真是地狱之门啊。

程思敏趴在"墙"后面睡觉，一本十厘米厚的《牛津高阶》正好把他的脸遮得严严实实。肯定是昨天晚上没睡，豆崩的内心无比抱歉，让程思敏熬夜做题的鬼主意就是她出的。

上次在篮球场与程思敏相遇，豆崩想都没想就跟着程思敏走了，本来是要请崖嫣吃东西的，结果重色轻友，把崖嫣丢下让她好一通讥笑。但这边过生日的潜规则是可以提前，逾期不补。原因好像是不吉利。只好许愿下次请崖嫣吃大餐。

大部分同学都往学校大门口走去，也有同学围着篮球场看热闹，所以一侧的双杠处空无一人。程思敏两手搭着双杠，表情凝重。

豆崩用睫毛问他，出什么事了吗？

程思敏从兜里掏出一个纸片递给豆崩，是一张汇款单的回执。程思敏说他刚才去了江渡老师的宿舍还书，无意间发现了这个。是江渡老师寄给麻石村小学修教室的汇款单回执。

程思敏说，还畅游野生动物园呢，看来我们的想法还真是很傻很天真。现在麻石村小学的教室被冰雹砸坏了，房顶也吹跑一个，我们都没能力帮助他们。江渡老师家里又不宽裕还静悄悄地寄了两千元，我们什么忙都帮不上，心里挺不好受的。

张豆崩听完只有沉默，因为她也是个穷鬼。虽说野晴小姐很富有，但她只是满足豆崩的各种需要，不会给她大量的现金，加上原有的压岁钱零花钱等都让她大手大脚花了个干净，当然也包括上次去支教时给孩子们买的糖果和文具，基本属于穷得叮当乱响。

然而只要是开口要钱,野晴小姐就开始抱怨或者教育她,这让她没法张嘴。再说用自己的力量帮助别人是培诚的校风。

程思敏说,他也没法跟父母开口。甚至跟母亲的关系进一步恶化,因为最近学校准备将尖子生另外组一个常春藤班,简称藤班,还花重金请了外教。但是程思敏不肯去。他觉得无论如何肯定是用不同的方式给学生加码,如果进了藤班,就不可能有时间打球、跑步、做公益和看课外书了。再说他的愿望就是当个普通老师,又没打算到美国去读常春藤名校,所以他坚持不进藤班,还总是跟江渡老师借课外书回家。

其中包括本雅明、卡尔维诺、斯宾格勒等人的著作。

因为这件事,母亲五天没跟他说一句话。

还有一件奇闻,是最近本市出了一个全城尽知的人物:口罩男。这个人的真实身份尚未确定,行为是戴着帽子、口罩和墨镜,在市政府前的小广场,身背宣传板,质疑为什么全市的道路统一都要换成大理石的?政府为什么要带头炫富?这是不是面子工程?因为许多路边的花基和路沿石都完好无损,他要求直接跟市建委主任对话。

这件事经过媒体的传播和催化,终于令如火如荼的换路工程全线停工,只维修受损的道路。经测算至少节省了五千万元。

口罩男的事迹一时家喻户晓,面部从未示人,但从电视新闻里看，身材与程思敏极为相似。

程思敏说，他妈妈就认为他是口罩男，并且是因为参加了领袖气质培训班之后的思想飞跃。主要是用事实说服程思敏应该重视父母亲的建议，这样人生才不会走弯路。程思敏说他不是口罩男，但是他从心里钦佩这个年轻人，钦佩他的公民意识。

父母亲的意思是，做普通人没有什么不好，但如果有能力出其类、拔其萃不是更好吗？

这件事把程思敏给搞疯了，他大为光火跟父母嚷嚷，他说我不是口罩男，你们也不要再培养我了，我就是想自由生长。

张豆崩很同情程思敏，她说不是你疯了，是你爸妈疯了。

然而在这样的情况下程思敏又怎么可能开口要钱？

豆崩把和自己亲近的人想了一遍，从父亲、小陈阿姨到崔嫣，没有一个不是穷鬼。同时明白了钱的伟大在于可以帮助别人，还可以让自己喜欢的人一展愁眉。

这时，上课的预备铃尖利地响了起来。

程思敏醒了，见到豆崩，便把手伸进书包里，摸了一会儿摸出一个 U 盘，张豆崩一把抢了过去，拔腿就往自己的教室跑去。

篮球场一别，豆崩开始每天晚上都会做梦，并且都跟钱有关，千回百转，都是跟钱相遇。最夸张的一次是洗澡前打开衣柜，百元大钞倾泻而出，当场就乐醒了。暗想若哪一天兰老师的堂上作文是给钱写一封信，那她肯定洋洋洒洒刹不住车，全都是真情实感。

甚至上课的时候也经常走神。

想到过跟王行长借钱，毕竟帮助麻石村修教室是当务之急。但一想到从此以后见到这个死胖子就要笑，实在只能算了。

一天，筷子来找豆崩，表情神神秘秘的，他说放学以后到肯德基碰头。当时是课间时间，大伙都拥在走廊上，看同学们在楼下操场抢包子，据称是学校食堂发现学生们饿得快，经常跑到校外买零食，不如在校内加个课间餐。没想到比想象中还受欢迎，三轮车上的两大盆包子不一会就抢光了。

豆崩不想跟筷子去肯德基，每次都是她买单都算了，关键是现在她"发钱寒"，任何花钱的事都不想做。

"有事你就在这儿说吧。"她对筷子说道。

筷子压低声音说："我不想让别人知道。"

"如果是秘密你就当包子吃了，我可不想知道。"

"不去你绝对后悔。"

"我可没钱请你啊。"

"我请你，行了吧。"

豆崩还在犹豫，根本不相信太阳会从肚脐眼里升出来。

这时王行长一边吃包子，一边走了过来。筷子说了一句"肯定是好事"，就挑着眉毛走了。王行长对着豆崩说道："什么好事？算我一份。"

豆崩心想，幸好没跟他借钱，简直就是一枚吃货，看着他油汪汪的脸就烦。曾经不止一次动员他参加公益活动，他说他爸妈都不同意，说学生学习是天职，搞那么多事干吗？连他爱打乒乓球的爱好都给掐了。

"我们在说做公益活动的事，算你一份吗？"豆崩冷冷地说道。

"张豆崩，就咱俩的关系，我劝你一句，咱们现在这么辛辛苦苦地念书，不是为了将来当一个社会活动家吧？"

"那也不是为了做一个精致的利己主义者。"

"行了吧，高尚是高尚者的墓志铭。"

"那就吃你的包子吧。"

豆崩扭头走了，这才想到"就咱俩的关系"她没给予有力的还击，立马腹黑道，谁跟你有关系啊？谁站在你旁边不是一朵盛开的雪莲花啊？而他那些观点，一听就知道全是他爸爸的。王行长对老王行长从来都是言听计从，因为父子之间有一条重要的经济命脉。如果特立独行，他就没包子吃了。正因为如此，豆崩才格外看重思敏。

此后无话。

下课的铃声终于响了。

这回太阳还真从肚脐眼里升出来了，放学之后在肯德基，筷子买了一盒上校鸡块和两杯饮料。一落座就问张豆崩:"听说过'黄冈试题'吗?"

豆崩用吸管吸了一口饮料,白了筷子一眼,意思是高中生里有不知道黄冈试题的人吗?

黄冈中学,自一九八六年开始,这所地处鄂东一隅的高中,便以每年百分之九十以上的高考升学率声名大振,创造了经久不衰的高考神话。因而被称为神一级的高中。所谓的黄冈试题自然是金字招牌,不仅书店里有数不清的、贴有黄冈标签的指南和习题集,就是在当当、亚马逊和京东的网站一搜,立马显示出铺天盖地的教辅。

"那些都是浮云,"筷子知道豆崩想说什么,急忙补充道:"我最近拿到一份'黄冈秘卷'绝对真品。"

豆崩忍不住笑了起来。

这一笑把筷子给笑火了,一时正襟危坐道:"这么跟你说吧,我爸爸去了一趟黄冈,就在黄冈中学旁边的旅店住下来,等他们模拟考试之后,把他们的卷子买回来了。是货真价实的黄冈秘卷。"

他的说法,倒是把豆崩给镇住了。不是因为卷子本身,而是这种疯狂的行径。大人们都怎么了?

豆崩皱着眉头想了一会儿,道:"就算你的秘卷比珍珠还真,我们又不是藤班的学生,作为平行班的平庸之辈,我们哪能把那些题目做出来?听说很难的,根本没办法开题。"

"当然是有答案的。"

豆崩又是一愣，心想，以筷子的为人，绝对不可能白送一套黄冈秘卷给她看，何况是他爸爸千辛万苦买回来的。

"你想怎么样？"豆崩警觉地看着筷子。

"你干嘛那么紧张，我只想让你把苹果迷你机借给我玩半年。"

这就是筷子，第一时间说明条件，生怕三绕两绕自己反而没法开口了。对于这件事，豆崩原想拒绝，但最终还是好奇心占了上风。

当她把书包里的苹果迷你机递给筷子时，便得到了一个坚硬的纸筒，情景很像古埃及的装寻宝地图的发黄的纸筒。令"黄冈秘卷"又多了一份神秘色彩。

没错，程思敏做的就是黄冈秘卷里面的数学试题分析，这是黄冈试题中的精华部分，黄冈中学的老师出题都有自己的原则，就是如何把多个知识点，巧妙地绕着弯子隐藏在一条数学大题里，让学生多角度地想问题，锻炼学生的逻辑分析能力。

秘卷里是有答案，但都是参考答案，而且没有公式，也就是没有开题的方向，更没有复杂的运算过程。

听说有某班的数学课代表，郑重其事地焚香净手，一题做了整整一天，打了无数电话请教高人，其中还包括初中的数学老师，结果收效惨淡，宣告放弃。

如果有公式呢？有运算过程呢？应该可以变成钱了吧？

在这样一个疯狂的时代。

二

这一次的作文点评与以往不同,以往绕来绕去还是四大标准,当然也是高考高分作文的四大标准:主题明确,层次清楚,内容充实,思想深刻。这不都是正确的废话吗?每一次,张豆崩一听到这种陈词滥调,就有一种想一边奔跑一边尖叫的冲动。

看一看那些变态的作文题目吧,不是脑残题如"牛顿若被苹果砸傻了世界会怎样?",就是社论题如"你对新组建的政府有什么看法?"。谁他妈的在这种题目面前不跪还能得高分?

应该说张豆崩在心里早就放弃写作欲了。

或者说是被彻底地扼杀干净了。

这次点评的是给苍老师的一封信,这种题目当然只能写真情实感。这也是兰老师的不同凡响之处,在不违反普遍价值的前提下,反其意立意。让人感觉到有关她的"人才引进"的确实至名归。

兰老师的点评也很聪明,是"选边站"的方式,罗列和总结出两种截然不同的观点供大家参考。正方是如果苍老师一直都在网络深处,在人们的心中,那么只能说明在中国反低俗反堕落的斗争任重道远;反方的意见是过去苍老师象征着危机四伏、欲望潜行的青春,如今她象征着青春的美好和自由的可贵。

兰老师的话音未落，下面的同学已经开始了针锋相对的争论。

让张豆崩感到意外的是，兰老师这一回并没有为了捍卫主流价值观而声嘶力竭。

但是，张豆崩感觉到站在讲台上一言不发，由着同学们自由争论的兰老师，意味深长地看了她一眼。

事实证明，这绝对不是她敏感。

果然，放学之后，她又一次被请到兰老师的办公室。

兰老师坐在自己的办公桌前，一边示意豆崩在她斜对面的一张椅子上坐下。豆崩坐下之后，仍旧感觉到空气沉闷，以及她跟兰老师之间那一道无形的墙。

"最近有什么心事吗？"

豆崩摇了摇头。

"那你为什么上课总是走神，学习成绩也一路下滑？"

沉默。

"你都在想什么？可以告诉我吗？"

当然还是沉默。

这时，兰老师突然话锋一转，说了一句令豆崩差点一个立正要跳起来的话，她说道："你看看你的作文，那是给苍井空的一封信吗？分明是给程思敏的一封信。"

"……"

兰老师目光如炬，像要把人看穿那样："还说要把你的一切献给你爱的人，你有一切吗？你的一切是什么？"

"……"

震惊之余的豆崩，并不觉得这件事本身被兰老师知道有什么奇怪的，兰老师的办公桌面上，有彩色的循环周记，班上还有一批沈辽那样的小特务。再说崔嫣分析得没错，作文本身就是早恋调查，这是兰老师最拿手的"钓鱼执法"。

豆崩气愤的是兰老师用那么不屑的语气跟她说话，说不屑是客气的，分明就是羞辱。

这让张豆崩怒不可遏："兰老师，如果你觉得我的作文写得不好，可以给我零分，为什么要嘲笑我的情感？我就没有一切吗？那我是什么？"

"你学有所成吗？你创造财富吗？早恋一点好处也没有，我是在提醒你，忠言逆耳，良药苦口。"

"但是我唯一的感觉就是被摧毁。"

"那是你的偏见。"

"反正你看我横竖都是不顺眼。"

"张豆崩，如果我说我像你爸爸一样爱你也许你不信，但是我真心对待班上的每一个同学，其中也包括你。"

豆崩用鼻子哼了一声，眼睛望向窗外。

"不管你爱不爱听，我还是要提醒你，不要整天跟程思敏混在一起，那是不可能的。"

"都什么时代了？没有什么事情是不可能的。"

"程思敏是一个可以上藤班而不去上的尖子生，而你呢？你看看你的学习成绩，全班前二十名不保。你觉得你们是一回事吗？"

"那又怎么样？程思敏最可贵的地方就是他只想做一个平凡的人，而不是去美国读常青藤。"

"学习不好的人没有资格轻视常青藤。如果你真的喜欢程思敏，那你追求他的方式应该是：我们清华见。这就足够了。"

张豆崩终于卡壳了，在兰老师威严的目光下，她的目光是那样的沉着、坚定、毋庸置疑。

离开兰老师的办公室以后，张豆崩飞快地连下两层楼梯，仿佛后面有人追赶她似的。陡然，她在楼梯的拐角处停了下来，掏出手机，拨了程思敏的手机号。

手机是通的，但是没有人接听。

豆崩心想，也许他在和江渡老师一块打篮球吧。于是，不假思索地向篮球场的方向跑去。

让人意外的是篮球场上一个人也没有，也许是小周末，放学后的校园，人都走得差不多了，只有老校工在刷刷地扫地。这样的情景司空见惯，却令人感觉到莫名其妙同时又是深深的寂寞。

豆崩折回教学楼一楼的公共厕所，在其中的一间里面插上门，傻站了好一会，又结结实实地哭了一场。

这是她第一次感觉到被践踏，她的自尊心，芳心散落一地，无从收拾。原来她并非花见花开，车见车载。

那种感觉，就像被人猝不及防，猛击一棍。这样的羞辱恐怕她一生都很难忘记。但是兰老师那么轻易地就说出来了。

这天晚上,张豆崩请管家陪她开车兜风,管家的好处是万能的沉默大叔,可以在任何时间、地点和需要的时候派上用场。他们乘着夜色,把一辆法拉利跑车开出车库,是由599改造而成的混合动力车型,翠绿的颜色,顶部是黑色的磨砂皮。是野晴小姐的心爱之物,她称赞这辆车更是一件艺术品,所有的设计天衣无缝,有一种无从捕捉的抚慰人心的魔力。因而被野晴小姐称为绿魔。

野晴小姐开去上班的只是一辆普通的皇冠。

然而,遇到含云带雾、忽雨忽晴的天气,为了安慰那一刻浮世如梦的感觉,她买下了绿魔。这是野晴小姐亲口所言。

当绿魔驶上猎德大桥,极致的速度让张豆崩产生了幻觉,那就是并非他们迎着雄伟壮观的大桥而去,反倒是大桥横冲直撞扑面压来。豆崩忍不住尖叫起来,劲风在耳边打着胡哨。

与其说绿魔是魔鬼,不如说它是优雅的猛兽。

豆崩感觉自己伏身于一只狂奔的金钱豹,它充满野性,但又俊逸出众,健硕修长,轻载着她在森林里穿行。

面对着不完美的世界和不完美的自己,还有什么能够真正抚慰受伤的心灵呢?

三

两座山永远不可能重逢,但是两个人无论如何都有可能不期而遇。

然而，林紫佳从来也没有想过，会以这样的方式与江渭澜再度重逢。那是在江渭澜的家里，他们幸福的一家四口围在餐桌前下飞行棋。

这是一个无比古老的游戏，是跟跳棋一样零智商的玩法，铺一张特有的路线图，上面画得花里胡哨，有山有水有河流树木，还有一些浅显的运气和困难，用一个色子随意一扔，上面分别写着阿拉伯数字，扔多少执那个颜色棋子的人就只能走多少步。完全是碰运气的娱乐活动，不顺手时会碰上"倒回原点"的提示，幸运的时候也会碰上"此处可向前飞五步"之类，总之先到终点者为赢。

看来怀旧是人生的必需品，无论生活得好还是不如人意，怀旧都是一种精神上的热敷。

所以现在有一批人穿回力鞋，往脸上涂百雀灵，洗头用蜂花牌洗头液，洗衣服当然是用电车牌肥皂。还有，下飞行棋。

这个温馨的场面深深地刺痛了紫佳的心。

让她理解了什么是锥心之痛。

那真的是眼前一黑，一时间大脑和心脏都不供血了，苍白的记忆变成没有颜色的黑白照片。那是她对于江渭澜最后的印象，在工兵五团的陵园里，她疯了一样穿梭在墓碑之间，寻找江渭澜的名字。她甚至希望在那里找到他的名字，让她的心放下，从此解脱。

否则,她没有办法相信,他真的人间蒸发了。

当时的煎熬和身心俱惫跟眼前的这一幕是多么巨大的反差啊。

周末下午大约四点四十的样子,崖嫣去了楼下便利店买卫生巾,她的手机一直响,一直响,被路过的紫佳听到,于是,她打开了崖嫣的书包。

关于那款苹果手机,崖嫣怎么也说不清它的来路,开始说是江渡老师给的,紫佳立刻就要给江渡老师打电话核实。崖嫣又说是张豆崩送给她的生日礼物,但也许太不理直气壮,她并没有迎接紫佳的目光,连她自己的声音都渐说渐弱,变成显而易见的谎言。

紫佳觉得一个女孩子,没有缘由地收别人这么贵重的东西,作为母亲若是让她蒙混过关,未免太说不过去了。

在她一再的追问下,崖嫣只好说出实情。

所谓的实情,更像是一个奇怪的故事,非常的不可信。所以才会跟着崖嫣去了江渡老师家。

是江渡老师开的门,虽然有些大感意外,但还是客气地把她们母女带到了客厅。

于是,她看到了江渭澜,那个让她魂牵梦绕而又肝肠寸断的男人。

她在瞬间变成一座雕塑。

周围的一切,她已经完全记不清了,或者毫无印象,他的太太、女儿,若不是原来就认识江渡老师,估计也不会记住他的样子。他成为唯一的特写镜头,苍颓的脸庞,有些阴郁的眼神,头发完全灰白,皱纹极有味道,仿佛写满了故事。

紧接着,她扭头就走,而且是下意识地拉着崖嫣就走。

她感觉到身后,江渭澜追了出来,一直叫她的名字,但她决计不回头,脚步越来越快,像罪犯逃离现场。

整整一个晚上,崖嫣的手机都在响,都是江渭澜约她见面。

"你就去跟他见一面吧,有什么事不能当面说清楚呢?"崖嫣也一个劲地来劝呆坐在客厅的母亲。

她不说话,目光冲着一个方向。

生活大师的确有这样的本领,指挥棒轻轻一舞,无论是什么样的暴风骤雨或者狂潮大作,终是会归于平静。犹如偌大的交响乐团,可以在刹那间鸦雀无声。

平静之后的紫佳也觉得,还能怎样呢?能做的就剩下谈谈了。她再一次想起她看到的他一家人的生活画面,好不悲哀。

"好吧,你告诉他,明天中午十二点,中山五路的美利权。"

"美利权?从来没听说过的名字。"

"你当然没听说过。"

"是饭馆吗?"

"是冰室。"

"当年的哈根达斯吗?才几月啊,你的胃受得了吗?"

"过气的地方,会安静一些。"

"嗯,知道了。"

林紫佳一夜没睡,吃了两片安定,还是一分钟也没合眼,她曾无数次地想过不同情况下的重逢,应该是"时隔经年,以眼泪,以沉默"吧,想不到的是自己焚身火海,别人毫发无伤。

心淡到了无波澜。

清晨时分,她才稍稍迷糊了一会儿。

中午离开家之前,她发现崖嫣有些哀伤地看着她。

"怎么了吗?"

"妈妈……你打扮得好像一个花痴。"

有那么糟糕吗?她急忙回了自己的房间,梳妆镜里映照出一张化着浓妆的脸,烈焰红唇。至少十年未上过身的嫩粉色的彼得潘小圆领的上衣,下面是天蓝色的波点蓬蓬裙,虽然身材没变还可以穿进去,但是怎么揪,裙摆都跳回膝盖上面。毕竟年龄不对了,明显是陈年老鬼穿少女装。

紫佳重新洗了脸,换上日常的衣服。

白衬衣,蓝裤子,米色的外套,丁字带皮鞋。素净的面颊。她系上最后一颗纽扣,神情黯然。

"妈妈其实你很漂亮,是那种很有味道的女人。"

不用安慰我了。她想,仕谁都会输给时间。

崖嫣不放心，还是叮嘱她道："妈妈你不要假装过得很好，那样只会显得更可怜。"

"嗯。"

她乖乖点头，一系列的举动应该都是下意识的。

她乘出租车去了中山五路。

昔日威风八面的时髦冰室，如今藏在闹市一隅早已无人问津，正常的人都不会多看它一眼。

紫佳站在美利权冰室的门口，心中不免感慨。当然更多的是有一些紧张和不自在，但仍旧没有迟疑地推开了美利权的门。有一个男人站了起来，自然是江渭澜。紫佳向那张桌子走过去，一路上用余光便可知道没几个客人，有两个服务员似乎在聊天。

他们相对而坐，江渭澜事先点好了一壶果茶。

她当然没有明目张胆地打量他，只是微低着头，所以并不知道他穿什么样式或颜色的衣服，只是点头示意间，看出来他新刮了脸。仅此而已。

开场白是非同寻常的一段沉默。

仿佛是在共同哀悼一段一去不回的时光，以及一段不曾了结的情感。

"你还好吗？"终于还是他先开口了。

"还好。"

再就无论如何继续不下去了。

渐渐地，紫佳开始恢复意识。她想，江渭澜送给崖嫣手机，摆明是知道了崖嫣的妈妈是谁。为何不销声匿迹，再次无影无踪，让彼此保持零重逢状态，何必做出莫名其妙的举动，对她二次伤害？

对于他来说，她算什么呢？

结论只有一个，那就是他利用了她的痴情。

她越想越生气，不觉慢慢面色铁青。

"我决定见面并不是为了叙旧，"紫佳决定打破僵局，否则真不如起身离去，难道他们在这里演韩剧吗？"我想要一个理由……这一点不过分吧？告诉我理由我们以后就再不用往来了。"她抬起头，看着江渭澜，或者说直视他的眼睛。

他回望着她，点头称是。

"当时，"他说了两遍当时，然后才说，"有战友说，也是一起复员的战友，说应该趁着大好年华到深圳去淘金，当时的深圳就像解放区一样，吸引着无数心怀梦想的人。"

"你觉得这样的借口能说服人吗？"

"不管你相不相信，我也是俗人，一心想着衣锦还乡。"

我什么时候给你留下贪财的印象？当年说的多少多少条腿儿，几转几响什么的，我跟你提过一个字吗？紫佳这样想着，但是没有说出来，因为江渭澜的话根本不值一驳。

他真的是没救了，她想，不如就让她来编这个借口：在江渭澜当工兵的时候被石头砸伤了脑袋，从此失忆，也就在失忆的过程中，他找不到回家的路，忘记了有关亲人的一切，同时认识了现在的老婆。直到他病好，一切都已无法挽回了。

"好吧，"紫佳耐住性子，"你到了深圳，安顿下来了，给家里或者我打个电话或者写封信，应该是举手之劳吧。"

"问题是我没有发财，没脸见人。"

"我没问你发没发财，你要过自己的生活这没问题，可是我们有知情权吧。"知情权这三个字，她在暗中加重了语气，有点像政府重要部门的发言人，"你一声不响地玩失踪，你替我想过没有？你替你父母想过没有？我们每一分钟都活在担心之中，还有我的……"不说了，感情是个屁。最后一句话她险些脱口而出。

江渭澜一言不发，好像他处心积虑等待的，就是紫佳火冒三丈。

她也什么都不想说了，千头万绪，欲言又止，又从哪儿开始说起？当恋人变成路人，也就什么都不用说了。

"你给家里打过电话了吗？"

他摇头。

紫佳说出一个座机的号码。这是唯一一个她不用翻通讯录方可背出的号码，也许是打过成千上万次了，以为会有什么新的消息。

号码当然换过，从七位到八位，从8字头到3字头，但是她从来都不会忘记。

江渭澜的神情木然。

"干吗不把号码输到手机里？难道你记得住吗？"紫佳提醒他道，口气生硬，还有一点不耐烦。

江渭澜"噢"了一声，动作迟缓地打开手机，紫佳又说了一遍电话号码。

隔了一会儿，她平静地解释道："回家看看吧，每年过春节，你妈妈都给你摆上一副碗碟和筷子，她说你突然推门进来，发现连你的座位都没有，会伤心的。"

紫佳起身准备离开，她看见江渭澜神情肃穆、凝重，甚至都没有意识到她要走了。

可是她真是一分钟也呆不下去了。

她在心里默默地对他说，我们永远都不要再见，都不要有哪怕是细微如发丝一般的关联。但是江渭澜，你欠我一个理由。

一个能够说服我的理由。

四

一切都来得太突然，让他有些无所适从。

当江渭澜缓过神来，才发现他的对面已经空无一人。只有半杯琥珀色的果茶，提示着那个位置刚才的确有人坐过。

客人依旧稀少，服务员依旧在聊天，还是关于孩子上学方面的话题。说到这间简陋得不值一提的冰室曾经辉煌过，根本不会有人相信，或者成为一则笑谈。

江渭澜没有想到紫佳会突然出现在他家的客厅里。

但是有可能碰面应该是预知的,在他见到林崖嫣的那一刻起,他本来应该继续藏匿,不问世事。人们常说,住在同一座楼的人,相遇率也有可能是零。如果他面对崖嫣时选择绕道而行,生活依旧可以风平浪静。

但不知为什么,这一次他没有忍住,也许是直观的力量太过强大,当青春时代的"紫佳"出现时,那些自认为完全忘记和遮蔽的过往,海啸一般向他扑来。

明知道一切有可能暴露无遗,但是这一次他却无法转身离去。

这一次的见面,本以为会发生疾风暴雨般的场景,哪怕是相对无言,应该也都会感觉到彼此的痛彻心扉。

然而时间改变了这一切,可以说他们都相当冷静。这也难怪,人生过了四十岁以后,便进入万事皆休的平淡期,表达情感的方式无论如何不会太激烈了,哪怕是心重如山。

或者,他让她失望到心如止水。

倒是紫佳让他回家看看的眼神和语气,让他感觉寒气逼人,一股深深的凉意从脚底升起,慢慢渗透了他的全身。

他打开手机,找到刚刚存进去的号码,按下了呼叫键。

铃声只响了两遍,就有人接听了。

"喂——"

是母亲明显苍老的声音。

上一瞬间他似乎还可以保持平静,但一听到这久违的呼唤,立刻有一种游子的沧桑和惘然将他的身心紧紧缠绕,憋得他透不过气来,不知不觉间他哽住了,鼻子发酸,不能发声。

他听见母亲又喂了两声,声调耐心、和缓。

然而母子之间是有奇特感应的,又沉默了一会儿,母亲始终没有挂断电话,似乎在寂静中听到了他忍而不发的鼻息。

母亲说:"……渭澜?是江渭澜吗?……孩子是你吗?"

他使出浑身的劲才"嗯"了一声。

尽管心中五味杂陈,但他不知道为什么会有些许委屈的成分,路是他自己选的,事是他自己做的,小贞是他爱的女人,爱她,因为她值得爱。可是仍旧会伤感,只因为是对母亲,他所能愧对的血亲唯有母亲而已。

出了美利权冰室,江渭澜搭乘一辆出租车向家的方向驶去。

那个他以为已经在记忆中抹掉的地方,当他亲口告诉出租车司机时,清晰得像昨天还光顾过一样。

出租车一路驶去,他有一种心灵和肉体陡然间分离的不真实感,那就是人已经在路上,意识却跟在身后拼命地追赶。他一直在问自己,真的要这样吗?那铁血一般的誓言真的烟飞灰灭了吗?

如今的你,到底是江渭澜还是王觉?

虽然是星期天，家里却是意外的冷清，只有母亲和小保姆两个人。

房子和陈设显然是重新装修过的，但是"家"的气息并没有大的变化，虽然时至今日，难免感到陌生和疏离，却又不失亲切。

迎接他的母亲坐在轮椅上，腰弯了，老眼昏花，竭力辨认着这位"不速之客"，她的头发全白了，遍寻不到昔日风采的一丝记忆。父亲，是墙上的一幅遗像。江渭澜意识到他拖垮了父母亲的精壮年，父亲拖不过他，走了。剩下母亲还在无尽地等待。

江渭澜蹲下身来，伏在母亲的膝头，他轻轻地，声音却有些颤抖："妈，你的腿怎么了？"

"膝盖不听使唤了，杵着手杖还可以走几步，没事的。"

他看见靠在沙发边上的手杖。

"都二十一年了，我能不老吗？"母亲叹息道。

他却暗自吃了一惊，有这么长时间吗？是十九年，还是二十二年，他真的没有认真算过，听母亲这样说道，深感不可思议。

"你跑到哪里去了……我和你爸爸一直自责，是不是我们太看重老大，偏袒小的，而忽视了你，让你下决心一声不响地离开了我们。"

"没那么回事，我只是去了深圳，我太想发财了，可是当年有这种想法的人，会觉得可耻。"

这个理由在今天看来，家喻户晓，人人深以为然。

他决定什么也不说，这件事从一开始，就决定用毕生去做，所以才有当年的决绝。无论今天变成了伤疤或者笑话，却是他心里认为对的事，即便是崖嫣的出现似乎改变了什么，那也是风动云动星不动。

尽管，看到紫佳时，他感到深深的内疚和心痛，但也同样明白哪怕是流露片刻的温情都是对她的伤害。

发财，是个好理由，也是与时俱进、万众一心的信念。

毕竟母亲不是紫佳，她马上就相信了，或者她不愿意戳穿他明显漏洞百出的解释，或者具体的理由都已经不重要了，或者简单地说只不过是母亲愿意相信儿子而已。

不知什么时候，江渭澜盘腿坐在地板上，是合适和母亲在轮椅前交流的高度。他们絮絮叨叨说了四个多小时，直到晚上八点二十，天已经全黑了，小保姆下了面条，催了他们两次。

母亲对她说道："阿英，这是二叔叔，你要记得，除了大叔叔和小叔叔之外，这是二叔叔。"

阿英荣辱不惊地点点头。

母亲又说："你给大叔叔和小叔叔打电话吧，叫他们明天晚上回来聚餐。"

江渭澜急忙制止了母亲，他说："不要着急，我还没准备好。"

母亲道:"自己家人见面,还有什么好准备的?"

江渭澜笑了笑,双手插进头发往后捋了捋。

"你怎么把自己搞得像个蓝领似的。"

我本来就是蓝领啊,妈妈。但是说出的话却是:"我过得很好,您不用担心。"

母亲忙说好吧好吧,又叫阿英自己先吃面条,然后自己看电视。阿英这才面露喜悦,索性端着碗坐到电视机前面去了。

母亲告诉江渭澜,大哥留校任教,大嫂在外企上班,他们的儿子去了英国念书。江渭澜的弟弟和弟媳开了一家文化公司,儿子还在读高中。介绍完他们之后,便问江渭澜成家没有?有没有孩子?

江渭澜一一作答。

说了一个晚上,又好像什么都没说。话题跳来跳去的,像跑马圈地似的走到哪儿说到哪儿,偶尔也会同时沉默,不知从何说起。

江渭澜扶着母亲到餐桌前,明显感觉母亲矮了,只有几米的距离,她走得很慢很慢,每一步也小得出奇,还要凭借手杖的力量。母亲的另一只手,紧紧地抓住江渭澜,可以感觉到她平静外表之下的激动。

他们对坐在餐桌前吃面条。

面条有些涨发了,软绵绵的入口即化。江渭澜感觉淡到没有味道,当然比较合适老人的口味。

母亲一边吃面,突然问道:"你去看过紫佳了吗?"

江渭澜不置可否，也许下意识里他不愿听到"你们都说了什么"之类的寻问。

"你去看看她吧。"

他还是没有出声，母亲抬起头来看了他一眼。

"一直都找不到你……她吃不下饭，本来以为是俗话说的相思病，慢慢就好了，结果发展成厌食症。医生说是创伤后遗症，开始是吃了就吐，后来变成强迫自己呕吐，然后迅速处理掉。

"等我们发现的时候，发展到一看见食物就呕吐，最后瘦到不足七十四斤，像个行走的骷髅。医生说这样必死无疑，为她制定了一天至少八百卡路里的食谱，没有办法，只能住进精神科。

"每当我看见那把大铁锁咔的一声锁上时，心都碎了，不敢回头看那一排像监狱一样的病房。医生下过两次病危通知，我真担心她会……"

母亲的语气接近平淡，也是，再惨烈的情景，二十年之后讲出来也只能是这种淡而无味的口气。但是对于江渭澜，他的心顿时紧缩，紧缩到痉挛，感觉全身都在微微颤抖，包括他拿筷子吃面条的手。好在母亲的眼神不济，并无察觉。

吃完饭以后，母亲又一次看了看天色。她说："你回去吧，有空再过来。现在的年轻人都忙，是我叫你哥他们没事都不要回来。"

江渭澜说好。随即起身。

母亲却示意他推着轮椅去她的房间，进了房间之后，她打开柜子拿出一包东西递给江渭澜："是你爸爸走前留下的，还有紫佳生病时的日记，你拿回家慢慢看吧。"

母亲还是那么平静。

"家里反而没有那么方便……"

母亲沉默了片刻，似乎在思索这句话的含义。江渭澜也有一点点后悔，他随便找个地方，哪怕是在他的搬家车上，都是他偶尔想想心事的最佳场所。可能他还是觉得整整一晚上的情绪，他没有办法立刻抽离。母亲的房间，让他感到安全和静谧。

"那你就在这里看吧。"母亲说完，启动了她轮椅上的开关，她坐在轮椅上无声地滑出了房间，剩下江渭澜一个人在屋里。

江渭澜把母亲房间的门轻轻地关上。

那一个所谓的布包，其实是一个陈旧的军用挎包。江渭澜依稀记得，那时城市里的青年男女，已经开始跳"澎喳喳"和倒卖录音机了，但是挖洞库的大头兵仍旧是土得冒烟。紫佳来信要一个军用挎包，她说她对那些时髦的东西并不感兴趣，反而每天背着军用挎包，更像是江渭澜就生活在自己身边。

于是，江渭澜寄了挎包，另外还有两条白毛巾，毛巾的边上印着"提高警惕，保卫祖国"的红字。在山沟里当兵什么都没有，这是唯一可以寄给她的东西。

红色，都脱落了，变成了斑驳的暗红。

江渭澜坐在母亲的床上，把包里的东西拿了出来。有一条男用方手绢包着的小包裹，他打开，是父亲当年用过的罗马表，手表已经旧了，指针一动不动，本来涂上去的微透浅绿的夜光粉已经暗黄。

父亲在给他的信中写道："……记得你曾经许多次把这只手表从我的胳膊上取下来，向你的同学和朋友解释夜光表怎么神奇。我把他留给你的意思是，永远都要做一个能够在黑暗中发光的人……无论你在哪里，都不要怀疑我和你妈是爱你的……"

那本紫佳的病中日记，黑色的硬壳封面，不如说是一本死亡日记，里面清楚地记录了紫佳每一天的体重，怎样像吃药一样把每一小口米饭用水吞咽下去，在精神科冰冷的病房里，怎样艰难地度过漫漫长夜。

她甚至抄录了一首被囚在奥斯威辛集中营的女孩子的诗：

> 我一定要节省，虽然我没钱可省，
> 我一定要节省健康和力量，
> 节省我的泪水，忍耐，我的精神之火，
> 这一切上帝的礼物，
> 需要支持我很长很长时间……

紫佳还写道："爱情，并不是糖。需要多么大量的海水，多么长时间的日晒，才能得到少许盐的结晶。"

"爱情，并不是糖。如果我还活着，一定要想尽办法忘记他。"

江渭澜哭了，他终于忍不住嚎啕大哭。

五

"爸，当年你为什么要离家出走？"江姜问道。

"那时候有点能力的人都往深圳跑，我也想当万元户，但是他们觉得这个想法很荒唐。"

"爸你虽然没发财，但绝对先知先觉。"

"我也当过万元户啊。"

"不对，你的行为还是没法解释，我们跟奶奶家生活在同一座城市，虽然城东城西，坐地铁也就几站的事，为什么你从来都没提过？也没去看过他们？妈妈好像也不知道他们的存在。"

"开始是赌气，后来希望开着奔驰车回家。"

江姜叹了口气道："奶奶爷爷得多想你啊。"

江渭澜想了想，感慨道："我是一个有性格缺陷的人。"

"嗯，怪不得妈妈总是让着你。"

在地铁站里等车，刘小贞望着随处可见的广告牌，最常见的是肌肉男和大眼妹，他们推销什么都会有人买。江姜和江渭澜的对话飘了过来，但她假装什么也没听见。

江渡是一副若有所思的样子。

江姜的兴奋是可以理解的,他们一家四口受邀到奶奶家吃饭,由于江姜这一辈人只她这一个女孩,奶奶对她格外喜爱,给了江姜一个大红包。江姜还跟小叔叔的儿子江可纯下围棋。江姜好杀,可纯重守,但是两个人旗鼓相当,于是有点棋逢对手,难解难分。

老实说就这一点,算是让江渭澜的一家人有那么点像白领。

否则,在这个音乐世家里,虽然奶奶家的生活也是平凡普通的,却有着一种没法忽视的不同凡响的气质。作为教授的大叔叔,作为成功的文化商人的小叔叔,他们看上去整洁干净彬彬有礼,骨子里同样有着与外形相匹配的自信和优越感,妻子也都体面、讲究,美艳如花。

整个的吃饭过程,刘小贞感觉到与他们的生分和格格不入。

他们对她也是非常客气有礼,但绝不亲热。可能认为若江渭澜是为了这么一个女人跟家里断绝关系,简直就是小题大做,没有必要。

她也明显感觉到自己的不合时宜,就像在一个高级酒会上坐着一个劳动妇女,素颜且没有装扮。他们的话题以及提到的品牌,她听都没听说过,也插不上话。

地铁进站了,他们上了车,人不算太多,但也没有座位。

也想过是否开搬家车过来,第一时间就否定掉了。理由是江渭澜对家人说开了一家"小型的运输公司",

至少还有一点想象空间，看见搬家车就完全不同，根本不是"中产阶级"。事实证明他们一家人搭乘地铁来回是无比正确的选择。

分别的时候她看见，大叔叔开的是宝马车，小叔叔是奥迪车。

他们都表示要送他们一家人，但被江渭澜婉拒。

平静是在那个周末的晚上被打破的，当时全家人在下飞行棋。那副棋是江渭澜买的，他说路过向阳国货店，因为全是过去的老旧产品，抱着好玩的怀旧心情转了一圈，没想到居然还有飞行棋，于是买了一副拿回来玩。江姜当时就说这么弱智的东西我才不玩呢。江渭澜说输的钻桌底或者弹脑门。江姜马上说好好好，我要弹你的脑门。

有时候，小贞会觉得江渭澜像个大男孩一样贪玩，这也是她无论多么辛苦都能够忍耐的重要原因。生活太闷了，像一条病狗。但是和他在一起会有津津有味的感觉。

结果来了一个不速之客。

他们俩的表情，都像被雷击中一样。

江渭澜的目光凝视不动，嘴巴半天都没有合上。他这个人，两次破产都没有出现过这种表情。

当时她就看出来了，这是江渭澜生命中的一个女人。

江渭澜追出去以后，江渡告诉她，这是他们学校的一个学生家长，但好像跟父亲从前就认识。

那一晚江渭澜从外面回来，脸色极其黯淡，有一种与全世界为敌的煞气。谁也不敢问他到底发生了什么事？当然问了，他也什么都不会说。

他是那种咽下去的远远比吐出来的多得多的人。

星期天的晚上，江渭澜回来得很晚，已经将近十二点钟。小贞睡下了，但还没有睡着，她在黑暗中听到门响，过了好一阵，江渭澜都没有进卧室。还听到外屋传来玻璃碰撞的声音，她想他是在独自喝酒，家里的酒是江渡给他买的赖茅，是江渭澜认可的性价比。但是并没有剩菜。

于是小贞起身直接去了厨房，炒了一个木耳鸡蛋和一个猪油渣黄豆芽，这两个菜做起来最省时，方便。

她把菜放在江渭澜面前的餐桌上。

他果然在喝酒。

她一言不发地准备离开，他突然开口道："陪我坐会儿吧。"声音低沉又有些沙哑。

她又重新回到他的对面坐下来，用肘臂支着下颏看着他。

他吃了两口豆芽，又把半小杯的白酒一饮而尽。扬头的瞬间，她发现他眼睛红红的，而在她的记忆中，他几乎是从不掉泪的。

"我刚才回家了。"他说。

小贞着实一愣，因为他一直说他家在甘肃，小贞也曾提议陪他回去看看，他都支吾过去了。后来有了江姜,她才正式提出一家四口回去看看老人,都被他用"再说吧"或者"哪有时间"搪塞过去了。

他说了他家居住的大致区域。

小贞没想到他的家可以说近在咫尺,真难为他竟然瞒得滴水不漏,从没透露过半个字。

他向她介绍了父母,还有哥哥、弟弟的情况。

小贞点头。但她的心里仍然充满疑惑,直觉告诉她,无论是刻意隐瞒还是突然回家,都与那一个女人有关。

或者,当年他就是为了逃避那个女人,才不得不和家人失去联络。

小贞有些明白了,极有可能,江渭澜当年是有女朋友的。多少年来,她一直觉得江渭澜的心里有一种深层次的化解不开的忧郁,是什么?她不知道。他这样的人对升官发财没有兴趣,时代的变迁也不会增加他的物质欲望,但是她总可以感觉到他努力掩饰的压抑和不快乐。

半个多月前,他开始睡不好觉,晚上在床上翻饼。

突然就冒出来那么多家人,像春天长韭菜似的。

所有的征兆都表明,他跟那个女人有过不同寻常的关系。他们在客厅里碰面的一刻,江渭澜的脸色土灰,像兵马俑。

如果这个天大的秘密的确存在,那么这二十年来,他一直隐忍,默默地在心里独自煎熬。为的是给她一份安宁。

他有军人的果敢、无私和责任心,一旦做出决定牛都拉不回头。

随着时间的推移，小贞承认自己已经深深地爱上了这个男人。或许一开始还有感激的成分，但是后来，他的踏实、坚定，像山一样支撑着这个家。尤其是对待江渡，他视如己出。江渡十四岁的时候，有一次发高烧，拉血尿，他比小贞还要紧张，呆在医院日夜守护。并且买了医学的书，还不是家庭医生类的普及版，而是《内科学》，因为发烧的事常见，但是血尿让他害怕江渡肾脏出现问题。小贞曾说，你看得懂吗？他回说不看怎么知道懂不懂？

后来他也承认不懂，但是可以跟医生对话。这让小贞感觉到江渭澜比她想象中聪明。聪明的男人总是更容易打动女性。后来得知江渡的肾脏并无大碍，他们才松了口气。

还有他的样子，看久了就是一幅油画，会让人莫名地感动。

她这个年纪的女人，喜欢的是硬汉形象。就是高仓健那种，沉默、深情、从不表白。对于今天吃香的花样美男，她一点感觉也没有。而江渭澜在她的眼里，已经足够完美和丰富。

所以在她的内心深处，她是介意那个女人出现的。

可是星期天的晚上，江渭澜并没有提及那个女人。

去他家聚餐的日子确定之后，一天下午，江渭澜不经意道："我们去商店转转吧。"

这种破天荒的提议令她暗自吃了一惊。因为在她的印象中，江渭澜对逛街买东西毫无兴趣。她给他买的打折的衣服裤子鞋子，他都觉得好，并不端详就套在身上。所以他提出逛商店简直让她有听岔了的错觉。

她"噢"了一声。

在大百货商店的地下二层，全部是各种品牌的鞋子，江渭澜建议她买双鞋子。其实买鞋子是件挺麻烦的事，不仅要挑选样式，还要试穿看合不合脚。江渭澜的态度专注、认真，一直坐在她的旁边看着她试鞋，而且是他在挑选，不一会儿他们坐的地方就满地是鞋。

最后挑中了一双黑色的软皮鞋，普通的船形，一点装饰也没，微微的坡跟恰到好处，关键是舒适度令人称奇，非常合脚。

但是小贞万万没想到，这么一双不起眼的鞋子竟要一千六百块钱，顿时满脸写着放弃。

江渭澜坚持要买。

小贞耳语道："太贵了，穿上会飞吗？"

"你穿了很好看。"他注视着鞋子轻轻地说。

每当他无意间流露出这种温存都会让她怦然心动。

"不买，买了也舍不得穿。"的确，他们有钱的时候，江渭澜也给她买过东西，不过偶尔也会说怎么从来没见你穿过呢？

"鞋子是女人的门面。"他说。

门面不是脸吗？女人还是脸重要一点吧，小贞这样想着。后来不光买了鞋子,江渭澜还陪她到化妆品部买了一支粉底。小贞的内心简直大惊失色,他还知道粉底?什么粉底、BB霜之类的东西,她只是听江姜提起过,江渭澜怎么知道粉底是什么?还主动提出让她买一支接近肤色接近透明的粉底?她对这一个男人要重新认识了。

她果然重新认识了他——在第一次登门到他家聚餐的时候,她在客厅的墙上看到江渭澜参军前拍的全家福照片。年轻的江渭澜胸前抱了一把小提琴。然而她跟他生活了这么多年,压根不知道他会拉小提琴。

他是这样的家庭,这样的人生。

结果他的战友王觉突然牺牲了,于是生活来了个急转弯。

在他们家吃水果闲聊的时候,弟妹说:"你的鞋子在哪里买的?挺好看的。"说话的样子并不像是纯粹恭维。

他是细心的,怕她丢了面子。

她也的确抹了一层淡淡的粉底,虽然仍是素颜,但人显得更干净。

他对她说,你是最好的。

聚餐总的来说还是温馨和愉快的,体面的家庭会让人感觉虽有隔膜但还是美好。尤其是江姜,她兴奋过头,一路上都是她在说话。

回到家以后,生活重新恢复原样,就像能变成马车的南瓜十二点钟又变回南瓜一样,每个人该干嘛干嘛。

江姜在洗澡间就唱起歌来了，因为在路上她迫不及待地宣布：奶奶给她的红包，要一分不剩地送去她能看上眼的围棋道场，谁都别惦记了。

刘小贞来到天台上收衣服，看见江渡一个人面对茫茫的夜色发呆。

她走了过去。

"妈妈，你是怎么跟爸爸认识的？"

"……干吗问这个？"

"好奇。"

"是别人介绍的。"

"我就知道是相亲，爸爸还说不是。"

"他怎么说？"

"他说你们是一见钟情。"

"……怎么认识的，有那么重要吗？"

"我只是不明白，他为什么要对你隐瞒家人？为什么要说他的家人都在遥远的甘肃？我从小就没见过爷爷奶奶，可是他们却住得这么近。从没在任何一个地方相遇，可以说是不正常的。"

"是有些突然。"

"你不觉得很奇怪吗？"

"可能是年轻的时候跟父母亲有过什么不愉快吧。"

"发财梦，这是像样的理由吗？二十多年失去联络，这个借口说得过去吗？更奇怪的是……"江渡突然沉默了，他望着母亲。

"怎么了？"

"妈妈，你为什么那么平静？"

迟疑了片刻，小贞才道："有些事，就算不可想象，也都发生了。说不定是我们想得太复杂。"她没有用"你"而是用"我们"，看似无意，实则在刻意表明并没有什么事发生。

"你以前知道那个女人吗？那个叫林紫佳的女人。"

"不知道。"

小贞的确是在此时此刻，才知道那个女人的名字叫林紫佳。

六

上午第二堂课的下课铃总是要期待很久，才肯唱响。

同样无心听课的张豆崩看见王行长在系鞋带，准备一个箭步冲出去抢包子。或者说他也没有那么爱吃皮厚馅少的包子，但是有同学抢不到，让他去抢立马加价五毛钱的疯抢费。这样王行长的包子等于白吃，还有的赚，自然会斗志昂扬。

干脆改名叫王包子算了。

"不因利小而不为。"王行长说这是他爸爸教他的。豆崩曾当笑话讲给野晴小姐听，但是野晴小姐正色说，这是对的，大多数的人眼高手低，所以他们赚不到钱。

所有的事物演变到最后，总会出现一个明确的指项，条条道路通银行。这就是张豆崩的深刻体会。

终于下课了，张豆崩也飞快地跑出教室。

她是去找程思敏，结果在他们班的门口就碰上他，他四平八稳道："有事吗？等我先去买个包子，今天起晚了没吃早饭。"

张豆崩笑道："你是去走红地毯吗？这么慢悠悠的，去篮球场边上等着我吧。"说完扭头飞奔下楼。

学校食堂的包子车被同学们围得密密实实，张豆崩隔着人墙，撑着双手作喇叭，跳着脚地叫唤："王行长，给我带两个包子。"

看着程思敏吃包子的时候，脸门上溢出了热气腾腾的细汗，豆崩极有掏出纸巾给他擦拭一下的冲动。当然，她没有，这也不是她表达感情的方式。但是必须承认她的内心变温柔了。

她把给麻石村汇款的收据拿出来递给程思敏。

程思敏看后没表情道："八百块？"

"少了点哈。"

"这还少？比我想象的多得多。"

"真的假的？"

"当然真的，我当时做题的时候就在想，这玩意儿能变成钱吗？太异想天开了吧。就像有人说水可以变成汽油。"

豆崩以笑作答。

"神了，你是怎么做到的？"

"当然是先'潜水'观察，后来发现一个叫'逢考必过'的家伙很活跃，QQ空间竟有几百万粉丝，我就顶着'黄冈秘卷'的网名加了他的QQ号。他开始认为我是骗子，很戒备，问了无数个问题，最后提出只看卷子，不看算式。我不同意。他说你一道题都不给我看我肯定没法买，又说他也是转手卖给一个叫'考试院'的网站，如果人家不要卷子就砸他手上了。我就给他看了一题，看来他还真是内行，一口价说了个八百。这时我又认为他是骗子了，心想他若打款就成交，反正是试水。"

"嗯，还行，我对你刮目相看。"

豆崩没有说话，但是内心狂放小礼花。

上课的铃声响了，程思敏还是从容地说了一句："我们要继续努力，争取让麻石村的同学们玩一次野生动物园。"

豆崩用力点头，心想程思敏的领袖特质培训班还真没白上，说起话来有板有眼的。

两个人各回各的教室。

待她走到教室的门口，便看见即刻要上语文课的兰老师就站在教室门外走廊的栏杆处，完全是凭栏远眺的意思，不用想都知道那个角度，正好对着刚才她跟程思敏说话的篮球场的位置，当时并没有人打球，所以她跟程思敏亲热交谈的场景应该分外鲜明。

兰老师果然叫住了她，她只好走过去。

身后的同学们成群结队地进了教室。

兰老师压低嗓音说："张豆崩，你不要把我的话当作耳边风，更不要有什么幻想。"

张豆崩不说话，平视兰老师，一副笑骂由人的表情。

"你爸爸妈妈都是工薪阶层，他们不是送你到这来谈恋爱的。而且，"兰老师停顿了一下，才道，"人家的父母，更是对孩子寄予厚望，你以为你们会有什么结果吗？"

一句"请你对我们的关心适可而止"几乎要脱口而出，还是被张豆崩忍住了，抑或是刚才的好心情让她瞬间宽容。

"我知道你爱运动，但是内心里更应该有一座高山。

"你们这个年纪的女孩子做好一件事就行了，学习好还愁没有好的工作，好的爱情，好的前途？总之一句话，你们才是早恋的真正受害者。"

算了吧，那些女博士学有所成，最终成了男人嘴巴里的那口痰。张豆崩在心里大不以为然，顺便翻了个白眼。

兰老师是读得懂心语的，皱着眉头对她说了一句："你进去吧。"

豆崩差不多是最后一个走进教室。

上次那个坐着绿魔兜风的夜晚，将近十一点的时候，程思敏把电话打过来了："找我有什么事吗？"

"……没有。"

"不可能吧，你打了两次呢。"

"打电话的时候心情超差。"

"又怎么了？"

豆崩忍不住吐槽，说起做作文的事。她说非常不喜欢兰老师"引蛇出洞"的方式，两次写信引出了两条化作美女的小蛇，其实关爸爸和苍老师什么事？干脆问卷调查，至少光明磊落。

程思敏听了哈哈大笑。

豆崩并没有提及自己伤心欲绝的感受。

这都应该归功于亲爱的绿魔。

兰老师的课，张豆崩继续走神。心想，不知道兰老师年轻的时候谈过恋爱没有？到底是伟大的时代塑造了她，还是千千万万个她成就了这个伟大的时代？她真的有点糊涂了。

她为什么永远像一个斗士？目标明确，从不松懈。但是有些事有那么重要吗？比如好的前途什么的。

还有若论执着，这跟抢包子，像笨蛋一样活着有什么区别？

放学以后，豆崩例牌和崖嫣结伴同行。

路过篮球场的时候，以往她们都会驻足看一会热火朝天的争抢和进球，因为江渡老师和程思敏几乎每次都在场上奔跑。但是这一次崖嫣的反应有些出乎豆崩的意料，不仅没有打算停下脚步，反而对豆崩说了一句"我先走了"，便目不斜视地，笔直地快速经过球场。

豆崩不得不追上她道："崖嫣，你怎么了？"

"没怎么，又没有什么好看的。"

两个人默默走路，谁都不再说话了。

"……是不是，江渡老师……"

"不要提他，以后也不要在我面前提他了。"崖嫣打断豆崩，并且低声但坚定地说。

豆崩想起本周的美术课，崖嫣也是一反常态，以往聚精会神的她变得根本心不在焉，一只手转动铅笔，另一只手支着下巴，把目光投向一个虚无的远方，完全不知道她在想什么。表现出一种与王行长一样的跟艺术毫无关系的神情。

豆崩正要开口，却感觉有人在她的后背轻轻拍了一下。

她转过头来，是小陈阿姨。

学校的大门口就是这样，每一次相遇都是久别重逢。显然，小陈阿姨有事要找张豆崩。

豆崩跟崖嫣分手的时候，做了一个淡定的手势。崖嫣并没有回应这个手势，只是神情惨淡地点了点头。又扬了扬手对小陈阿姨说："阿姨再见。"

豆崩跟着小陈阿姨，就近进了一家麦当劳，这种地方好在不点任何食物和饮品都可以随意入座，无人打扰。小陈阿姨说："你想吃什么？我去买。"豆崩立刻制止，因为小陈阿姨面容憔悴，显然心事重重。一时间豆崩的内心有一种不祥的预兆，但又完全找不到它来自哪个方向。

她们在最角落的地方坐下来,尽可能不受嘈杂的影响。

豆崩一直对小陈阿姨的印象很好,与其说爸爸曾经爱过野晴小姐的美丽和妩媚,那么小陈阿姨则是另一个极端,平实并且贤淑。

"出什么事了吗?"豆崩一坐下来便道。

小陈阿姨点点头,但还没有说话,突然双泪长流。她急忙用双手捂住嘴,但这只能让泪水更加汹涌,止都止不住。

豆崩顿时傻了,手足无措间还是掏出了一包纸巾递了上去。

小陈阿姨接过纸巾,并低声说了一句对不起。

她擦干眼泪,看上去平静一些了。"你爸病了。"她用同样低沉和喑哑的声音说。

"不可能。他今天早晨还叫醒我。"豆崩想起今天早晨的"幸福五分钟",父亲的声音一如既往,没有丝毫的改变。他说:"醒一醒神就起床吧,记得要吃早餐,再去上学。"这句反复重复的话,对于豆崩来说习惯成自然,跟早晨就会天亮一样自然。父亲语气和缓,天下太平。

小陈阿姨叹道:"他是在医院叫醒你的,他住院已经三天了。"

小陈阿姨对豆崩说,父亲得的是髋关节股骨头坏死,病理是血运阻断,造成骨髓中的细胞开始坏死、淤积,形成腐质层,又叫腐骨,最终使关节塌陷和变形。

很痛,痛得夜里不能入睡。但是他坚持早晨叫醒他,因为要叫女儿起床。

他架着双拐才能走路。

豆崩想起来了,前段时间她给父亲打电话,两次要求跟他一起去攀岩馆,都被父亲以忙为理由拒绝了,其实是他力不能支。

"医生怎么说?这病没法治了吗?"

"要置换人工关节。"

"那就换啊,那还犹豫什么?!"

小陈阿姨不说话了,并且低下头去。

"是钱的问题吧,到底需要多少钱啊。"

"……这个病拖延一年,致残率就增加百分之二十至百分之三十,半年前他住过一次医院……又出来了……我知道来找你太不应该……可是我……"她的眼泪又如泉眼一般涌了出来。

"到底需要多少钱?你快说啊!"

"大概十五万元。"

"我知道了。"张豆崩起身,抓起自己的书包就走。

一出了快餐店的门,她便伸着右臂向马路边跑去,只消片刻,她跳上了一辆橙色的出租车,绝尘而去。

她家里的钱,小陈阿姨说,因为买房改房的产权所剩无几,父亲脸皮薄,小陈阿姨背着他出去借钱,无非是跟亲朋好友,东拼西凑还不到五万元,别说购买人工关节，就是住院费和手术费都还不够。

她又说了一遍，知道来找豆崩很不合适，但她实在没办法了，竟然想到跟野晴小姐借钱。

七

珠江新城这一片区域，可以说是本市万众瞩目的豪华地带。特点是清一色的高楼大厦，还有国外的五星级酒店也在这里扎堆开业，像丽兹、四季、君悦、W，它们的招牌让千篇一律的楼群偶尔显现出某种漫不经心的标识感。然而再有个性的建筑混在一起，难免没有区别。

出租车驶入珠江新城以后，犹如进入一座现代迷宫，高楼、街道，包括绿化的方式就跟电脑图没什么两样。

出租车司机也开始抱怨，表示进到这里就晕菜。

野晴小姐的公司就在珠江新城的某个气派大楼里面，好在大楼的门口有两尊威严硕大的石狮子。所以说某某大厦不如说狮子大楼更让人觉得简明扼要。司机也"哦"地松了一口气。

豆崩本来是可以在家等着野晴小姐下班，但是她今天放学比较早，而最近一段时间野晴小姐总是加班，正常情况晚上八点才能回家，晚了，豆崩已经睡着，完全不知道她几点回来的。

所以决定直接到人力资源公司来找野晴小姐，毕竟爸爸治病的事非常重要，不应有片刻的延误。

野晴小姐的公司，在门口有狮子的大厦中的一层。

当电梯的门洞开，接待小姐的职业笑容映入眼帘的时刻，豆崩才惊觉她从来都没有到过这里，换句话说是从来也没有见过野晴小姐的工作状态。只是知道她在这里上班而已。

迎接宾客的服务台很像厨房里的岛台，三面临空，有一面是服务小姐的工作用地。背景墙是公司名称，但也以人力资源四个大字最为醒目，其他都可忽略不计的感觉。整面墙都是世界地图，不同的国家标有小红旗，有多寡的区别，但都迎风招展，给人公司业务遍地开花的印象。而且处处一尘不染，该擦拭的地方都亮晶晶的。

左边的第一间是一个待客室，里面有大半圈沙发，中间的茶几上有一小篮水果、一盘司康饼和泡在玻璃壶里的伯爵红茶。绿色的植物有龟背竹和金心吊兰，号称可以净化空气，这一切都还是野晴小姐的风格。

待客室里已经坐了两个人，看上去是来谈事的，一个在看手机，另外一个也在看手机。

接待小姐并不认识豆崩，还问她预约了没有？

豆崩说我只需要五分钟，那两个等待的人不约而同抬起头来看着她。"我是她女儿。"她不得不这么说。

那两个人没有表情地继续看苹果手机。

接待小姐并没有大惊失色，极有素质地微微点头，表示会议室里的事一散，她就会进去报告。

待客室的斜对面就是会议室，好辨认是因为双开门，很少个人的办公室是双开门的。会议室大门紧闭，没有任何声音传出来,如果做了隔音处理,也是野晴小姐的风格。

只有耐心等待。

但是豆崩的内心已经开始焦躁,每一分钟都好漫长。

会议室的门终于打开,有许多打扮得典型白领模样的男女依序而出,接待小姐则侧身进入会议室,不一会她出来,示意豆崩可以进去了。

野晴小姐坐在大会议桌的顶端,估计她刚才开会就是这个位置,并且面前还有许多文件,她也一直都在签阅文件,只是抬头看了豆崩一眼,并没有特殊的表示或表情,也没有说话,似乎在等待小姐进来送茶之类的礼节一一过去。果然,小姐进来送上茶水,退出时关上了会议室的门。

偌大的会议室,豆崩坐在会议桌的另一端。

野晴小姐穿着藏青色的便西装,领口露出挺括、质地超好的白衬衣,她的妆容得当,神情严谨,看上去清晰、精明、干练。

这反而让豆崩有一种陌生感,不过同时感觉到野晴小姐的魅力所在。

她工作时原来是这样的想法在豆崩的心头一闪。

"你怎么来了?有事吗?"

"爸爸他病了。"

野晴小姐这才抬起头来,之前眼睛并没有离开文件。她一脸无辜道:"有病应该去医院啊。"

"你为什么不问得了什么病，这才是最重要的啊。"

"好吧，请问他得了什么病？"

"股骨头坏死。"

"我不懂这是什么病，所以才要去医院啊。"

"当然要去医院，而且要做手术。"

"是啊是啊，所以我才不明白你到我这里来干什么？"

"但是置换人工关节需要十五万元。"

野晴小姐愣住了，彻底放下了手上的文件："你是怎么知道的？是他给你打电话了吗？"

豆崩不快道："我怎么知道的有那么重要吗？现在是爸爸急需做手术啊。"

"我没钱。"

豆崩吃了一惊，两眼铃铛一般地瞪着野晴小姐，简直不相信这三个字是从她嘴里蹦出来的。

"你瞪着我干吗？我就不能没钱吗？我是人肉提款机吗？他不是爱别人吗？他爱谁就让谁给他出钱看病啊。"

"你也知道小陈阿姨是个好人，她真的没钱。"

"如果是她找你就更不应该，你又不挣钱。"

"谁都没有找我，是我去看爸的时候发现的。"

"他们爱得热火朝天的时候大概以为有爱病就会自动好吧。"

极度的愤怒都让豆崩变得平静了，她说："妈，你是不是一直都在等着这一天，然后报复他，然后告诉他钱是多么重要，你爱钱是多么伟大光荣正确，他不爱你必将付出生命的代价?!"

"我没这么说,那是你的演绎。"

"我还需要演绎吗?你对我就是这样,平常和颜悦色,一直等到我开口跟你要钱,你才把那么多的积怨说出来。对爸也是一样,这一天终于让你等到了。"

"你不要把我说得那么刻毒,又不是我让他得的病。现在他该明白了吧,现实就是这么残酷。"

"妈你为什么不能救救爸爸?你的一个包包都不止十五万。"

"那又怎么样?我也付出了孤独、寂寞、他离我而去的代价。"

"你是说你还爱他对吗?"

"早就不爱了,我没有钱,有钱也不给他。"

"妈,你总说爱我,也爱爸爸,但是你爱的方式就是让我们不堪吗?就是让我们在你的面前无地自容吗?"

"我看不惯的是你理直气壮的样子,你是来要钱的吗?一副债主上门的气势。你跟你爸一样,需要钱,但需要更多的自尊心,希望自己洁身自好,纯洁跟白莲花似的,别人就该尽心尽力不顾一切地去挣那些臭钱,然后在你们最需要的时候拿出来,以爱的名义。"

豆崩突然什么都不想说了,她长时间看着野晴小姐。

然后起身,她无力地说了一句:"妈,难道你要爸架着双拐给你下跪吗?"在她转身离开的一刹那,一颗巨大的泪珠滴落下来。

离开了野晴小姐的公司，豆崩才发觉自己无处可去，首先就是不能去医院，见到小陈阿姨她说什么？而且以她目前的情绪，胸口像被人重拳猛击，她抱着爸爸失声痛哭起来怎么办？其次是不想回家，她不想看到有关野晴小姐的一切。

于是她独自一人去了攀岩馆。

她选择了与自己的攀岩水准并不匹配的难度，一块岩壁有几十个攀爬点，用什么动作？双脚怎么站？是左手攀还是右手攀？每攀上一个点，就像是解一道数学题。外籍教练的表情是"你行吗"。

"你爸爸怎么没来？"他说。

她本来想说他病了，但说出来的是"他很忙"。

这一块并不单一的岩壁，爸爸带着她攀过一次。

很快，她大汗淋漓，每一步都相当艰难。她想起了父亲，满脑子都是父亲从小带着她攀岩的画面，于是开始无声地掉眼泪，一直掉一直掉，完全跟汗水混淆在一起。

对于一个伤心的人来说，精疲力尽才是最佳状态。

天色已晚，夜色总是让都市更像都市。

豆崩在路边店里吃了一份煲仔饭，里面有排骨和腊肠，配上葱花和特有的甜酱油，香气缭绕。她一直吃到把最后一层锅巴也刮了个干净。对自己在悲伤情况下的食欲大开报以深深的罪恶感。

她决定去崖嫣家过夜。

是崖嫣给她开的门，劈头就说："你总算来了，你家管家不知打了多少电话给我，他说找不到你，又说你一定会到我这里来。"

正说着，崖嫣的电话又响了，也的确是豆崩家管家打来的。豆崩听见崖嫣向管家报了平安。

这时崖嫣的妈妈来到客厅，她说得知豆崩要过来，已经给豆崩新套了被子和枕头，这样睡在一张床上也不至于互相干扰。然后又嘱咐两个女孩子赶紧洗洗睡吧。

张豆崩冲完澡，换上崖嫣的睡衣，才从包里翻出手机，并不是她忘了，大概是希望晚一点看会有一丝希望。

有若干个未接电话，大部分是管家打的，有两个是崖嫣打的。

但是野晴小姐并没有给她打过电话。

第七章

一

父亲变得越来越沉默了。

照理说,到了一定的岁数,和家人重新团聚,与前女友再度相逢,若无法云淡风轻,至少也可以做到一笑泯恩仇吧。

当然这只是江渡的想法,他发现父亲似乎变得沉重了。

周末的晚餐,餐桌前出奇的安静,四个人都在默默吃饭。江姜的速度最为惊人,快速吃完后向大家报告她要去东湖棋院了——这是她手上有了一笔钱,货比三家之后的结果。

江渡的心情并不好。

吃完饭之后,他要洗碗,母亲说了一句:"去陪陪你爸吧。"

"他也不跟我说话。"

"那就陪他坐一会。"

江渡"嗯"了一声，尾随着父亲上了天台。

天色已经昏暗，天台有风，还比较舒服、畅快。

江渡从兜里掏出了一个 iPhone 4 手机，递给了父亲。

这个手机是在本周的读书会活动时，崖嫣交给他的，只说了一句"交给你爸爸他就明白了"。说这话的时候她一点表情也没有，甚至都没有看着他的眼睛。等他下意识地接过手机，崖嫣已经扭头走了。

但是回到她的座位上，又变得异常活泼开朗，完全可以用判若两人来形容。仅仅是这样也就算了，关键是她跟程思敏有说有笑，以往他们之间很少交流，现在却显得格外亲热。

曾经有一天，江渡在程思敏还来的书里，发现了一本手抄的诗集，显然是不经意间被夹在里面了。

开篇的第一首就是智利诗人聂鲁达的诗句：

> 你是一泓无声的泉水，
> 在遥远的山脚渐渐隐匿。
> 我是一颗孤单的石子，
> 在落寞的山顶等待晨曦。
> 怎么说起又怎能忘记，
> 所有的话语都显得苍白无力。

江渡翻了一下，整整一本全是情诗。隔了几天，程思敏到江渡的宿舍来玩，江渡把诗集还给了他。

程思敏当时脸色通红。

江渡这才取笑他道:"是要送给张豆崩的吧。"

程思敏摇了摇头。其实现在的男生都比女生腼腆,因为女孩子年轻时是人生的黄金段落,上帝都原谅她们为所欲为。相比之下,男生大多转为暗恋或者闷骚,这倒引起了江渡的好奇,他看着程思敏:"不然呢?"

"是要送给林崖嫣的。"程思敏说出这句话,神情反而坦然了。

"哦……"

"你好像很吃惊的样子。"

"没有啊。"

"难道你不觉得崖嫣很可爱吗?她很倔强,又愣头愣脑的,根本不知道自己有多么弱小,多么需要关爱。张豆崩太像男孩子了,我都不觉得她是女孩。"

最没想到的是,这个晚上,江渡彻夜未眠。本来他一直以为可以把与崖嫣的关系控制得恰到好处,结果被浑然不觉的程思敏搅了局。看来所谓无聊电视剧都有着坚实的生活基础,无论多么狗血的情节都有一个更狗血的现实版,让人无语。

后来他们又去了一次麻石村小学,这一次除了才艺支教的课程之外,还给每个孩子带了一双运动鞋,山里的孩子最费的就是鞋子,有些孩子竟然没穿过鞋。张豆崩叫他们每个人把自己的脚形画在纸上,写上自己的名字由老师寄过来,以便统一购买。

这一次也看到了新修好的教室，虽然依旧简陋，但是至少有屋顶了。孩子们也拿来自家种的茶叶，自己挖的野菜款待客人。

天气出奇的好，又可以看到山野的雾气盘旋回绕，空气清新而湿润。

但是江渡的心情非常糟糕。

他发现自己并不因为是个老师，就会在感情上变得镇静和理智。他真的要被这个危险的女孩搞疯了。

崖嫣并不跟江渡说话。

只要他在的场合，她就会默然离去。

同学们离开的时候，还是有同学把新鞋子脱下来，包好，光着脚提着鞋子回家。但是眼睛亮晶晶的，充满笑意。

在深圳来支教的夫妻家里吃过晚饭，江渡把崖嫣单独约到院子里才发现，自己并没有对她兴师问罪的理由。这让他沉默了一会，但还是严肃地问道："你为什么要这样？"

崖嫣不说话。

"到底发生了什么事让你怨气冲天？有什么怨气你可以说出来啊。"

崖嫣依旧不语。

"就算我爸爸和你妈妈原来认识，"江渡停顿了一下，他本来想说他们的恩怨也没有必要嫁接到我们的人生里来吧，但感觉这种话既书面又文艺，于是就变成

"那又怎么样？有什么恩怨不能化解呢？"

"他们就是什么恩怨都没有啊。"崖嫣总算是说话了，语调淡淡的，"你的父亲哪有什么错？他只是一声不响地离开了。错都错在我妈妈，像个傻瓜一样，为了一段无望的什么狗屁爱情，大病了一场，后遗症像不死的癌症，一生都伴随着她。"

轮到江渡无言以对。

崖嫣又道："老师，人的感情如果可以同步，还有所谓的人生吗？"她的声音低缓并且充满怨怼。

本来以为可以争吵起来的江渡，发现真正生气发火的只是他一个人。

父亲接过 iPhone 4 手机，什么也没有说。

"爸，你到底对人家做了什么？不是说时间可以疗伤吗？怎么对你们毫无作用？"

"崖嫣她不理你了对吗？"

"何止是不理，她就像自杀式人肉炸弹一样，随时都会爆炸。"

"我也只能对你说非常抱歉。"

"我最不理解的是你为什么要玩失踪，有什么事不能说清楚呢？哪怕留下一封信。你又不是不负责任的人。"

"人生都是一段一段的，我只是没想到林紫佳那么长情……我以为她也会跟我一样，一样都还会有自己的生活。"

这时江渡想到崖嫣的话，人的感情如果可以同步，那还有所谓的人生吗？是怎样的伤痛，才让她在这样的年龄说得如此沧桑？上次跟张豆崩一起去她家探病，一看就知道是单亲家庭。然而，居然这一切并不能解释为跟他毫无关联。江渡不愿意再想下去了。

可是这又算什么呢？他们还未开始，似乎就已经结束了。

"我想还是尊重她们，不要有任何来往了。"父亲这样说道，语气里有一种深思熟虑之后的坚定。

"就因为你们错过了，所以我们也必须错过吗？"江渡还第一次用这么咄咄逼人的口气跟父亲说话，显然内心十分不快。

父亲叹道："我只是担心你妈，不希望她感觉到我有一个复杂的过去。"

母亲也许真的不知道有另一个女人存在过，江渡想到他询问时母亲茫然的表情，不过一连串的事件在她的面前发生，以至于江渡说道："可是在我们家里，只有妈妈是上帝视角，她只是不说而已。"

"真的吗？"

"嗯。"

这一天晚上，江渡不想看书，不想看电视，也不想挂在网上。他唯一特别想做的事就是给崖嫣打个电话，听听她的声音。他几次拿出手机，可以说用了相当的意志力才没有拨那个号码。打通以后说什么呢？但是不打，整个晚上都泡汤了，什么也干不成。

将近晚上十点钟的时候，母亲来到他的房间，神情异常平静，一只手还拿着一张白纸条，她告诉江渡："刚才小婶婶来电话，她说明天中午请你吃饭，地址我抄下来了。"

"有什么事吗？"

"她说要给你介绍一个对象，二十二岁，是个小学的音乐老师，说长得很漂亮，跟你是天生的一对。"

江渡黯然道："我才不去呢。"一边把接过来的白纸条看也不看就揉了。

"你怎么回事？"

"没怎么，一会我给小婶婶回个短信。"

"不太好吧，她兴冲冲的呢。"

"你放心吧，我会跟她解释清楚的。"

"你……是有喜欢的人了吗？"

"没有。"

"那为什么？见多一个朋友有什么关系？"

突然间，江渡感觉到鼻子发酸，在这个对他来说无比孤独的晚上，也许他的爱情虚幻或卑微到不值一提，但他终于忍不住在母亲的面前承认："是的，妈，我有喜欢的人了。"

二

家里很静。

正值吃晚餐的时间，一般情况下，刘小贞都会在厨房忙碌。

但是最近一段时间,江姜因为备考,学校加了晚自习,为了避免来回跑,她的晚餐只能在学校附近的小食店将就。江渭澜则是不分昼夜地接活,每天都回来得很晚,而且越来越晚,摆明是要把自己累到可以倒头就睡。已经很少在晚餐的时间见到他了。

有一天半夜,她看见他和衣倒在客厅的沙发上睡着了,全身的工作服沾满了灰土,脸颊上也有斑驳的痕迹,没有脱鞋。他是连澡都洗不动了才会倒在这里。

她帮他脱掉鞋子,又给他盖上一条薄毯。

在他的身边站立了良久。

此刻的小贞本想热一点剩饭吃,然而打开冰箱之后,她才发现自己毫无食欲。她关上冰箱的门,从菜篮子里抽出一根黄瓜,洗了洗,刨掉皮,拦腰掰断,咬了一口。

是啊,生活还要继续,就当什么事情都没发生过吧。

当黄瓜的清香在嘴里四溢开来的时候,小贞这样想着。她吃完黄瓜,感觉晚餐到此结束。一时又嫌电视吵得人心烦,便拿出了十字绣。

她一针一针绣着,这一次绣的是静物,果篮里的苹果、木瓜和荔枝。店家说客人喜欢把这样的装饰物挂在饭厅,以求岁月静好。那种百花争艳、百鸟朝凤的图案莫名其妙地被搁置一边,原先最受欢迎的可是大朵大朵色彩浓烈的盛开的牡丹。

不过她发现心绪并没有渐渐地平静下来,相反因为安静,她听到了一个从心底里冒出来的声音,并且准确无疑就是她自己的声音:是时候把他的人生还给他了。

这句话把她吓了一跳,以至于冷不丁针扎了手,惊心动魄地痛了一下,小贞把左手的中指放到嘴里。

窗外还是黄昏,晚霞明艳,却连续打了几声旱天雷。

通常旱天雷之后,便会落下眉豆大的雨点,一滴一滴像鼓点一样砸下来。小贞起身到天台收回晾晒的衣服。

叠到江渭澜的工作服,已经洗得很旧了,深蓝变成了浅灰,结实的牛津布变得质地松软。也许是因为被他的汗水反复浸透,一股淡淡的他独有的气息扑面而来。小贞忍不住捧起工作服,几乎碰到了鼻子,她深深地吸了一口气,那股气息是她分外熟悉的。又仿佛他已经决定离去了一样,小贞的眼泪滴落下来。

这一天的晚上,小贞一直靠在卧室的床头绣十字绣,她知道江渭澜无论多晚回来,只要看到卧室门缝下的灯光,就一定会进来。

还好,十二点钟刚过,她就听见了客厅传来的门响。

隔了好一会,江渭澜洗完澡走了进来,他穿了一件圆领汗衫和一条旧条纹的睡裤。脖子上搭了一条毛巾,一边擦拭湿漉漉的头发。

"怎么还没睡?"他说,"不要老绣这种东西,太费眼睛了。"

小贞放下了十字绣,她看着江渭澜。

"有事吗?"江渭澜道,并在她对面那一边的床沿边坐下来。

"我想跟你谈一谈。"

"谈吧……干吗这么严肃?"

"能跟我说说林紫佳的事吗?"

他像是被触动了心灵柔软的地方,迅速把眼光从她的脸上移开,皱了一下眉头,但是很快又恢复了平静。声音有些低沉道:"其实也没有什么可说的,是以前一起长大的朋友。"

"应该是女朋友吧。"

"是的。没想到会突然碰到她。"

"看得出来,她吃了很多苦。"

江渭澜不说话,眼睛继续望着别处。

"要不,"小贞暗自下定决心,"要不你就把实情告诉她吧。"

"不行。"

"为什么?"

"会影响很多人,又有什么用?都是过去的事了。"

"那也不能为了稳住大局就牺牲她一个人,还要让她牺牲到底。"

"不要说了。"

"我也不想说,但是……难道要我看着你把自己累死了来赎罪吗?"

"我叫你别说了。"

"你就不能跟她认个错吗?"

"我错了吗?"

我错了吗?这句话像锋利的刀片,划过小贞的心。又像是空谷回声,一直在她的耳边嗡嗡作响。

江渭澜不再说话。他拉开被子躺下,背对着她。

小贞知道说错话了,她伤了他的心。在这个世界上谁都可以误解他,只有她不行。他们两个人,与其说是共同信守着一个秘密,不如说是这个冰凉世界唯一可以抱团取暖的人。

小贞关了台灯,躺下。在黑暗中把一只手搭在江渭澜的肩上,以示安慰。很快,江渭澜的大手压在她的手背上,粗糙坚硬的一只大手。

"就当我是移情别恋的负心汉吧。"他像是对自己说。又宽慰她道:"我们是夫妻,不是好人好事。"

这句话平静得让她震撼。

她的头抵住他山一样的后背,泪水又一次无声地流了下来。其实她才是最不想道出实情的人,那她算什么呢?被同情和被怜悯的人吗?人们会用什么样的眼光来看待她呢?难道他们——林紫佳,还有他的亲人不会因此而更伤心吗?

一夜无话。

三

第二天上午,小贞去了宋春燕家,按照规定的时间是每周的星期四。小贞只是按约行事。

她用钥匙打开了房门。

宋春燕并不在家，但是屋里显然是收拾过了，厨房的水池里并没有用过的碟碗。可以看得出来宋春燕的情绪在慢慢康复。

以往，小贞在宋春燕面前，总会有一点精神上的优越感，觉得富人很可怜，现在她自己遭遇了生活中的突然袭击，才发现她并没有资格可怜任何人。因为一不留神，自己也可能变得很可怜。相反，宋春燕还是在她最困难的时候付给她钟点费的人。

她把应该擦拭的地方重新擦拭了一遍，玻璃橱柜里有酒，全部都是洋酒。酒瓶上的字母，大大小小，有的分开有的挤在一块，小贞一个都不认识。还是宋春燕一贯的风格，不相信国货。以往擦拭这些形态各异的酒瓶，一点感觉都没有。现在却会有"不知一醉方休是否可以真的解千愁"的疑问。这种想法让人感觉怪怪的。

刘小贞用了一个月又三周的时间，点了七瓶半眼药水，终于把宋春燕丈夫的公司——大容威房地产有限公司的账目清理出了头绪。应该说，宋春燕的丈夫是个土八路，早年只不过是经营了一间小小的废品收购站，反而是当时的宋春燕已经做开装饰材料批发的生意。当时的她大专毕业，还当过一段时间的文艺女青年。

和所有的人一样，他们在一穷二白的时候相识，并结了婚。

直到二〇〇五年，两个人共同打拼积累到第一桶金，两口子在亲友的建议下，决定开始创办实业，一口气开创了大励五金、容财贸易和祥威房地产三家小公司，也就是大容威公司的前身。也是在这一年，祥威公司先后买了几块地皮，投资建设几栋厂房和商住楼。

他们就是这样起家的。

大容威做大以后，宋春燕发现她跟丈夫的经营理念矛盾丛生，经常发生争吵。加上钱也多了，她丈夫变得雄心勃勃，被"做大做强"的冲锋号激励得可以说是盲目扩张，又成立了若干子公司。而宋春燕的思路是小富即安，以过好安稳的小日子为主。但是整个社会和时代似乎都站在她丈夫那一边，再怎么争吵也只是伤和气，对公司建设没有半点好处。于是，她选择了淡出公司业务。

由于骨子里是土八路，外表再洋气也是强迫自己脱胎换骨。这两个人其实对电脑都不精通，也信不过任何人，故公司账目还都是传统的记账方式。要知道刘小贞对电脑也不精通，而且看到屏幕她就会头昏。

目前的宋春燕的确是官司缠身，账户被冻结。

宋春燕老公的家人跟她的争执焦点是，二〇〇五年创办的三家小公司，名义上是宋春燕老公申请注册，但是老公的父母也就是宋春燕的公公婆婆才是实际出资人，所以他们认为大容威实际应该属于大家庭拥有。

总之以宋春燕公公为首的利益集团说出的故事是另一个版本。

也许当初刘小贞的坚持是对的。因为预计查账的结果不容乐观，外加并不知道公公手上有什么底牌，所以宋春燕选择消极对抗的方式来解决纠纷，也是不奇怪的。

但结果经过查账，抛开为数不少的假账之外，另有其他涉及债权债务的案子就有五十三宗，其中有七件大的账目是别的公司欠大容威的，债务高达一亿三千八百万元。

这个结果当然也出乎宋春燕的意料，至少可以选择正面应战，她请了华生律师事务所的律师向南方接手她的案子。

在评估案情时，向南方说可以先追债，然后一切等待法院判，最终的结果可能是再向法院提起析产诉讼，也就是双方都可以选择份额，或者选择卖掉份额。两者都不选的，法院可以申请拍卖，然后拍卖所得再按份额分配。向律师的解释让宋春燕感觉自己正在走出泥沼。

很快，向律师给那七家涉及债务的公司发出了律师函。

宋春燕答应刘小贞，只要能得到第一笔欠款，她一定先归还刘小贞先生的工程款。

这不光是因为小贞坚持并且帮助她查账，更重要的是成为她的精神支柱。丈夫的死，让她亲眼看到了亲情崩盘，先不说老公那边的人，为了钱撕破脸既意外但也寻常，关键是自己的娘家人，开始也是摩拳擦掌准备参加战斗，后来听说大容威只剩下一个空壳子，便也一哄而散。

小贞心想自己也不过是个温柔的债主，否则真的很难想象跟一个毫不相干的人还相处了这么久。

宋春燕说，我知道你的意思，就因为是冷冰冰的关系，才有不弃之恩啊。

现在的小贞，一方面不敢相信果然可以"守得云开见月明"，但是另一方面，却又感觉到"天天"那个生意兴隆的饭馆，正在向她招手。或者人家不肯让她赎回，开一个她接受不了的价格，那就买房吧，郊区的房子应该便宜不少，改善居住环境其实是江渡和江姜的最大心愿。或者干脆跟随潮流，把心比天高的江姜送到美国去读书？这有点太夸张了。最现实的可能性，是登记注册一个正规的搬家公司。

总之在小贞的脑子里，有一大块打包成方方正正的钱，已经被反复多次地花了好几遍。

正值小贞在阳台浇花的时候，房门响了。

宋春燕显然是从小区的健身房归来，她穿着一身黑色的健美服，身材被勾勒得凹凸有致，不仅面色红润，身体也仿佛出笼一个时辰的包子，冒着淡淡的热气。

她两手都提着购物袋，小贞见状，急忙放下浇花的喷壶，过来接应。一边问道："买那么多菜干吗？"

"吃啊。"

"你一个人哪吃得了这么多？"

"我们两个人吃，有事要庆祝一下。"

"什么事？"

"昨晚向律师来过电话了，第一笔欠款，那个公司已经汇过来了。目前钱在路上，本周应该可以收到。"

"这么顺利？"小贞感觉有点不可思议。

"向律师说，一般正规的公司是不喜欢惹官非的，一看律师函，来龙去脉又说得很清楚，肯定不想把事情搞大。我也是这么预计的，这种催款要账的事，都是前易后难，后面碰到的才是硬骨头。"

小贞还是不太理解，如果一封律师函就可以还回欠款，那么宋春燕的老公有必要一走了之吗？而且那七笔欠款都不是小数字。

"当然了，向律师的与众不同是进修过心理学，律师函里有一个重要的信息是，不排除向警方申请重查我老公的死因。这种事对生意人来说也是晦气的吧。"宋春燕又道，"那个死鬼走了这么久，只见债主上门，就没见过一个主动来了结或还清欠款的人。"

"那是理所当然的吧。"

"知道会有一些难缠的三角债，哪个公司没有一些烂账？想不到个个都想瞒天过海。"

家人都是如此，何况外人？小贞这样想着，并没有说出来。

"现在总算有还款在路上了。"宋春燕的脸恢复到进门时的喜悦。

小贞暗自呼出一口气，道："这还真是一个好消息。"一直压抑的心情多少有些阴转多云。

两个女人一起动手,做了满满一桌子的菜。

宋春燕笑道:"酒就算了吧,知道你最讨厌我醉酒的样子。应该有创伤性记忆吧。"

"可以喝一点。"

"真的吗?"

"嗯,我想喝一点。"

"天哪天哪,我还想不出你喝醉是什么样子呢。"宋春燕一边说着,一边从玻璃橱柜里拿出高脚杯。

她又在橱柜前思忖了一会:"还是喝伏特加吧,我喜欢刺激一点的。"她拿出一瓶体态瘦高的酒瓶,透明的瓶子透明的酒液,乍一看像是一瓶水,只有瓶盖是蓝色的,像个洋人戴了个蓝帽子:"这是法国的'灰雁',虽然不是什么贵重的酒,但是它性格狂野。"

她打开了酒瓶,闻了闻,脸上显现出陶醉的样子。分别在两个杯子里斟上两厘米高的酒液。

当烈性的酒浆在嘴里爆炸开来,着实把小贞惊着了,她两眼发直,紧接着感觉到一条火蛇从喉管钻了进去,直扑胃里。她马上张开嘴,整个人差点背过气去。

宋春燕嘿嘿笑了起来:"一看就没喝过伏特加,这种来自寒带国家的酒,要的就是冰火交融的感觉,酒精浓度是百分之九十六以上,说不定会自燃哦。"

她没有说话,又喝了一口,舌尖立刻麻了。

"有什么烦心的事吧?还是老公包二奶了?"

"他是一个好人。"

"这个世界还有什么好人?别傻了。"

小贞看了宋春燕一眼,嘴角抽了抽,却没有说话。

我跟你说不清,你知道什么是恩爱吗?我们就是,先有恩,后有爱。我们的感情庄严肃穆,波澜壮阔,像大海一样深沉。包含了责任、承诺、担当、给予,还有无怨无悔的隐忍和牺牲。

小贞这样想着,发现自己喝了酒以后,突然心里热腾腾地升出许多感慨。

"知道知道。"宋春燕喝了一口灰雁,明显地含了一会儿才吞下去,"你一看就是那种心里有爱的踏实女人,我看你第一眼的时候就知道,魂魄都在。现在满大街的女人,都是失魂落魄的啊。"

酒过三巡之后,两个女人明显的不同是,一个双唇紧闭,一言不发。而另一个滔滔不绝,像是千年的铁树开了花。

"我也是没魂儿的,不是那个死鬼走了以后,有好多年了,我们各过各的,看上去都是轰轰烈烈,精彩纷呈,其实相互之间一点情义都没有。"

"就是淡了,淡到什么味道都没有了。"

"和他家里人的关系,你想象不出曾经有多么和谐,那真是羡煞旁人的甜如蜜。我一直很照顾他的家人,逢年过节,请客送礼,我是既大方又周到。他们对我也是,大老远就笑得有牙没眼。可是有钱有什么用?就是要把人高高地捧上云端,再狠狠地摔到泥里,这就是全部的意义。"

"今天我们两个人坐在这里喝酒,多么的不可思议。我真的是要庆祝自己重获新生……我告诉你吧,小贞,那天我让你查账,就是为了拖住你,我对于查账既没有信心,也没有兴趣……我其实好怕你离开,就我当时的情况,我已经分十几次,开够了进口的安眠药,足够让我美美地睡过去,就在我的床头柜里放着。"

"把药吃了,再喝一瓶灰雁,那是救都救不回来的。"

"我觉得已经没有活下去的必要了,如果你也离开我,我就走掉算了。所以我一直拖着你,我没法振作,但又不想死,有谁想死呢……你是我手边唯一的一个有体温的,送我去过医院,把我从酒吧背回家的人……你明白我的意思吗?我当时对人生已经彻底绝望了。"

"你听我说,小贞,你醉了吗……给我一点反应好吗?挥挥你的右手,好吧,请放下……我已经决定了,要把公司扛下来,不管多难,就像那些励志的电视剧一样,咬着牙扛下来。你就来当我的财务总监,不是因为你有多能干,而是你可靠。我肯定不会亏待你……"

"你这是什么表情……你不相信我吗?……"

其实,对于刘小贞来说,宋春燕说的每一句话,她都没有听进去。

酒精开始发挥作用以后,她的想法越来越清晰,那就是有了钱以后,她要让江渭澜成立一家正规的搬家公司，多请几个工人，希望他不要那么辛苦。他本不该那么辛苦的。

还有，一定要让江渭澜带她去听一次音乐会。

像许多白领那样，穿着干净体面的衣服走进星海音乐厅，无论票价多么贵，要听最好的，有小提琴演奏那种的。

这时，小贞感觉到身体慢慢变软，明显有些困乏和懒散，一直随时准备承担什么大事的心脏彻底松懈下来。宋春燕的嘴还在一张一合，但是她在说什么她已经听不到了。

她同情她，也同情自己。原来女人有钱没钱一样可怜，有爱没爱一样伤痛。

她强撑着眼皮，大脑却已经完全失去了意识。

四

张豆崩在崖嫣家住了两天，不但野晴小姐没有给她打电话，就连管家也不再给她来电话——自从确认她在崖嫣家里安好之后，便不再过问她的一切。这让张豆崩感觉既意外又失落。

这肯定是野晴小姐吩咐的。豆崩心想。

野晴小姐不止一次地警告过她，不要犯公主病，这个世界没有人欠你的。摆不平的事就照单全收。

第三天的晚上，吃过晚饭以后，豆崩和崖嫣一块在厨房洗碗。豆崩的心情突然烦躁起来，虽说崖嫣和她的妈妈对于她的到来十分欢迎，而且并不问因何事投亲靠友，也不拿她当客人热情到让她有压力。但是住在别人家毕竟构成骚扰，自己会不好意思。而且父亲的事在她心里打了结，目前一点头绪都没有。

冲动的结果让她始料不及。退一步说，现在就是想回家，也没有台阶。

正在纠结的时候，她的手机响了。

是管家打过来的，说已经开车到了崖嫣家的楼下，准备接她回家。豆崩当然是求之不得。

崖嫣一直把她送上车，还做了一个淡定的手势。

豆崩勉强笑笑。她真不知道自己败给了谁？怪不得上点岁数的人爱说，饿一顿就什么事都没了。她当然不至于挨饿，但被像床单一样晾在空旷的阳光下无人理睬，很快就风干了。原本自认为颇有分量的沉甸甸的水分，在不知不觉间消散得干干净净。

管家开的车是他平时办事用的子弹头。

他一路无话，只是安静地开车。现在做一切事都讲究职业尊严，管家也一样，在他认为不需要开口的时候，甚至感觉不到他的存在。

独自去攀岩馆的第二天早上，豆崩的手机例牌响起。但因为睡在崖嫣的身边，豆崩只能压低嗓音对父亲说道："爸，我知道了，马上起床。"说完之后便迅速地挂上电话。

房间里又恢复了宁静。

"我还真是羡慕你呢。"隔了一会,躺在一侧的崖嫣闭着眼睛说道。

"闹钟而已。"

"有爸爸真好。"

"你不是也有个苹果爸爸吗?"

"出来混迟早是要还的。"

豆崩看到崖嫣的床头又恢复了陈旧的非智能手机,笑了起来。

"你还笑。"崖嫣起身,一边懒洋洋地穿衣服。

"我还羡慕你呢,你看你妈妈多好,知书达理,温文尔雅,又非常地善解人意。哪像我妈妈……"

"有钱人当然有脾气啊。"

"怎么讲?有钱很了不起吗?"

"不只我们穷人才有自尊心,富人也有吧。大家都觉得他们应该把钱拿出来大家花,可是这个世界哪有什么应该。"

崖嫣的话倒是无意间触动了豆崩。

"豆崩,你爱你妈妈吗?"

"当然。"

"那你为什么跟她在一起的时候总是气急败坏?"

张豆崩无风凌乱。

这一天放学之后,豆崩没有跟崖嫣回她家,而是直接去了医院。她一天都没有好好听课,主要是担心父亲的病,有无穷无尽的不好的联想。同时也惦记着野晴小姐会给她打来电话。

结果自然是越惦记越失望。

到达医院以后,小陈阿姨说的那个号码的床位,躺着一个干瘦的、无声无息的老人,他闭着眼睛,微张着嘴。若不是有陪护在场,几乎分辨不出生死。豆崩的心无端地提到嗓子眼。

是六个人的大病房,最惊人的是男女混住。加上陪护,感觉满房间都是没有表情的人。

护士说,张箭已经出院了。

再问,便没有人回答她,护士推着治疗车走了。

这就证明小陈阿姨并没有借够做手术的费用,他们肯定是决定放弃手术了。豆崩的眼泪像听到命令一样,当场噼里啪啦地滚落下来。想起妈妈豪华的办公楼,冰冷的面孔和刻毒的拒绝,她又开始气急败坏了。

已经过了吃晚饭的时间,但是豆崩一点不饿,看来忧伤的确让人茶饭不思。那种一边伤心一边大吃特吃的剧情,只能说明悲催的编剧是枚吃货,或者根本就没受伤。豆崩的体验是整个人异常饱满,身体里的每一个细胞都是肿胀到要裂开。

她一口气跑到医院的门口,搭乘了一辆出租车,直接去了爸爸和小陈阿姨居住的家。

是小陈阿姨来开的门,见到她,意外地睁大了眼睛。

"爸。"豆崩故作轻松地走进客厅。父亲坐在电视机前的沙发上,电视机开着,但是父亲却在看报纸。

弟弟并不在客厅，听说他今年是关键的小升初，肯定在房间里做功课呢。

"你怎么来了？"父亲放下报纸，问道。

"我到这边来办事，顺便过来看看。"

"你在这边会有什么事？"

这时小陈阿姨急忙插了一句："你还没吃饭吧，正好还有剩的。"

豆崩忙道："好吧，我还真的好饿。"

"那你直接说是来蹭饭的不就好了。"父亲重新低下头去看报，他明显地消瘦了不少，却又像没发生过任何事一样。

"你去洗洗手吧。"小陈阿姨说道。

豆崩答应着进了洗手间。她关上门，既没有洗手也没有上厕所，只是直接坐在马桶盖上。她想透一口气，感觉胸口堵得厉害。因为一进门时就看见餐柜的旁边随意靠着一副双拐，陡然间悲从中来。她竭尽全力表现出什么也没看到，的确是路过蹭饭而已。

并没有看见轮椅，估计放在阳台上吧。

豆崩调整好情绪，才从洗手间出来。每个人的演技都是这样练出来的，你做得很好。豆崩这样安慰自己。

小陈阿姨已经热好了饭菜放在餐桌上，米饭和白萝卜焖排骨。小陈阿姨还问："要不要给你煎个鸡蛋？"豆崩说："不用了。"

这时她发现那副拐杖已经不见了。

豆崩大口吃饭,眼泪无声地流了下来。幸亏她背对着父亲,父亲也并没有注意她。

小陈阿姨急忙起身给她倒了一杯水。

她微低着头,不看她。

那个晚上,她和父亲之间几乎没说什么话。父亲还一个劲地催促她:"天都黑了,你还是赶紧回家吧。"

小陈阿姨送她出来的时候,豆崩含糊地说了一句我们还在想办法。但是小陈阿姨似乎已经感觉到了某些端倪,脸上的神情变得有些僵硬,虽然她一直都在安慰豆崩说别太难过了,又自责自己那天实在是太冲动了,不应该跑去找豆崩诉苦。

但无论如何,可以明显感觉出来她的无奈和悲伤。

经过一路的颠簸和塞车,子弹头终于停进了车库。直到管家跳下车,为豆崩打开了车门,豆崩才如梦方醒。

她不再气急败坏,沮丧之情牢牢笼罩着她。

野晴小姐还没有下班,这让豆崩暂时松了口气,否则开场白还真让她不知所措。

她的房间被保姆打扫得一尘不染,有一种久别重逢的亲切。

豆崩当然不是总住在天台上的帐篷里,不过是想检验一下自己有多么与众不同。离家数日,最想念的还是可以肆无忌惮翻滚的大床。

张豆崩一个大字倒在松软的席梦思上。

不过很快,父亲治病的现实又开始让她心绪纷乱,心情就像打摆子一样忽冷忽热。热血沸腾的大吵换来的却是冷若冰霜的沉默，这便是母亲送给她的别开生面的挫折体验。

她明白了一个道理，钱这个东西无论作何用，也无论是对多么亲近的人开口，人家不给你是一点办法都没有的。

她坚持不睡，但还是关了灯。竖起耳朵，等待着野晴小姐在黑暗中推门进来，矗立在她的床头。她要对她说，爸爸已经出院了。此后便不发一言，在难堪的长时间的静默中泪流满面。仅仅是这个想法，她自己已经提前泪流满面了。

然而她并没有等到那种她认为经典的画面，便草草睡去。

第二天早晨，她在早餐桌前，看到了正襟危坐的正在喝鲜榨西柚汁的野晴小姐。野晴小姐微微扬着下巴，一副胜利者的姿态。

数日的精神折磨让豆崩低沉而恭敬地说了一句："早上好。"

野晴小姐"嗯"了一声示意她坐下来吃饭。

西柚汁可以说全是苦涩，豆崩不免皱了皱眉头。

"有减肥作用。"野晴小姐平淡地说道，"对一个女孩子来说，身材比博士文凭更重要。"

豆崩又喝了一口西柚汁，以她此刻的心情，实在不想谈减肥这个话题。然而当她放下厚实、坠手的水晶玻璃杯时，发现装有火腿蛋和全麦面包的白瓷盘旁边有一个信封，"这是什么？"

"打开看看不就知道了。"野晴小姐面无表情，还指责豆崩道，"不要总是用夸张的表情，会长抬头纹的。"

这也的确是野晴小姐的风格，她极少大笑。

豆崩打开信封，是一个存折。翻开，上面的钱数让她的嘴巴瞬间变成了O形。旁边还有一张名片。

野晴小姐解释道："名片上的人是治疗股骨头坏死的专家，他说如果有条件到美国去做手术也是一个不错的选择。你让他们自己去商量吧。"

豆崩激动地一个劲点头，几乎窒息。

"不像你想的那样，"这时野晴小姐已经起身，将餐巾轻轻放在餐桌上，冷冷地说道，"不要误会，治病和爱情没有关系。"

张豆崩微笑着看着母亲，原先苦涩的西柚汁开始回甘，不仅在嘴巴里，同时在心里都有了一丝甜意。

豆崩很想拥抱一下野晴小姐，不过她没有这么做。

野晴小姐说过，儿女才是这个世界上最势利的人。

直到走至门口，野晴小姐才轻抚额头，背对她说道："哦，对了，密码是他的生日。"说完之后便优雅地走到门口，换上她的红底高跟鞋，一摇一摆地出门了。

豆崩只能行注目礼，望着野晴小姐美丽而冷峻的背影远去。

五

琴声。

还是琴声。这些单调、乏味、硬邦邦的练习曲，崖嫣都听恶心了，听到想吐。琴房里的那架钢琴，在崖嫣的眼睛里只不过是一台冰冷的印钞机，家里全部的吃穿用度都是妈妈一下一下弹出来的。

妈妈今天偏头痛，头上扎着日本浪人一样的布条，耐心十足地教着那些孩子。崖嫣心疼妈妈。

妈妈说："我这辈子做得最正确的一件事就是生下你。"

因为崖嫣与年龄不符的冷静，让她成为妈妈的精神支柱。她曾列举了单亲家庭子女的十大优点，其中包括懂事、少言、替别人着想、会做家事、会照顾人等等，也让妈妈对她的自信另眼相看。

星期天的下午，崖嫣塞着耳塞在家煮中药。

母亲大半年没吃的中药，又开始生生不息，就在她那天去见了江渡的爸爸之后。

那个被兰老师捧上天的"永远不会独行"的心理师，不止一次地到班上来进行心理辅导。虽说是满心抗拒但也必须坐在他的面前，他熟悉崖嫣全部的个人资料，表现得比她自己还要了解她。不过别的没记住，只记住他分析崖嫣的母女关系时用了一个词汇，叫作"母女倒置"，意思是在实际生活中，崖嫣充当了母亲的角色。

当时只当是听了一则鬼吹灯的故事。

现在想起来，或许也不是完全没有道理。

那一天隆重的约会，母亲回来时的情绪却十分沮丧。她跟崖嫣讲了她和江渭澜的故事，虽然她努力作出轻描淡写样子，但也能听出来她伤得很重。居然住进精神科，医生说低血糖脑病随时可能不再醒来。

她还写过一本《死亡日记》交给江渭澜的妈妈，担心江渭澜回来找她的时候无迹可寻。

崖嫣没有掉一滴眼泪，心里满满的都是怨恨。

"我都不记得我们拉过手。"母亲不知想说明什么。

这是最让崖嫣愤怒的一句话，没拉过手，就什么都不欠吗？就是免责条款吗？这是什么逻辑？相思可以致死啊。杜丽娘，梁山伯，林黛玉和贾宝玉。也是因为这句话，崖嫣替母亲不值。

"妈，你是想说你们很纯洁吗？"

"我们就是很纯洁。"

"彼此拥有心灵。那你现在还拥有他啊。"

"你是在嘲笑我吗？"

"是他一声不响地走了，早就把你忘了，你没有那么重要，是可以一刀两断的过去。这就是事实啊。"

"是啊，必须承认这就是事实。"

"你也要跟过去一刀两断。"

"……本来以为这辈子再也碰不上了，没想到……你说我是花痴,他过得好像也不见得有多好,那么黑,那么结实,两只手粗得让我想哭,脸上还有一种奇怪的凝重。"

我看他一切都好。崖嫣极想这样驳斥母亲,他们一家四口其乐融融,幸福温暖。而我们呢?实际上是我们活得凝重。尽管崖嫣什么都没说,但是内心深感母亲仍然活在历史的阴影里,所以她决定不跟这家人有任何的关联。没有命运的交错也许是最有力的报复。

所谓美好的东西变得不堪一击,全部都是碎片。

虽然陷入遐想,仿佛化身复仇女侠,但是看上去崖嫣却是端坐在陈旧的台式电脑前,百无聊赖地挂在网上。

这时QQ里亮起了一个熟悉的头像,是程思敏。

"干吗呢?"

"煮中药。"

"闷吗?"

"还好。"

"我过来陪你吧。"

"不用了。"

程思敏不再回复。

知道他的心意,是他给她寄了一封同城快递,里面有两本她想看的书,估计是在读书会活动时无意中提到过。另有一本手抄的诗集,上面用英文写着:送给崖嫣,我的早晨、阳光和雨露。下面的落款是思敏。

全部是那种看一遍就足以得糖尿病的情诗。

无论是在学校，还是在读书会或公益活动中，他们经常见面，但是他却小心翼翼地寄给她珍贵之物。

那些诗句也的确像冬天里的一杯热巧克力，温暖了她的心。对于饥渴的人，幸福就是手边的那个富士苹果。

她完全可以告诉他谜底。

神使鬼差，她居然什么都没有说。明明知道这么做一下子辜负了两个人，两个对于她来说最亲密的人。

但是以当时的心情仅仅是想做一千件一万件坏事，来弥补内心深不见底的空虚。都说我们是自私的一代，可是有谁真正看到，并且理解我们的孤单——孤单到想象出一个父亲还要被拎出来示众。那些所谓的关心并不是崖嫣所需要的，孤单无解，这就是事实。

妈妈的角色让她更觉得孤单。她不能想象跟那个叫江渡的人怎么风花雪月，眉目传情。

她和程思敏开始互粉，在QQ上聊天。

他第一次到她家里来是给她补习数学，崖嫣的数学一直吃力。程思敏的讲解温和、耐心，而且看上去精力充沛。只是第一次可以明显感觉到他的紧张，一直都在讲数学，整整一节课的时间。后来就好了，他们经常插出去讲一些八卦和学校发生的好玩的事。

再回到数学，崖嫣更觉头大，不禁叹道："我想我根本考不上大学。"当时程思敏脱口而出："那有什么关系，你还有我呢。"这是他说过的最像样的一句表白。

这话她没接住，掉在地上，碎了。

但是他仿佛并不介意，又说他的意思是就喜欢平凡平淡柴米油盐，喜欢古老的穿着长布衫的教书先生的样子，想象着伟大的鲁迅先生也曾在灯下记豆腐账。

"我就想当个教书先生。你呢？"

"西点师。有自创品牌的小店。"

"那我们就握握手吧，"他伸出手来，"因为自甘堕落是可耻的人啊。"他笑起来，牙齿整齐洁白。

他们握手。他的手比预计中晚两秒钟松开。崔嫣想起兰老师提出的"我们清华见"的口号，同学们很振奋，许多手摞在一块高喊"加油"，彼此都激动得热泪盈眶。

她也问过他："你为什么不读藤班？"

"因为害怕孤单。"

"怎么讲？"

"我很小的时候就被束之高阁，一个人在一间办公室里做题，受到夸奖和称赞。但是心里空荡荡的，觉得不会做题反而好，可以去球场踢球，还可以用仿真的鬼头套吓唬女同学。"

"原来是这样，我一直以为你的内心很骄傲呢。"

"也是在那段时间，我看了一些佛教方面的书，觉得许多话都说到我的心里，尤其骨粉弘一法师，从浊世佳公子到黄卷孤灯人，他的内心和品格强大到我不能想象。后来几乎是以戒毒的方式戒掉了，关于他的书也全部送人，一本不留。"

"为什么?"

他沉默了很长时间才说:"我不想让我的爸爸妈妈伤心。"

看得出来,这些话他从来没有跟任何人说过。因为很难开口的样子,也因为他的眼角可以感觉到微微的晶莹。

崖嫣有些惭愧,她觉得应该跟程思敏道出实情。

对于江渡老师,她并没有丝毫悔意。如果说是给多年积累的负面情绪找到了发泄口,怨他抢走了自己的爸爸实在牵强,但又唯有这么想才觉得解恨。为母亲,也为自己。她不会跟他们家的人有任何来往。

然而对于豆崩,却是抱有极大的歉意。

她们是闺蜜。她们是闺蜜吗?为什么她会从心底嫉妒她?就因为她有钱?有爸爸还有一个弟弟?但她什么都没有。

这也是她痛恨江渡老师的原因,他让她变成了一个坏小孩。

她本来一直以为她和豆崩之间的友谊坚不可摧,然而华丽的泰坦尼克号冰海沉船也不过是一瞬间的事。

这时门铃响了,一下,两下。

崖嫣跑去开门,见是程思敏,竟然也并不觉得意外。

他现在的身体比以前强健许多,大概又从心底放弃了自己,所以总是一副拉风的表情,看上去颇有喜感。

一只手还提着一个打包的圆形饭盒。他解释说是芋圆红豆，想到崖嫣的妈妈吃中药会很苦，特地买给她缓冲苦涩的。又说他家所在的那条街一口气开了五家所谓的台湾甜品店，想也知道最终必死无疑，不如在关门大吉前多吃一碗。因为有竞争，每个店都饱含十足的诚意。

崖嫣心里也承认，程思敏因为付出真情，让人难以拒绝。

她说："你突然跑过来干什么？"

"陪你熬中药啊。"他正色回道。

"难道我们两个人对着一罐药发呆吗？"

"也不是不可以。"

他们进了厨房，第一轮的汤药已经煲好，崖嫣把汤药倒到小陶瓷碗里，准备翻渣煲第二遍。倒药的时候，她侧着头，有一绺头发滑落下来，程思敏自然地帮她轻轻拨到耳后。

这让她想到程思敏的诗集里，有村上春树先生说的，如果女孩答应喜欢的男生，男生就可以帮她拨一下头发，若并没有答应就告诉她头发乱了。说这大概是最纯洁的爱情观。程思敏把那些并不是诗句的但是老辣温情的话断开，变成了诗句。

没有村上的青春应该是不完整的吧。

崖嫣心想，她今天无论如何要对程思敏说实话，否则都没有办法原谅自己。

他们又开始天南地北地闲聊。崖嫣因为不动心，所以时常走神，但是程思敏的眼睛里全部都是喜悦。

翻渣的中药重新注入了清水，要用武火煲开，二十分钟以后按下文火的按钮就不需要照看了。不过他们一直都没有离开厨房，崖嫣心想，还有谁会陪着她这么快乐地煲中药呢？在这个世界上也只有程思敏了吧。他是她的止痛药——在她心情最低落的时刻。

她决定转移话题："程思敏，难道你真的不知道豆崩喜欢你吗？"

程思敏的神情有点尴尬，也许是话题转得太过生硬，程思敏一时没有反应过来，他单手挠了挠头皮，"……她是对我很好，我也很喜欢她的性格，我跟她在一起可以干任何事，但是不可能来电……"

"为什么？都可以干任何事了。"

"嗯……不过你千万不要跟她说……我好怕她生气……我一看见她的蜜桃脸和大牙缝就想笑，再配上钢丝头，觉得她长得好卡通，是名副其实的开心果。"

"她对你可是一往情深啊。"

"但她真的不是我的菜。"

你也不是我的菜啊。崖嫣很想跟程思敏这么说。

不过她又马上想到了另一句话：人的感情如果可以同步，那还有所谓的人生吗？——记得是妈妈跟她诉说心事的那个夜晚，她半夜两点都没法入睡，爬起来在QQ上写了一句："老子不爽，难道付出真心的人注定是要被辜负的吗？"

这时那个"独行心理师"换了一个"心灵玫瑰"的

马甲立刻浮头，为她写了这句话。

谁都不是盖的，尽管她不见得多么接受他。

她不知道该对程思敏说什么。

六

下课的铃声刚一响起，豆崩就像一颗子弹一样射了出去。

即使是气味相投的崖嫣也感觉反常，于是也冲出教室，想叫住豆崩问问她到底发生了什么事？

崖嫣连叫了两声，豆崩已经走远，根本听不见。

加上每个教室吐出成群结队的学生，马上形成的嘈杂气场转眼间就淹没了她的呼唤。

她追随豆崩来到程思敏的课室，这边一样乱，大部分的同学站在走廊上高声说笑，教室里居然还有一个同学在打吊瓶，真是高考猛如虎，病了也不能缺课。

程思敏在课桌前支着下巴，笑眯眯地望着远方。不仅看不到已经冲到眼前的张豆崩，就连豆崩在他面前晃手，他也是"伸手不见五指"。

只见豆崩二话没说，就把程思敏课桌上的书、卷子、笔记本等物品全部扫到地上，受到惊吓的程思敏刚一站起来，便被"牛津高阶"砸了脚，面部不仅扭曲而且痛到惨白，一边金鸡独立地揉脚，一边大喊了一声："你有病啊？！"

奇怪的是教室里的同学根本宠辱不惊，该干嘛干嘛。

这个举动倒是把崖嫣给惊着了,她站在教室门口,无法进退。暗想程思敏是不是跟豆崩说了什么不该说的话?

正在目瞪口呆之际,豆崩铁青着一张脸,风一样从她的身边刮走了。

回到教室,崖嫣也不敢靠近豆崩,仿佛是绕开马上要爆炸的地雷。下午放学的时候,她继续坐在座位上发呆,心里想着怎么开口跟豆崩解释。解释什么?她的阴暗心理吗?

一想到程思敏像傻瓜一样心花怒放,严格地说的确是践踏了豆崩的情感。并且实际上,崖嫣是非常害怕失去豆崩的,同样是因为孤单。

人原来都是敢做不敢当的。她懊恼极了。

"走吧。"这时她的身边传来一个声音,是张豆崩,就站在她的课桌边上。"哦。"她回答了一声,站起身来。

两个人默默地走出学校。

崖嫣第一次感觉到行尸走肉是什么意思。犹如麦田里的稻草人,跟在豆崩身后一步之遥。她看了看豆崩的脸色,依旧是冷若冰霜。

"我们去吃刨冰吧。"还是豆崩提议,语气里听不出她的情绪。于是她们走了一条与回家相反的路线。

一路上,豆崩的手机都在响,她不接。又响,就直接关机了。

除了冰箱脸,还有一份有仇必报的决绝。

她们点了一份大大的综合冰,里面除了雪花刨冰之外,还有一层一层的红豆绿豆芒果粒和菠萝粒,雪山上方浇了炼乳,使整个冰品像富士山的造型。这种综合冰平时六个人吃也不会稍少。可见豆崩的意图是浇灭心中的怒火。果然她率先给自己拨了一小碗,兀自吃了起来。

崖嫣照做,不过吃得很慢。

"你是在吃刨冰吗?你拿的是挖耳勺吗?"豆崩白了崖嫣一眼。

"好吧,"崖嫣干脆放下吃冰的铁勺子,豁出去道,"我承认我错了。"她本来还要说,我对不起你,是我利用了程思敏。但是后面这些话还没来得及说出来,她的手机就响了。

是程思敏。

他焦急地问道:"你跟豆崩在一起吗?"

"是。"

"你们在哪儿?我在地铁上面等了你们好长时间,她又不接我的电话。"

"我们在吃冰。"

"吃冰?把我的脚都砸肿了你们还吃冰?!到底在哪里吃冰?"

崖嫣看了豆崩一眼,发现她漠然地自顾自吃冰。于是对程思敏说道:"我们在'五代同糖'"。

程思敏马上把电话挂了。

"你刚才说什么?"豆崩也不问是谁来的电话,估计她心里明白是程思敏打来的。倒是有些奇怪地看着崖嫣，"你刚才说你错了？你怎么错了？我跟程思敏断交跟你有什么关系？"

这话还真把崖嫣给问住了。她呆呆地看着豆崩。

"是啊，好像是跟我没什么关系。"崖嫣有些迷茫地说道。

豆崩扑哧一声笑了出来："你这个笨蛋。"

又道："我的脑子里突然灵光一闪，你知道是什么吗？"

崖嫣摇头。

"我妈妈一直想让我去英国的什么贵族学校念书，可我并没有兴趣，如果她答应你做我的陪读，我就去。"

这当然是一句半真半假的玩笑话，总之是玩笑话就对了。可是崖嫣明显地感觉心里飘过一朵乌云，浅灰色的那种雾一般的怅然笼罩着她。英国当然好，先不说放心不下她的妈妈，竟然开始有了苦涩的思念，而那个让她思念的人便是江渡老师。

她想到他的样子。

程思敏一瘸一拐地走进甜品店，坐下之后还东张西望地环顾店容，显然是第一次到这里来。年轻的店员贴心地拿来一个玻璃碗和铁勺。程思敏自己拨了些已经有些溶化的豆冰，吃了两口，发现两个女孩都在看着他吃，又都寒星射月。

豆崩的眼睛里没有光，只有芒。

程思敏只好放下勺子,不快道:"什么情况啊?"

又道:"张豆崩,我不反对你发脾气,但是我也要知道怎么回事啊。"

事情本身还是比较简单的,程思敏快过生日了,豆崩给他做了一盒玫瑰花瓣口味的马卡龙。当然这个创意足够浪漫,但是玫瑰本身的味道是刁钻的气息,太浓厚会显得庸俗,太淡薄了则欠缺吸引,恰到好处才能"诱发内心激情,挑起丝丝欲念"。最后这两句是书上看来的。

但总之豆崩是花了心思的。

她把这盒寄托芳心的粉红色饼干,配上生日卡寄给程思敏。结果今天上午第一堂课后,被请到兰老师的办公室,兰老师把这盒饼干还给了她,还说这是她们两个人的马卡龙魔咒,希望她自重。

豆崩的意思是你不喜欢我送的东西,可以直接扔掉,犯不着交给我的班主任,何况程思敏明明知道豆崩和崖嫣并不喜欢兰老师。

崖嫣也觉得程思敏实在太过分了。

你想表现你有多么纯真吗?

程思敏以一脸听故事的心态听了半天,道:"那饼干呢?我是说现在这盒马卡龙在哪儿呢?可以送给我啊。"

豆崩道:"你还有脸问?我把它倒在厕所里冲掉了。"

程思敏闭上眼睛,把头别到一边去。

好一会儿他才说道:"我压根就没看见什么饼干。"

豆崩用鼻子哼了一声，做了一个真人版的鄙视表情。

"好吧，我还是告诉你们吧。"程思敏说道，"兰老师是我妈妈。"

崖嫣着实吓了一跳，豆崩自然也是呆如木鸡，同时甜品店的桌椅板凳都原地蹦了一下。

三个人同时都不说话了。

程思敏又开始埋头吃冰，这时雪山的下方已全是冰水。程思敏又道："我还给校长写了一封长信，弹劾兰老师，主要是质疑她的教学理念和方法。"豆崩刚喝了一口冰水压惊，立马喷了出来。

这丝毫不影响程思敏的从容表达："我觉得兰老师是成功学的殉道者，她总是过分的励志，制造出来的第一个废品就是我，她让我心灰意冷，厌倦成功。还有就是她粗暴的爱，她的无微不至的爱里面没有尊重和慈悲。如果我今后当老师，首先会保护学生的天性和自由。"

崖嫣弱弱地问了一句："那校长什么反应？"

"校长请我到他的办公室里煮酒论英雄。"

"忽悠吧你。"豆崩撇了一下嘴。

"真的，当然是喝茶，他亲手给我泡了好茶，我不知道叫什么名字，但是有一种淡淡的松香味，很清神。他说年轻人锋芒毕露，挑战常规肯定是值得赞许的，但是要学会与这个社会和谐相处，学会避免极端有时比锋芒毕露更难，更不容易。刀要放在刀鞘里才安全，老师就是刀鞘啊。

"他还说，老师这个职业，一生都是探索者，兰老师的探索就很可贵，也不是没有价值。因为面对的永远都是个体，散淡也不是每一个学生的人生之路。"

这天晚上，豆崩在QQ上对崖嫣说："虽然被玩了一把无间道，但是我还是在一分钟之内就原谅了他，而且是彻底原谅。在我的眼里，他就是青年领袖。"

崖嫣当然知道这个他是谁。

七

深夜的街道除了路灯，就是偶尔呼啸而过的各种不同款式的汽车。路灯始终如一地挺立，暗黄色的光形成一个喇叭状的光柱，反而衬得周边一片漆黑。相比起烟花，还是路灯比较寂寞一点吧。

江渡陪着父亲坐在马路牙子上，他看了看手表，差五分钟便是半夜两点。

家里出事了。

所以目前他们坐的位置是在警局的刑警大队所在地的门外，大门临街，好几辆警车并排停放在门口，旁边还有数辆摩托车。

并没有可坐的地方。

在想象中这样的部门应该十分气派，结果并不是这样，太过普通的门脸，视而不见的寻常。

母亲刘小贞的一个朋友，比较确切地说应该是雇主，一个名字叫宋春燕的女人被人杀死了。她的尸体是在自家的客厅里被发现的,胸部和腹部都遭利刃刺击,而且是贯通伤,血飙到几米以外的墙上和沙发上,同时身体多处被踢伤,有明显的淤青,脸部肿胀变形。种种迹象表明,施暴人内心怀有巨大的仇恨,下手又狠又黑。

血流了很多,现场惨不忍睹。

家里却又没有翻动过的痕迹,门锁完好无损。

名牌包包还在,打开里面的钱包有现金和银行卡。警方排除了劫杀的可能性。

仇杀或情杀还有待调查。

据称这个叫宋春燕的女人居然还是自己报的案,不知为何她报的是119火警,报地址的时候声音已经十分微弱,而且断断续续。等到消防警穿着石棉服和大雨靴到来时,她因失血过多已经死亡。

警局的人分析,她可能觉得消防警会来得更快一些,而且破门而入的手段会更多。可见死者生前的求生欲望是极其强烈的。

问题来了。

死者生前最后一个跟她有来往的人是刘小贞,她们在一起喝酒。刘小贞是晚上九点半走的。三个小时以后,宋春燕被害。

刘小贞有宋春燕家里的钥匙。

刘小贞从来不喝酒。

刘小贞和宋春燕有债务关系。

刘小贞当天晚上回家后做了什么没有证明人,因为江姜那天有体育课累到口吐白沫已经关灯睡觉了。

就算刘小贞不会杀人,但她会不会买凶杀人?

所以刘小贞是重点排查对象。

周六晚上的家庭聚餐本来平淡无奇,但是饭只吃了一半,家里就来了两名胖胖的公安。江渡心想这样的公安能跑过小偷吗?

吃饭的问题自然草草了事。江姜不管闲事地出门学棋去了。稍微胖一点的公安详细介绍了案情,母亲惊得倒吸一口凉气,半天回不过神来。回答看似即兴的问题均是不经大脑,脱口而出。江渡感觉到偏更胖一点的公安一直紧盯着母亲,似乎是在观察她的原始反应是否正常。

之后便以协助调查为理由,母亲被邀到警局做笔录。

母亲看上去有些慌张,就连江渡自己也不知所措。因为公安局给人的印象就是有事没事都说不清楚。父亲问小胖公安可不可以陪同母亲一块去,被当场拒绝。大胖公安的脸上显现出"难道是去公园遛弯吗"的表情。自始至终他们的态度是既平淡又异常严肃。

父亲急忙问了警局的地址,小胖公安把地址写在一张纸上递给了他。

他们出去后上了一辆警车,还好正值晚餐时间,周围并没有太多的人注意他们,否则会变成一件惊天动地的事。

由于从来没有去过那种地方,所以断定同样会有停车难的问题。于是父子两人并没有开搬家用的皮卡车，而是搭了出租车前往，好像早一点到达便可以接回母亲。

开始时他们的心情还比较平稳，因为母亲肯定不会杀人，当然也就不必焦躁不安。他们坐在马路牙子上，聊了一些闲话。

后来父亲突然问道："你跟那个女孩现在怎么样了？"

"她已经不理我了。"江渡沉默了片刻，回道。

"我想也是。"父亲叹道。

江渡内心饱含淡淡苦涩。

自从和奶奶见面之后，母亲就一直深感没有尽到该尽的职责。奶奶的小保姆其实并不太会烧菜，奶奶的一天三顿明显是对付的。所以母亲会烧一些小菜如素什锦或者香煎带鱼之类的叫江渡给奶奶送去。一来二往江渡跟奶奶也就熟悉起来，奶奶曾经翻出父亲年轻时的照片给江渡看，并不避讳父亲和紫佳女士早年的合影。

他们也的确是一对璧人。

相比起现在的父亲，明显是两个完全不同的故事。

只是父亲对过去，总是三缄其口，不要说敏感问题，就是军旅生涯也几乎没有听他提起，似乎讳莫如深。这一点早就让江渡感到奇怪了。

"那你打算放弃吗？"父亲问道。

"不。"

"这就对了，那么容易放弃还叫爱吗？"

"可是崖嫣是很倔的。"

"看得出来。"

"感情又是两个人的事。"

"那也一定要在一起,为了幸福。"

"爸。"

"嗯?"

"是不是为了崖嫣的妈妈,因为你觉得对不起她。"

"不是。"父亲停顿良久,才道,"是因为你和崖嫣,你们是我生命中最重要的两个人。"

江渡不再说话,体味着父亲话中的无尽含义。

然而,调查的时间也未免太长了。

随着时间一分一秒地流逝,江渡和父亲早已停止了谈话,同时有点担心起来。

父亲终于按捺不住渐渐不安的情绪,他起身挺了挺腰板,开始来回踱步。"你妈不会有事吧?"他低声说道。

"不会的。"江渡虽然这样回应,但其实心里也有点没底了。毕竟现在的错案率时有耳闻,无论是杀人案或者强奸案这类人们心目中理所当然的铁案,突然儿戏一般地出现了真凶,于是错杀错判的事情浮出水面。所以其实不祥的联想的确在江渡的脑海里一闪而过。

又过了好长时间,感觉天都要亮了。

父亲开始坐回马路牙子上抽烟,而且是一根接一根。

江渡的脑海里出现母亲被戴上手铐的场景,她看着江渡,意思是你要替我想办法,我是清白的。

他想人生就是这样吗?毫无先兆的,从此一个家庭进入茫茫黑夜。

正在胡思乱想之际,总算见到母亲一个人从刑警大队走出来。江渡急忙迎了上去,但是父亲却站在原地并没有动弹。

这时父亲的情绪已经积累到临界状态,江渡从来没见过父亲对母亲发那么大的火,他虽然不是嘶吼,但也接近咆哮,冲着母亲喊道:"你到底有脑子没脑子?如果警察不听你的解释怎么办?!"

江渡和母亲都被父亲的暴怒吓到,一句话都不敢说。

父亲余气未消:"你为什么要去跟那个姓宋的女人来往?那是一家什么人?就是因为太复杂我才决定放弃……你居然背着我去找她,还跟她喝酒,如果那天你也醉在她家里,会发生什么事……我想都不敢想,你叫我怎么跟王觉交代?!"

说完这些话,父亲一个人气冲冲地走了,头也不回。

母亲微低着头,面色凝重。

江渡陪着心力交瘁的母亲在后面慢慢走着,但不知为什么,"王觉"这个名字一直在他的耳边萦绕,久久不肯离去。

王觉是谁?

为什么母亲的事要跟他交代?

也许是凌晨万籁俱寂,在江渡昏沉混乱的脑海里,这些问题犹如山谷里的回声。

第八章

一

升降梯稳如泰山,虽然是一站式上七十楼,但没有丝毫的飘忽不定,哪怕是意念上的微弱晃动。

江渡只是觉得两只耳朵有压迫感。

这是一个叫作西塔的地方,七十楼以下是高档写字楼,七十至九十楼为一家知名的全世界连锁的五星级酒店。江渡无疑是第一次来到这种地方,小婶婶约他到这里来喝下午茶,说有些事情要谈。

小婶婶是那种上了点年纪但依旧有美人情结的女人,这种女人似乎从来没有被拒绝过,所以说事情的口气都是知会,没有跟人商量的意思,仿佛艺人等通告那么简单,反应应该一律是巴不得。她年轻的时候应该也不是什么大美人,因为眼睛细长上挑有点媚狐神韵,身材的确保养得并未走形,偏瘦窈窕。

她约江渡,江渡哪敢不来。

江渡来到七十楼,本以为这样的时间段又是这么贵的地方,理应人丁稀少,想不到完全可以用门庭若市来形容。

根本感觉不到限制房地产政策带来的所谓市场不景气。

人人都有尽情享乐的末日情怀。

江渡来到一侧的大堂吧,几乎每一桌都有客人,很快他看见有人伸着手臂招呼他,是小婶婶。

她穿得还蛮隆重的,但是这里的氛围富丽堂皇,也不觉得十分显眼。反而是太过夺目的口红颜色,鲜艳到与她的实际年龄不符,给人她老了但是并不甘心的暗示。

江渡走过去,先跟小婶婶打了招呼才坐下来。小婶婶点了薄荷茶,装精美西点的银质提盘有三层,从咸至甜,每一件点心都像是艺术品。

对于奶奶家的人,江渡对他们的印象是客气,但有距离,尤其是心理上的隔膜。像大叔叔和大婶婶,他们看上去很难接近。虽然他们没有明确地批评父亲的不负责任——有家不归害父母亲操了一辈子的心,但也明显感觉到短时间内不可能有多亲密。包括小叔叔在内,和父亲在一起都无话可说。唯独这个小婶婶正好反过来,凌驾于他们之上但又十分热情。

小婶婶跟江渡说了一些家常话,江渡一直等着她言归正传。

"你爸爸妈妈还好吧?"

"还好。"

"他们的感情怎么样……我是说一直以来。"

"一直都挺好的。"

"那就好。"她嘴上这么说，但江渡感觉她的神情有点像想听到相反的答案。接着她仿佛是对自己说道："年轻的时候酷一点没关系，但也不要把自己混得那么没腔调。"江渡不明白为什么他们在小婶婶眼里是比较悲惨的一家人。

江渡正不知道该怎么接这句话，此时的小婶婶忽然又开始伸出右边的手臂挥舞，跟随她的眼神望去，江渡看见一个年轻的长发飘飘的女孩子走了过来。见到小婶婶起身让座，江渡也急忙站起身来。

这时他才明白是小婶婶安排了相亲。

事先没说，可能是怕他不肯来。

小婶婶给他们之间做了介绍，这个女孩子的名字叫肖墨白，就是那个小婶婶跟母亲提到过的音乐老师。她人长得白白净净，穿戴并不是松松垮垮的文艺范儿或者民族风，其实江渡打心眼里并不喜欢挂相的女孩子。肖墨白就是T恤配牛仔裤，但剪裁合体所以显得整洁利落，并不过分丰满的胸和屁股浑圆紧实，背一双背包。是典型的第二眼美女。

尽管如此，江渡还是在心里有些埋怨小婶婶行为唐突。

令人感到意外的是肖墨白的性格十分安静、温婉。以往音乐老师给人的印象是叽叽喳喳比较活跃。但是肖墨白基本上是有问有答，并不是那么伶牙俐齿。

小婶婶在相亲方面还是很有经验的，不一会就借故离开了。

江渡还看见她到柜台结完账才走。

冷不丁两个陌生人相对而坐，无论如何都有些尴尬。好在"学校"是个公共话题，有的没的都还能说上几句。

老实说，江渡很想跟肖墨白说他已经有喜欢的人了，但是这样肯定会得罪小婶婶，把小婶婶搞得里外不是人。也是对肖墨白的无礼。再则，若小婶婶问他有人了，是什么人？他又该如何回答呢？所以也只好硬着头皮坐在这里没话找话说了。

接下来的步骤，可以说全部都是"走程序"。直到和肖墨白一同乘地铁，把她送回家。

分手的时候，肖墨白提出了互留电话号码。显然她一直等待江渡先开口，最后一分钟判断他可能是忘记了。江渡也的确是忘记了，本来互留电话号码就是相亲活动中最基本的礼貌。

两个人客气地握手道别。

时间还早，江渡决定到格子间商店去一趟。因为格子间小妹给他来过电话，叫他补货，明信片早已卖得七七八八。江渡答应下来，抽空也画了一些，但是放在挎包里足有一周的时间，不知都在忙什么，总之没有过去。现在人都在地铁里了，过去一趟还算顺路。

地铁的晃动让他想到崖嫣。

她的脸，她的样子，她的一切。

心细如丝的他，打心底明白，爱情既不深奥也不复杂，就是一场毫无防备的遇见，也就是所谓的可遇不可求。"遇"是可以很轻巧又可以很艰辛的一件事；对于强求的人来说，有钱没钱都惶惶如丧家之犬。

并且爱情需要的并不是考验，而是奇迹。

这时他有了一个想法，并且决定付诸行动。

下了地铁，又穿过几条喧嚣的街道，江渡来到格子间商店。这一片的商业区域全部是小资风格。

守店的小妹见到他便很多话，可能是闷得太久了。

周围都是琳琅满目的创业型小店，大部分被吸引的也都是年轻人。

年纪大的人路过，一定会想，他们什么时候饿死？却又不得不佩服年轻人的安然若素。

江渡把新画的一批明信片放进格子里。"你看你的格子都空了。"格子间小妹在他的身后说。由于获利微薄，他们是每个季度结一次账。

江渡又把其中的一张明信片用图钉固定在格子的上椽。

"这是非卖品噢。"他对格子间小妹说道。

"高价也不卖吗？"

"哪里会有人出什么高价。"

"那就是希望某个人看见吧。"

"就算是吧。"

也许因为这句话,格子间小妹多看了一眼那张作为非卖品的明信片,还是那个眉毛严重远离的呆呆的女孩,望着一棵萌芽的老树。题目是:遇见你真好。格子间的小妹笑了笑。

"你笑什么?"

"你在恋爱吗?"

"何以见得呢?"

"这是必备语啊,要不经意地说出来,杀伤力是百分之百。"

"看来你很有经验啊。"

"我浑身都是必杀技,可惜没有猎物上门。"

这时有一群客人涌进小店,看上去都是学生的模样。小店里瞬间嘈杂起来,江渡起身观望,但还是听见格子间小妹说了一句:"呃,你又来了?真是凑巧,那就来认识一下这位画画的'帅锅'吧。"

江渡回过头来,格子间小妹给他郑重介绍的"美眉"竟是崖嫣。

崖嫣有些吃惊。

她看了看那个小小的格子。

"你们可以互粉一下。"格子间小妹提议,然后就去张罗生意了。

他们前后脚地走出小店,要走出这一片综合商业区才能到大门口。大门外飘起小雨,已经有不少人在屋檐下避雨,他们也站在人群中。

"我们就一直做路人甲吗?"江渡温和地说道。

他们始终都摆脱不了师生的模式。

"不然呢。"崖嫣的声音非常低沉。

"我做不到。"他本想再说一句,我爸爸也做不到,他说我们是他生命中最重要的两个人。然而不说也罢,与崖嫣一步之隔,可以明显感觉到她身上的寒意。

"我也做不到,我是说什么学会放下学会原谅跟过去的一切握手言和,这些我做不到。因为我是单亲家庭,很荣幸被贴上这个标签,提醒我跟别人不一样。"

她的声音也异常轻柔。但她的神态却很难想象是一个高中生流露出来的杀气和沧桑。崖嫣一边伸出手去,感觉到已是零星的雨滴,便毫不犹豫地向地铁站飞奔而去。

她是一个有内伤的女孩。不再相信任何人。

她说,这个世界哪有什么非卖品?有的是太多的原谅和放下。既然转身就是天涯、就是一生,那就各自安好,不必交代。

二

宋春燕的案子到底破了没有?这个问题始终困扰着江渡。

因为这么血腥又充满戏剧元素的案子,不仅没有出现在电视新闻或者法制栏目里,而且也没有见诸报端。这让江渡感到奇怪。按照常理,这种案子若是破了,应该会大肆张扬吧。

当然，家里也再没有公安现身或登门。宋春燕就像是一滴蚊子血被从这个世界抹掉了。

不是说命案必破吗？江渡心想，也许是有人随便那么一说，自己却郑重其事地相信了。

江渡回到家的时间是晚上八点二十，只见电视机开着，江姜一个人坐在餐桌前吃泡面。江渡这才想起若干天前，母亲以贴补家用为名，住到雇主家去当月嫂了。据说月薪是七千元，这让本来坚决反对母亲吃苦受累的江姜面露欣喜之色。江渡和父亲都反对，但是没有用。

江渡感觉经过宋春燕的案子，母亲变得越来越沉默。

正想着，江姜突然说道："哥，你不觉得爸妈在冷战吗？"

"不觉得，你有什么发现吗？"

"我正要问你呢，家里最近没出什么事吧？"

"什么事？"

"我怎么知道？我那么忙。"

"没有，没什么事。"关于宋春燕案，没有人跟江姜提及。

"那上次来的警察……"

"是来讲社区治安的。"

"那就好。"江姜明显松了一口气，"我的人生再也经不起任何打击了。"不知为何这种话即使从江姜嘴里轻松地冒出来，也能让人感觉到一丝伤感和无奈。

不过紧接着，江姜又告诉江渡，她无意间听到父母亲在厨房的对话。当时母亲说，有些事情的结局是醒定的，再怎么想改变也没有用。父亲说，所以我们的结局就是捆绑在一块过下去。母亲说，为什么要这样？你做了应该做的一切。父亲突然发起火来，父亲说你不要整天说什么离开，你以为离开会改变什么吗？什么都不会改变。

江姜说她想了半天，也不知道这些话是什么意思？

后来母亲就去当月嫂了。

江渡想了想，也不太明白。

关于宋春燕案，江渡也曾经跟母亲聊过，他的不解在于像母亲对待钱财这么淡定的人，为什么会突然变得如此执着。母亲沉默了一会才说，这是我能帮你爸爸做的最后一件事了，想不到还惹了这么大的麻烦。

母亲说，她一直都觉得很拖累父亲。

这让江渡更加不解，因为他觉得母亲对父亲的包容是无限的，谁拖累了谁不是太明显了吗？

这时江渡的手机铃声响了起来，是小婶婶。

"江渡，你对肖墨白的印象怎么样啊？"

"……她人挺好的。"

"我就知道你会这么说，太好了，她对你的印象超好，刚给我来了电话，详细了解你的情况，一开始我跟她提的时候，她可没在意。"

"谢谢小婶婶。我……"

"你要好好把握啊，顺便透露一句，她可是货真价实的富二代，她爸是做生意的，有房有车那都不算事。前段时间有人给她介绍了一个对象，据说是做金融的抢手货，还每天给她送玫瑰花她都没看上。听她说你们互留了电话，你可要主动一点啊。"

"好的，我会慎重考虑的。"

"什么？你还要考虑？你脑袋进水了吗？"小婶婶在那边压低嗓音，"这种条件的女孩是不多的，难道你还真找一个穷人一起奋斗吗？别傻了，你千万不要做什么有故事的人，就是要想方设法挤到富人的队伍里去。"

"我知道了。"江渡不得不这么说，否则小婶婶是不会放电话的，但他的确听出她的用心良苦，也不失为现实版的箴言。

江渡打开冰箱，拿了一瓶可乐。

关上冰箱门的片刻，他看到母亲在冰箱门上贴着纸条，上面写着家里小药箱和医疗卡所放的位置，有自来水公司和煤气公司的二十四小时热线电话，还有片区派出所和街道办事处的电话。

他一边感慨母亲的细致，一边又想起刚才江姜说的那些话。

那些话始终困扰着他。

三

上第二节课的时候，豆崩就察觉到不知何时，有一辆警车静悄悄地停在操场一侧的树阴下。校园里不让停车，这辆车显然是个例外。不过她相信同时有千百双眼睛都看到了，因为无论如何这是辆扎眼的车子。

课间休息的时间到了，同学们涌出教室，照常打闹嬉戏，照常抢包子，喝饮料吃零食。

但有差不多十五秒的时间集体定格。

因为众目睽睽之下，汪校长跟着两名警员上了警车。

警车绝尘而去，同学们都傻了。

近段时间，各地学校校长受贿的案件频出，有一种情况是学生家长所为，由于各种各样的原因，"擒贼先擒王"，搞掂校长万事没有悬念。还有一种情况是学校少有不需维修和扩建的，听说这里面的油水很大，也是作为校长容易湿鞋的所在。

教务主任等人目送校长的离去，也是一脸的茫然。

可以说整个校园议论纷纷。

张豆崩对汪校长的印象非常好，如果他都出事，那么还有什么人能让我们相信自己的亲眼所见？

总而言之，豆崩压根没想过这件事跟自己有半毛钱关系。

下午放学之后，豆崩被请到校长办公室。她进去之后发现，校长并不在办公室里，里面端坐着两个人分别是程思敏和兰老师。程思敏冲她做了一个鬼脸，但是豆崩面无表情，不敢造次。因为刚一走进校长办公室就已经发现兰老师面色铁青。

见到张豆崩，兰老师依旧黑着脸示意她坐下。

校长办公室除了一长两短三个沙发之外，还有两张靠背椅。兰老师和程思敏坐在长沙发的两端，豆崩选择了一张靠背椅坐下。

脑子里一直在想这是什么情况？

"你也不用想了，"兰老师冷冷地打断她的思绪，"让我来告诉你们发生了什么事。"这时她才正眼看着张豆崩。

原来今天上午公安局来的警员，是点名要带程思敏和张豆崩两人到警局去做笔录的。但是汪校长不同意他们这么做。汪校长说，孩子的错通常是大人的错，学生的错多半是学校的错。他表明要先于他的学生到警局去协助调查，如果的确是学生的问题，他会把他们交给警局。

豆崩当场就蒙了。

怎么也想不通公安局找她干什么？

时间过得很慢，仿佛停滞不前。豆崩急切地希望办公室外的走廊上传来校长的脚步声。但是没有，不仅办公室外静悄悄的，就连放学后的学校也尘嚣散去。

三人成众。没有一个人说话。

空气里的紧张和不安渐渐饱和，仿佛擦一根火柴就能爆炸。

这也是豆崩第一次看见兰老师以妈妈的身份现身，显然她跟普天下的妈妈没有区别，一直忧心忡忡。

"都还不知道是什么事,我们不需要自己吓自己吧。"程思敏故作轻松道。

"你给我闭嘴。"兰老师气道,"公安局都找上门来了,难道会有什么好事吗?教务主任都说,培诚从来没有过这样的先例。"

"反正不关我事。"程思敏像是跟谁赌气,拿出手机来玩。

兰老师一拍茶几,叫他到墙边罚站。

豆崩心乱如麻,也许是太过紧张的原因,她去上了两次厕所。

在她第二次归来时,刚要推开校长办公室的门,就听见兰老师用愤慨的语气说道:"叫你不要交损友,你就是不听。"

这句话让张豆崩感觉脸上挨了一巴掌,热辣辣的痛。她想起曾经的轻视和伤害,顿时内心狂潮涌动,极有一头冲进去恶狠狠地瞪着兰老师在瞬间秒杀她的冲动。

她不知道程思敏会说什么?希望听到又害怕听到。

"妈,你什么意思啊?谁是损友啊?张豆崩热情开朗、耿直仗义,是我的铁哥们,你凭什么看她不顺眼。"

"非常不幸,她就是个另类,她出问题我一点都不觉得奇怪。"

"到现在为止,都不知道公安局要调查什么?你为什么就不能疑案从无?而且我可以担保她是一个好女孩。"

"那是因为你太单纯了,根据我的观察,张豆崩应该是一个典型的单亲家庭的孩子,她非常敏感、偏执、胆大妄为,而且用叛逆来掩盖她心理的失衡。我只是奇怪为什么这个判断不成立。"

"我们是标本吗?妈,这就是我为什么想当老师的原因,你那些粗暴的干涉根本不是爱。关键是你还被当作人才到处流动。"

"你当老师?你以为老师那么好当吗?人类是一个学习经验的物种,老师是一个积累经验的职业。谁心里没有爱?但是爱是代替不了经验和管理的。你的那些奇怪的想法只能说明你幼稚。"

他们一直都在争吵,豆崩也不知道该什么时候推门而入。她索性转过身来,背靠着墙呆立,眼睛望着虚无的远方。此刻她的心情更加五味杂陈,除了刚才单纯的紧张慌乱之外,内心犹如掉进无边无际的黑洞。

意念中过了好长时间,她感觉有人拍了她一下。

回过神来,只见汪校长已经出现在她的面前。

还是一样的和蔼,一样的笑容。

毫无预期地,张豆崩陡然泪如雨下。

这时汪校长掏出一包纸巾递给她,又轻声地安慰她道:"不要害怕,把事情讲清楚就行了,我是相信你的。"然而豆崩的眼泪仍旧不听话地奔涌而出。

汪校长耐心地等待着豆崩的情绪平息下来,又道:"我相信你是有原因的,因为上次给患白血病的同学捐钱,你在班上的透明捐款箱里只捐了两百元,但是后来你把自己的压岁钱全都送到医院去了。还叫同学发誓不许声张。所以我觉得你是值得我信任的。

"生白血病的孩子给我写过一封信，说无论能否把病治好，都感觉心理很健康，并且感谢全校的同学和老师。"

汪校长说完这些话，还拍了拍豆崩的肩膀。似乎是在赞许她。

张豆崩忍不住放声大哭。

泪眼婆娑之中，她看见程思敏从校长办公室冲了出来，后面紧跟着兰老师，他们都目瞪口呆地看着她。

四

公安局公共信息网络安全监管中心捣毁了一个非法网站，这个网站的名称就叫"考试院"。中国是一个考试大国，所以无论打击的力度有多么强大，"需求方"和"供给方"都被一条无形的利益链条紧紧地拉扯在一起，所谓灰色卖场之战，从未硝烟散尽。

"考试院"所涉及的案件错综复杂，其中有一部分骗子是直接骗，比如网名"实力验证"的骗子就是号称打款八千元后，考前会给完整的试卷和答案。但其实考前拿到试卷根本不可能，尤其是国家级的考试。但是"实力验证"年年出来骗，全是空手套白狼。他的QQ空间有几百万粉丝，买家最容易相信的就是人多势众，或者我傻，难道别人都傻吗？一念之差打款过去，便被即刻踢出QQ群。

也没有人愿意报案,因为不是什么光彩的事。

所以"实力验证"年年有余。人类的弱点就是生产资料。

网名"逢考必过"是做考中答案的,简单来说就是利用摄像头等设备将试卷扫描后再传输答案。

这种做法的难处是枪手并不好找,如果答案质量太差,买家抄了仍旧通不过。所以大量收集枪手是"考试院"的核心竞争力。

随着成人考试、自学考试、造价师、初级中级会计,以及执业药师、GCT等考试的纷至沓来,还有被称为全国第一考的国家司法考试的隆重降临,都让"考试院"的生意日见红火,还明目张胆地推出新型的考试作弊设备:橡皮、手表、钢笔都可以通过一个小小的按钮开启,成功传输答案。

"逢考必过"熟悉各种反屏蔽设备的特性及破解方法,那些探测狗、作弊克、监考大师等防备检测工具在他眼中不值一提,而他介绍的考中反侦测手段更是让人眼花缭乱。

然而程思敏和张豆崩根本不知道这重重黑幕背后的疯狂比拼,因为黄冈密卷让"逢考必过"发现了程思敏这个考试大王,他是个神童,不仅有过目不忘的本领,而且触类旁通,一般的考试根本难不倒他。特别是许多考试都在双休日进行,他做卷子就像玩一样。

那份张豆崩提供的黄冈密卷根本毫无用处,但是八百元钱对于高中生来说却是天文数字。"逢考必过"告诉程思敏他所提供的卷子,其作用跟黄冈密卷差不多,无非都是用于模拟考试的练习。他把微薄的报酬打在张豆崩提供的账号上。

经过耐心的询问和缜密的梳理,汪校长基本还原了整个事件的来龙去脉。

豆崩当场崩溃。天哪,她都做了什么?把程思敏变成了灰色链条的一部分,成为触犯法律的一个重要环节。尽管那笔钱她从未动用过,只是等待存够一定数量就带麻石村小学的孩子们去野生动物园。可是现在说这些还有什么用?这次的事件因她而起,是她害了程思敏。

更加难以想象的是,如果今天上午不是校长出面顶雷,那就是她和程思敏被警局带走,那么复杂的情况他们怎么说得清楚?再努力的申辩又会有谁相信?他们的人生一定就此毁掉了吧。

在短暂的,死一般静默之后,兰老师猛然间爆发了。她对着程思敏厉声吼道:"你不是说她不是损友吗?现在你看清楚了吧?!她才多大年纪?已经会利用男人赚钱了。"

"妈,你听我解释……"程思敏虽然这么说,但是声音明显比先前跟兰老师争辩时少了底气。

"你还解释什么?这不就是你要的吗?程思敏,我可以负责任地告诉你,你已经不是一个普通的人了,而是一个有案底的人。"说这话的时候,兰老师的眼泪迸溅出来,被她狠狠地抹掉了。

"兰老师,请你冷静一点。"汪校长一边安慰兰老师,一边走过去把纸巾盒递给她。

"我怎么冷静?我还有什么资格当特级教师?这就是让我痛彻心扉的儿子,忤逆不敬,自甘堕落。我还有什么颜面去教育别人家的孩子?!"兰老师说完站起身走至窗前,此时天色已晚窗外漆黑一片,显然她是想整理一下自己的情绪,但结果是泣不成声。

这是豆崩第一次看到兰老师的萎靡和气馁,第一次看到她方寸大乱,伤心欲绝。以往她都是生机勃发、从容不迫的形象。

虽然内心怀有深深的抱歉,但是兰老师的"利用男人赚钱"的话一直在豆崩的耳边盘旋。

不知为何,豆崩并没有想象中那么气愤和委屈,反正再怎么懊悔,若不是她想钱想疯了误入圈套,也不至于连累程思敏。而兰老师对程思敏的期望比天高比海深,这样的打击无疑是晴天霹雳。

豆崩感觉整个人像是被灌了一剂哑药,她不想再说什么了,包括辩解和自证清白。

此后他们一行四个人搭乘出租车到警局的相关部门说明情况,大概是因为汪校长亲自出面,对方的办案人员看上去比较客气。并且关于情况说明也是由汪校长主讲,他思路清晰,每一个细节都交代得合乎情理。

最后一个步骤是看过情况说明之后，程思敏和张豆崩都要签名。轮到张豆崩，她接过情况说明看都未看就签了名，按上红手印。

张豆崩在网上银行，将"非法所得"全部上缴，所幸每一笔从"逢考必过"那里划过来的收入都是只进不出。然而即便是在事实面前，与其说警员终于相信了高中生热心公益的爱心，不如说是他们相信了汪校长的名分和担保。

张豆崩看得很清楚，那个信息网络监管的负责人自始至终都只对汪校长一个人彬彬有礼。偶尔把目光扫过来也是冷若冰霜疑问无穷的。

这天晚上，等到张豆崩回到家时已经十点四十分了，其间管家打过三个电话，又问要不要开车来接她，都被她找理由拒绝了。

回家的路上，挤在地铁的人群里，她一直在想理由好跟野晴小姐交代。最后想出来的理由是跟崖嫣一起，给班里的同学庆生，既然是庆生肯定要去卡拉OK，所以回来得晚了。

到家以后，豆崩看见野晴小姐坐在客厅里看电视，奇怪的是听到动静，野晴小姐根本毫无反应。

"我回来了。"

野晴小姐"哦"了一声，并没有多问一句的意思。

电视里播的苦情戏也不是野晴小姐的口味，更确切地说她并非看电视而是冥想。她也不是今晚如此，算下来差不多在三天前,豆崩就感觉到野晴小姐有些不对劲,仿佛心事重重。

不过眼下自身难保,所以野晴小姐满脸写着不要理我的神情,毫无疑问倒是豆崩所期待的。

于是豆崩跟管家打过招呼之后,便独自去了天台。上楼梯的时候,她听见电视插播广告的柔美女声"美丽长隆欢迎你——",是配合欢快音乐唱出来的,尾音拖得很长。那些孩子们和动物亲密接触的画面,也从她的眼前一一闪过。

倒在自己狭小的帐篷里定神,豆崩感觉头大如鼓,身心都无比疲惫。她长长地呼出一口气。

这样安静地躺了一会儿,心情却未有稍稍的平复,她又侧过身去,把一只手插进裤兜,这时手指触摸到手机滑溜溜的外壳。她很想给程思敏打个电话,不为别的,只为对他说一声抱歉。

可是她又非常纠结,因为显然,程思敏也被这件事情吓住了,更被他从来都是顶天立地的妈妈突然失控所吓倒。在去警局的一路上,包括说明情况的全过程,他也同样是一言不发,与豆崩更是零交流。

豆崩心想,没准程思敏已经从心里开始恨她了。

然而不打这个电话,按照豆崩的性格今晚根本无法入睡。她开始在帐篷里翻饼。

豆崩拨通了程思敏的手机,感觉铃声响了很久,她不知是他不愿接她的电话还是真的离开片刻未带手机,就在她准备挂断的时候，那边有人接听了，肯定是兰老师直接看到了来电人的名字。"张豆崩，请你听好。"她说，"我不是以你老师的身份，而是以思敏妈妈的身份请求你，放了我们思敏吧，你已经把他的人生毁了。"

五

一大清早，张豆崩例牌被手机的铃声惊醒。

晨光经过帐篷的过滤柔和地包裹着她，但她还是眯缝着眼，感觉只是须臾之间天就亮了，难道是睡得太沉了吗？

她伸出一只手去摸手机。

还是在苏醒的过程中，她已深怀愧疚之意。

说什么可能会一夜无眠，昨天也的确是惊心动魄的一天，她还不是牙都没刷就轰然睡去。肯定是半夜闭着眼睛不由自主地脱了校服，所以现在是以三点式的姿态抱着被子睡死过去，连睡衣都没有穿。

是爸爸打来的。这样想着，豆崩仍旧闭着眼睛接听手机。

"醒了吗？回回神就起来吧。"

"嗯。"

父亲张箭已经做完了人工关节的换置手术，他并没有到美国去，不仅是在国内做的手术，而且坚持住大病房，只是在小陈阿姨的坚持下用了进口的人工关节。当然为他做手术的专家，正是野晴小姐托关系找到的那位名片上的教授。

父亲把剩下的钱叫豆崩还给野晴小姐，意思是谁挣钱都不容易。

连野晴小姐都说："你爸就是品质好，要不我也不会对他念念不忘。"但是在父亲住院、手术，直到回家休养的全过程，野晴小姐都没有去探视过他。有时她会问豆崩一句半句的。

豆崩便道："你难道就不能去看看爸爸吗？你又不是真的不关心他。"

野晴小姐道："我最讨厌当什么救命恩人的角色，像演戏一样。"

"爸说他谢谢你。"

"这肯定不是他说的，是你说的。"

看来两个好人未必能生活在一起。

"爸，我知道了，我不会倒下又睡的。"感觉父亲还没有挂断电话的意思，豆崩补充了一句。以往的确发生过叫醒后又睡过去的情况，后来被管家飞车送到学校。

"你今天放学以后，还是直接到我这边来一下吧。"

豆崩愣了一下，父亲从来不会说我做了好吃的你来吃吧，他从来不以婆妈的方式表达感情。

他也的确没说过什么谢谢的话。千恩万谢的是小陈阿姨，她很想请野晴小姐吃饭，被豆崩制止了。

"喂，你在听吗？"

"是的，爸，我在听……有什么事吗？"

"兰老师昨天很晚给我打电话,说今天放学以后会来家访。"

张豆崩坐了起来,也彻底醒了。

"你在学校发生什么事了吗?"

有一种死到临头的窒息感,但豆崩还是说:"没有啦……"

她挂断了手机,心情再一次沉重起来。

六

浑浑噩噩地上了两堂课,课间休息的时候,同学们都蜂拥而出。豆崩一动未动,内心被今晚的家访搅得神志恍惚。

这时她看见程思敏出现在班级的门口,一直往里探望,这也难怪,他是破天荒第一次过来,显然也是来找她的吧。但是本应该欣喜若狂的豆崩突然感觉自己弱爆了,一心只想从另一个门逃跑,躲到洗手间去。

又想起兰老师昨晚的电话,她也不是没有自尊心的。

她起身准备离开,却听见程思敏叫她的名字,没办法,只好换上满不在乎的"面具"转过头来。

程思敏打量她一通道:"你还好吗?"

"怎么了,难道我应该不好吗?"

"我还以为你昨晚自杀了呢,割腕上吊什么的……"

"切!"豆崩狠推了程思敏一下,"你以为我会吓得尿裤子吗?回家倒头就睡,醒来还是一个女版的钢铁侠。"

"那就好。"

"你呢?"

"我没事……我妈昨天说的那些话……我是说伤害你的那些话,我代表她向你道歉。"

豆崩有一种奇妙的感觉,为什么她希望他怎么做,他必定会按照她的心意准确无误地呈现在她的面前?这到底是诡异的感应还是所谓的缘分?公交五分钟一班,地铁九分钟一班,然而人的缘分有可能一生都是在重复错过,如野晴小姐和张箭先生。

那么属于她的缘分是这一班抵达吗?豆崩像傻子一样,呆呆地望着程思敏。

这时上课的铃声响了,程思敏做了一个淡定的手势转身离去。

豆崩非常渴望他能回一次头,看到她少有的温柔眼神和妩媚笑容。但是没有,他头也不回地走了。

不过豆崩的心情不再纠结,"只要他不误解就OK"的想法令她的身心得到片刻的解脱和舒泰。

这样的感觉一直保持到放学以后。

兰老师基本上是把张豆崩押送回家,能说出来的理由是让她带路,这样找起来方便一些。但实际上兰老师一脸阴郁,不但没有从昨天的事件中走出来,反而沿着事件向纵深处的阴影走去。

"你还真是宠辱不惊。"

在上了出租车以后,大约沉默了一站路,兰老师忽然开口说了这句话,应该是对豆崩松弛的情绪表示不满。

"你以为我会相信你赚钱是为了做公益吗?"

她继续说道,但是声音控制在后座的两个人可以听清楚的状态。驾驶员开着车上的无线电,里面播放出凤凰传奇组合唱出的时令歌曲,音量并不影响后座的谈话。

"我观察你好长时间了,按照你家的经济条件,你的穿戴,用的,包括电器几乎都是名牌。还把 iPad 借给筷子用。对此你能做出解释吗?"一直望着前方的兰老师此时侧目看了豆崩一眼。

豆崩想起了那几本彩色的循环周记,还有沈辽同学雪亮的眼睛。她才不相信兰老师有多少时间观察她。

兰老师等到的是她预期的沉默。

人类没有联想,世界将会怎样?豆崩把目光移向窗外。

或者,她应该说她在援交,那答案就圆满了吧。

"为什么不回答我的疑问?因为你没法回答。"

出租车后座上的谈话,以兰老师自问自答的方式结束。

七

如果不是亲眼所见,江渭澜不会相信,昔日的陵园已经变成今日的荒坡,杂乱的茅草长到一人多高。

这也难怪,工兵五团的编制已经在数年前取消,合并到基建工程兵第四总队。铁打的营盘，流水的编制。老部队散伙了，哪还会有人整理这些废弃的陵园。

王觉托梦给他，犯烟瘾了。

多少年过去，他曾经无数次地想起与他共同度过的日子，但王觉一直都默默沉睡，从未惊扰过他。

江渭澜动手把王觉碑边的荒草连根拔起，隔着时间的山重水复，他想起当年在这里拉《野蜂之舞》时的情境，想起王觉那张青春无痕、剑眉星目的脸。自从上次拿到父亲留给他的手表痛哭过之后，他觉得这辈子再也不会流出半滴泪了，但是看到这里的凄清荒芜，还是会鼻子发酸。

当年的悲壮，多半只感动了自己。时光岁月同样可以淡化一切闪光的品质。这是一个冷酷善忘、变幻莫测的时代。

他点燃了一支芙蓉王，放在王觉的墓前。

这是你儿子孝敬我的。他对王觉这样说，一边坐在墓碑的一侧，同样摸出一支烟来，点燃。

小贞还好，对于我们来说，爱情只是一种习惯。

我们碰到了一些状况，因为紫佳的出现。我承认我这一生，要跟两个人说抱歉，那就是我的父亲和紫佳。我已经不能够为他们做任何事，成为他们的噩梦和永久性的伤害。我也怀疑过当时的冲动和选择，但是每一次的午夜梦回还是会走上同一条路。

我从来没想过要被别人理解。人都是孤独的，飘浮无依的，无论是忧伤还是幸福都只是对自己的交代。就像音乐，我们可以听到流泪，却未必能说，懂了。那就是音乐的魅力。

目前小贞在珠江新城的一个富裕人家当月嫂，那个地段高楼林立，号称是非富即贵的人居住的地方。我每天都会开着我那辆破皮卡到那家人小区的附近，看到小贞有时在巨大的阳台上抱着孩子，有时在晾衣服，有时会外出买菜。看到她之后我才会平静地离开。

曾经，我一直都以为自己拯救了小贞，履行了对你的承诺。

直到今天我才明白，我只不过是选择了踏实和宁静，而小贞也给了我这一份踏实和宁静。

于是，我们创造了幸福。

得出这个简单的结论，我用了二十年。

好了，该谈谈我自己了。说来惭愧，这么多年来，我一直坚持不懈地经营着我的失败的人生。好在，目前我的套牌的搬家公司，被一家大型的物流公司收购了。这家巨大的物流公司一口气吃掉了许多摇摇欲坠的搬家公司，是大鱼把小鱼和虾米统统吃掉的方式。起因是网购带来的海量的配送业务。有关网购的问题，对你来说就太深奥了，是你不可能想象的。

我现在每天还是送货，所不同的是每天都有配送单，不用自己千辛万苦地拉活。有人在网上买大型电器和家具，送货上门跟搬家公司的工作是一样的。每天都会有人做出不可思议的事。

这时，江渭澜发现自己手上的香烟已经燃尽。他重新换上一根，也给王觉又点了一根。

江渡很好。他是我的骄傲。

八

回家的路上，江渭澜的车窗洞开，因为皮卡车的空调坏了，一直没有时间去修。但是音响没有坏，播放着《驼铃》。

通俗的音乐也自有它的力量。

他开着车，风干了一张脸。表面有多平静，内心就有多激昂。当心夜半北风寒，顶风逆水雄心在。感谢刀郎，他让他相信静穆可以对抗喧嚣，让他意识到一度认为早已熄灭的心灵微火，还在。

江渭澜很晚才回到家。

车子开进市区以后，他又专程绕道珠江新城。在街道上停留了将近四十分钟，始终没有见到小贞的身影。

他只好给她打电话，原来小贞带的孩子病了，住进儿童医院。

江渭澜去了病房，孩子的父母已经离开，只有小贞守着正在打头皮静脉针的病童，估计病情暂时稳定了，因为孩子沉沉睡去。

其实孩子已有三个月大，但是富人的家长都宁可继续用月嫂，也不敢让粗使的保姆带孩子，这样会放心一些。

"都说叫你不用来了。"小贞道。

"以后还是不要再做了，又辛苦，又担责任。"江渭澜小声地埋怨。

"做人哪有不辛苦的。"

"你还在跟我赌气吗？不分手就不回来，你是这个意思吗？"

"我累了，受人恩惠有多累，你是不知道的。"

"所以说你蠢，我们谁是恩谁是惠？我们就是一个人啊，一个人怎么分开？你来告诉我。"

"我说不过你，我从来都说不过你。把你的人生还给你，你想怎样就怎样，我心里也会安乐一些。"

"我是不会跟你分开的。"

"为了王觉吗？"

"不是，为了我自己，我不是说过了吗？我们是一个人。"

"我不跟你说了，你赶紧回去吧。"

"我再陪你呆一会儿吧，家里又没有人等着我。"

然而儿童医院的病房，连走廊里都住着人，更不要说病房里更是人满为患。孩子哭，大人叫。他们两个人对着一个沉睡的病童，说着不着边际的话。江渭澜也感觉挺奇怪的。

离开的时候，小贞说道："以后你不要去看我了，我没事。"

"谁去看你了，我又不是闲得没事。"

"在珠江新城，你以为奔驰宝马会显眼吗？就你那辆破车，不知道有多醒目。"

江渭澜走了。

家里还的确是有人在等着他。

一走进客厅，江渭澜就闻到一股烧鹅的脆皮被烤到滴油时特有的香气。这对于饿肚子的人来说是恰到好处的诱惑。

灯亮着，但是没有人。餐桌上放着两碟熟食，除了烧鹅还有一碟熏猪蹄，另外有一塑料袋盐水煮花生。目前红肉都被列为垃圾食品，但是人若饿了，就只有这样油腻腻的食物让人有欲望，让人心里踏实。

江渭澜还真是饿了。

餐桌上还放着一瓶洋河大曲、两个酒杯和两双筷子。

江渭澜敲了敲江渡的房门，听见他在里面"哦"了一声。他揉着眼睛走出来，说是一不留神睡着了。

"是要跟我喝一杯吗？还这么隆重。"

"是。"

"江姜呢？"

"睡了。"江渡看了看墙上的挂钟，将近十一点了。

酒是一个好东西，它可以解乏，也可以放松身心，更可以扫除心理障碍，表达难以表达的情感。所以男人更喜欢酒。

酒后的江渡，面色泛红，以往清澈的目光变得有点复杂，他欲言又止，想了好一会，又自干了一杯。

他张开嘴，哈出浓浓的酒气："爸，我把事情搞清楚了。"

"什么事？"

"关于我和你。"

"什么意思？"

"你还记得赵柱国这个人吗？"

"赵柱国……当然记得，他是我过去部队的战友。"江渭澜想了想又道，"嗯，是东北兵。"

"那我就从赵柱国讲起吧。"

原来，由于日久生疑，江渡决定查清父亲的过往，或者说父亲不为人知的另一面。

他先从奶奶那里问清了父亲所在的部队番号、驻军的地点等等，做到这一点可以说不费吹灰之力。因为对于奶奶来说，能有人那么耐心又百倍诚意地听她讲那些陈年旧事，无疑是一剂赛过冬虫夏草的补药。其实两个叔叔都给奶奶买过"东方红"出品的冬虫夏草，应该是顶级商家的放心产品，但是奶奶并不常吃，她的希望很简单，就是有人跟她说说话，也有人听她说说话。江渡还在奶奶那里拿了几张父亲戎装的照片。

利用假期，江渡先去了父亲的老部队，时间那么久远，能打听到什么完全不得而知，但是过去看一看父亲曾经生活和战斗过的地方，至少会有一些感性认识。

但是第一站就很不顺利。

位于韶关的老部队的所在地是军事禁区，大门口有士兵站岗。收发室的老兵告诉他，工兵五团的整个编制早就没有了。也就是说根本不会给他开进入驻军领地的"路条"。

这一点江渭澜在心里十分认同。

他只说了一句"给老工兵扫墓"，收发室的老兵二话不说就给他开了路条。交给他的时候还长叹一声："像你这样的人是越来越少了。"他递给老兵一支芙蓉王，老兵不言谢，只是闻了闻，小心地夹在耳朵上。意思是一会再慢慢享用。

江渡进不去军事禁区，只好打道回府。

他用网名"我在寻找那颗星"的名义把父亲的简历和照片挂到网上，好长一段时间，完全无人理会。

江渡开始不抱希望了，但是就在两周前，有一个叫"长城有多长"的网民跟他联络，他说他的父亲叫赵柱国，曾经跟江渭澜是一个部队，甚至是一个班的。由于赵柱国患了癌症，就叫儿子把有关自己的一些资料整理出来，写成小册子。目的并不是要加入到"出书热"的洪流里去，而是希望家庭内部学习传阅，让子子孙孙明白前辈们当年都做了些什么，也是一种变相的传统教育。

所以"长城有多长"对他父亲当年的状况非常清晰，同时也会觉得"我在寻找那颗星"无比亲切。因为江渡所表达的寻找，是父亲对战友的怀念。这让"长城有多长"如遇知音。

江渡立刻做出了决定：亲自到哈尔滨去一趟。是的，赵柱国本来就是北方人，离开部队以后，一直生活在哈尔滨。

江渡也说不清为什么要跑这么远的路，他要去干什么？或者说他要寻找的真相是什么？就连他自己都无法自圆其说。但是有一点可以肯定，他知道网络太虚拟，太不着边际。他必须见到赵柱国父子，才有可能知道自己到底想问什么。

他动用了自己的年假，买好了火车票。又在网上预订了赵家所在地附近的"如家"酒店。

到了哈尔滨，最先见到的是"长城有多长"。他的本名叫赵伯阳，比江渡大一岁，是个略带腼腆之色的眼镜男。

赵柱国目前在家里休养，他得的是肺癌，术后的化疗和放疗让他看上去很瘦，而且没有头发。但是精神矍铄，温和的眼神中藏有一丝漠然。他上下打量江渡，一时无语。

也许是军队留给他的一种气质吧，很难说出赵柱国有什么特殊的标识，反正是江渡所熟悉的。

江渡送上了他带来的营养品，赵叔叔问了许多江渭澜的状况。看得出来，他还是很激动的，也说了一些在部队的往事。不过更多的时候，他会中断谈话，自己进入一种追忆或者缅怀的状态，经常会说一句"回不去了"，要不就是感叹"时间过得真快"。

"你爸爸会拉小提琴，那时候哪有人提着一个琴匣子到部队里来？部队是叫你来挖大山的，难道是请你来吹拉弹唱的吗？我们当时都是土老帽，叫他拉《我是一个兵》，他说拉不了，他说小提琴是用来抒情的，他是一个重感情的人。

"我们熬了很长时间，好不容易等到机场的场站放电影《望乡》，听说是日本片子，很好看。可是团长那天晚上叫全团加班挖洞库。你爸爸很不忿，就去找指导员理论。指导员说这是团长下的命令，他说弟兄们身子骨太虚了，实在受不了这么大补。后来你爸爸不知道在哪个杂志上搞到了这个电影的剧本，当时剧本的名字叫《山打根八号妓院》，然后就讲给我们听，那天晚上我们围着他，第一次听到这么惊心动魄的男女关系。

"战友之间是没有秘密的，每个人的家庭、身世、现况聊过数遍不止。样板戏只要有人说上句，全班人都能接下句。那时谁家的父母亲生病了，在农村没钱看病，就会有战友寄钱过去。表现呗，入党呗，争先进呗。一样热火朝天的，跟现在抢钱的热情是一样的。

"每个人的情况大家都了如指掌。因为我们基本上没有娱乐活动，又关在山沟沟里挖洞库，谁收到一封情书，也被战友当众打开，大声朗读。那种感情你们是没法理解的。"

赵叔叔经常会提到一些类似的话头，让江渡感觉就要接近那张底牌了，然而每一次都戛然而止，没有后来。

就像挂出风球的台风,有时会选择静悄悄地离开。

关键是江渡也不知道那张底牌是什么。

江渡在哈尔滨住了三天,临走前的晚上,赵叔叔的儿子翻拍并且放大了一张旧照片,照片上是前四后五两排年轻的解放军战士,其中就有江渭澜,站在后排右二,赵叔叔坐在前排左一。照片镶在一个原木色的相框里,有一种岁月的质感。

赵叔叔说:"这是我们全班的合影,拿去送给你爸爸,是个念想。"

赵叔叔还说:"你爸爸为什么是这个表情,这么肃穆,我想起来了,是他的好朋友王觉救了他一命,自己却被塌方的石头砸死了。你爸好长时间缓不过来,他跟谁都不说话,只一个人跑到陵园去拉琴。

"那段时间不想听到他拉琴。阴森森的,汗毛都竖起来了。

"所以你看我们班的照片里没有王觉,十个人变成九个人了。王觉刚结婚不久,他的老婆叫刘小贞,刚生了儿子,他死的时候儿子才七个月。"

赵叔叔又说:"你妈妈的照片我也见过,长得很漂亮,会弹钢琴。就是太单薄了,没有我们北方的姑娘健壮。她的名字我倒不记得了,是个挺洋气的名字。"

江渡说到这里停了下来,他起身到他的房间,拿出了那帧旧照片,他把那个相框递到江渭澜的手上。

江渭澜看到年轻时的自己,竟然比想象中还要青涩。

的确是拧着眉毛，一脸的木然。

九

江渭澜继续拨花生米吃，他已经喝到微醺。

时空交错是一种很奇怪的感觉，过去认为非常重要的事会慢慢变轻，轻到寻常普通，而一些无关紧要的细节又被放大，不断地提醒你那是来时的路。所有这一切在酒精的作用下，变成无数光波在脑海里汇集，闪过。人只有经历过、体验过、纠结过，才会产生不可言说的抽离感，可以漠然远观既熟悉又陌生的自己。

更奇怪的是，本应该感动落泪的江渡，却是长时间地静默。

"你这是什么表情？觉得很荒谬吗？"

"是的，我当时的震惊大过感动。好长时间都回不过神来。"

"其实那些东西都在，我说的是情义、责任、诺言，那些东西都还在，只是我们自己已经不相信了，也就看不到了。我们看到的都是垃圾，是拜金唯利，是无情无义。更不要说你们这一代人。"

"每一代人都带有特殊的胎记，爸，你说得没错，那些东西自古以来都还在，就像我一直觉得赵氏孤儿案不可思议，但是打动我的是托孤的庄严，是真的有人把不可能完成的任务完成。"

"你能这样想，我很欣慰。"

"爸，我要感激你的不是养育之恩，是你让我拿到了那张终极底牌，那就是我也选择相信，相信那些东西还在。"

江渡双手举杯，已是泪流满面。

江渭澜举起了酒杯。"……会有些寂寞的，但还是要相信，否则只会更寂寞。"他平淡地说道。

第九章

一

这是一个普通的夜晚。

豆崩在自己的房间做作业,她是一个喜欢晚上胜过白天的人。一想到做完作业以后可以戴上耳机听喜欢的音乐,再喝着冰可乐看日本漫画,就感觉温柔夜色才是她最好的朋友。

耳边隐约传来经典的圆舞曲的三拍节奏,野晴小姐今晚在宴请客人,这一次完全是西餐,请的是丽思卡尔顿酒店的意大利厨师,两个人都穿着蓝色的背带工装裤,戴着鸭舌帽,金发碧眼。豆崩放学归来时,第一次看到厨师是产业工人的打扮,十分新奇。

洋葱和黄油混合在一起滋烤的香味,随着春风一般的旋律在空气中自由飘荡。

上一次的蒙古草原风,直接请了一位琴师拉长调。他被安置在餐厅隔壁的茶室,令马头琴的悠长低鸣形成餐厅弱化的背景音乐,让人陷入久违的梦境,更加思念故乡。野晴小姐总是说,她的心机全部藏在数不清的细节里。凡事力求完美。

大约九点半左右,宴会结束了。

不一会儿的工夫,野晴小姐推门走进豆崩的房间,手上的瓷盘里面有一块大体积的层次分明的拿破仑糕点,足有半块红砖那么大,一看就知道是今晚厨师的杰作。豆崩摘掉耳机,欢呼了一声,立刻接过盘子,用长柄的铁勺把华丽的糕点推翻,然后像吃雪糕那样连吃了两大口。

她闭上眼睛体会难得的美味。西人做西点能让人感觉到他们的细致与专注,绝不十分甜,该松脆该软糯该浓厚该点缀的部分都是一丝不苟的,它们合在一起就变成复杂但又纯正的味道。

豆崩睁开眼睛,这才看见野晴小姐的右手缠着白色的纱布,"这是怎么回事?"豆崩急忙问道。

野晴小姐看了看自己的右手,有些懊恼地皱起眉头。

"今天晚上出了点状况,真是太不应该了。"她抿住嘴唇,把脸侧向一边。她的这种表情通常是在埋怨或者责难自己。

"我是问你的手怎么了?"

"都是我的问题,不小心碰碎了一个高脚杯,红酒流了一桌子。"

"伤得重吗?没事吧。"

"还好,只是划了一下。"不过她马上幽怨道,"他们肯定没有喝好,我怎么会犯这么低级的错误?"

"妈,别纠结了,一顿饭而已。"

"你以为是闲扯吗?公关饭局。"

"那也不会有人觉得没吃好,是你想太多了。"

野晴小姐不再说话,但是显然仍未释怀。

"妈,遇到什么烦心的事吗?"

"没有。"野晴小姐果断地回答,勉强笑了笑,便离开了豆崩的房间。

然而,并没有过多长时间,野晴小姐便把豆崩叫到她的书房。她的白色的电脑开着,说是有一个文件怎么也打不开。

豆崩坐到电脑前去试,她对电脑的熟悉程度当然是不在话下,需要下载软件再重新打开文件的问题基本都是浮云。她只是觉得奇怪,以往从未有过这类的事情发生,因为野晴小姐的公司不知养了多少高才生,可以说个个都是高手圣手。

下载了新的软件,文件顺利地打开了。文件目录显示是照片,豆崩信手打开了一张,顿时惊呆了。

也许是她的表情太过夸张,站在她对面的野晴小姐急忙走了过来,也对眼前的照片始料不及。

是野晴小姐年轻时拍的裸照。

当年我们年纪小,少不更事走天桥。这应该是许多最终并未走向辉煌的模特心态。野晴小姐也一样,当年以献身艺术的心情,拍下了这些裸体写真,没有拿到一分钱，但是满心欢喜。那时候艺术是每一个年轻人的初恋，唯有以身相许方能释怀。

野晴小姐果然碰到了麻烦。

一封陌生的邮件打破了生活原有的平静。

一个自称蓝色妖姬的人，不知男女，不知年龄，也不知身在何处的"天外来客"，发来了一封邮件，这个人说手上掌握着野晴小姐年轻时的将近二百多张裸照，不过目的只为求财，并无恩怨，不必过度解读。但若求财不得，也只能按照游戏规则，把这些照片挂到网上去。

蓝色妖姬狮子开大口，要价二百万。这让野晴小姐首先判断不明身份的人是个男渣，而且来者不善。周旋了一段时间之后，野晴小姐还是抱有侥幸心理，认为对方是玩空手道。因为若干年前，她专门去处理过这个问题，花钱销毁了自己模特生涯的全部资料，俗称"洗白"。不仅签了保密协议，还去公正了这份保密协议。

不过现在看来，芸芸众生的小模特们，公司根本懒得整理她们过往的一切，只等其中的某些人出头，然后从中赚上一笔。公司怎么可能真的销毁这么宝贵的资料？完全下沉为公司资产。想一想她们中间如果冒出一个朱莉，就有可能成为救世主，令公司绝处逢生。

想不到蓝色妖姬并不是空手套白狼，他手上有货。

豆崩终于明白野晴小姐为什么这段时间经常发呆、走神，为什么会在重要的饭局上划伤了手。

"我们报警吧。"这是豆崩脑子里唯一的想法。

野晴小姐觉得不妥，她一时没了主意，而且两头害怕，一头怕蓝色妖姬，毕竟鼠标一点不是难事，万一挂上网怎么办？另一头若是报了警，不仅要将自己的过往和盘托出，而且警察肯定会看到裸照，结果似乎是一样的。那么把钱汇给蓝色妖姬会从此天下太平吗？

然而这个浅显的道理连豆崩都明白，只要汇钱过去，野晴小姐就变成了源源不断打钱出去的银行。

用大拇指想都知道是铤而走险。

正在焦灼不安之际，电脑屏幕的右下端显示"你有一封新邮件"。

豆崩点开邮件，是蓝色妖姬发过来的，只有一串账号，是农业银行的借记卡，户名是陈涛。没有多余的一个字。

不用多说，这种银行卡都是盗用别人的身份证开的。

两个人一筹莫展。

豆崩感觉到前所未有的恐惧，似乎一只无形的黑手就在她和野晴小姐的头顶。这个夜晚开始变质，有些狰狞。

"我去上个洗手间。"豆崩说完，人已经快步走出了书房的门。

豆崩关上洗手间的门，立刻从兜里掏出手机拨通了父亲的电话。铃声一直在响，她的心里也一遍一遍地催促着快接啊，拜托赶紧接啊。鬼片里的情景居然植入在她的真实生活中。

"喂——"对面传来了父亲的声音。

不知为何,豆崩的眼泪一下子流了出来,她哽咽道:"爸,我妈她遇到麻烦了。"

二

影片中都是景物。

是梵高眼中的欧洲街道和乡村原野。不知道是江渡老师从哪里搞来的关于梵高的传记影片。

但是全片都没有出现梵高本人,只有一个画外音,在念着他给弟弟的信,"亲爱的提奥,从我的窗口看造船所的景象,真是漂亮极了。白杨林中有一条小径,白杨的苗条树身带着纤细的枝蔓,以优美的姿势,出现于灰色的傍晚天空之上。水中间是一座古老的仓库,寂静得好像以赛亚书里'古老池塘中不流动的水'……"

崖嫣承认,她其实并不明白梵高的画到底好在哪里?为什么被那么多人顶礼膜拜,叹为观止。

但是梵高的画作的确会让人变得安静和缓慢,正如他对提奥所说:"忧郁的天空下是广阔的麦田,我无需费力表达我的悲伤和极度孤独……"

她可以理解极度孤独的感觉,那种感觉有些奇妙,就是有妈妈,有琴声,有豆崩,时有程思敏的陪伴,仍旧能够清楚地感觉到"我是一个人"。

就是向日葵丰盛透亮的明黄,也隐藏着火焰燃烧一般的痛苦。正如梵高信中提到的:"如果生活中没有某些无限的、深刻的、真实的东西,我就不会留恋生活。"

他的确只活了三十七岁。

这一堂课,江渡老师在讲梵高,这位在美术史上与塞尚、高更合称为"后印象派"的巨星,其短暂的一生都在扮演被收容和被排斥者的角色,死后却得到了承认或者称之为殊荣。

"……所以说,命运不仅喜欢捉弄自以为是的人,也会捉弄那些善良而纯粹的心灵。从这个角度说,这个在死后被圣徒化的艺术家,他的死亡更像是诞生,一个传奇的诞生。"江渡老师是平时授课的语调,但是崖嫣明显听出了他内心的惋惜和忧伤,没办法,他们是相通的,始终都可以感受到彼此的频率。

她也一直都在强迫自己不要去想他,但是每当孤独的时刻,她的脑海里浮现的都是他的样子,而她似乎也没有不孤独的时刻。

又是一个补习数学的日子,在崖嫣的房间,程思敏靠在椅子上,单手有节奏地转动着一支圆珠笔。

他突然说道:"你知道吗?江渡老师有女朋友了。"

"是吗?"

"嗯。"

"你看见了?"

"当然看见了。"他笑道,"我在他房间玩,那个女的就来找他了,长得还挺正点的。"

"是做什么的?"

"也是个老师,好像是教音乐的,可是人好安静。名字也很文艺,叫肖墨白。是她自己对我说的,'你好,我叫肖墨白',就是这个样子。"程思敏伸出一只手,学着肖墨白的样子。

"江渡老师说是他女朋友吗?"

"他当然不承认,还一个劲地否认,可是他的脸都红了,如果不是,干吗要脸红呢?"

"你怎么转得这么好?让我也转一下。"崖嫣拿过程思敏手中的圆珠笔,只转了一下,圆珠笔就掉到地上去了。

她俯下身子去捡笔,听见程思敏说道:"听说还是个富二代呢,可是不太像,一点都不张扬,他们看上去又很登对。"

崖嫣起身说道:"我们出去看电影吧,实在学不下去了。"

那是一个周日的下午,她跟程思敏去看了一场3D电影。声光电完美结合的视觉盛宴,但在崖嫣的眼中如同默片,她的脑子里全部是那一对金童玉女,他们手牵着手,相视一笑,天边都泛起了桃红。经典场景经过无数次的复制、粘贴,令她的脑袋沉得不堪重负。她反复对自己说,这事跟你有什么关系?不是求痛得痛吗?应该高兴才对。

黑暗中,程思敏拉住了她的手。他的手汗津津的,估计是鼓足了勇气才这么做的。

拉拉手不算什么，他们的问题是一个人里面是热的，而另一个人里面是冷的，所以在同样的时间、地点、场景里感觉完全不同。

看完电影以后，他们在步行街闲逛吃小吃，臭豆腐、麻辣烫、煎饺、油饼、山寨版台湾美食大肠包小肠、甜圈圈，一路吃下去，可见一个人无论是开心还是难过，都可以寄情于食物。

路过一条小巷，巷子里有人排队，队伍里面有不少学生哥学生妹。程思敏跑到前面去看，是一个老婆婆在卖猪红汤，没有表情，只做盛汤和收钱两个动作。号称每天只卖两桶，售完为止。

程思敏排队的时候，崖嫣无所事事地走进巷子，头顶上全部是晾晒的衣物，像万国旗一样花哨。简陋斑驳的墙坯前面，仍有健壮翠绿的盆栽，是地道的老民居，又是一个老婆婆望天闲坐。屋里飘出粤曲声，却不见惊天动地的热闹。

崖嫣从来不喜欢粤剧，也不知道唱词是什么？但那声线枯淡清冷，心如止水，不动声色，有一种惊人的无情，用恍如隔世的冷漠，唱尽人世飘零无依的苍凉。

"这是粤剧吗？"崖嫣问闲坐的婆婆。

"是南音。"

"听上去很惨。"

"当然惨，过去都是失明的艺人演唱，又叫瞽师。这是香港的润心师娘所唱，心里面什么都明白，但是眼睛看不见,你说惨不惨?"

"阿婆,那你还听?"

"我守在这里等拆迁等了一辈子,到现在都没有消息,听说还要把我们这里保留下来,任人参观。我是文物吗?学生妹,你说我不听《叹五更》,难道听《好日子》吗?"

说得崖嫣笑了出来。

这一天晚上,由于吃了太多太杂的东西,或者是从头到尾里面都是冷的,崖嫣回到家里就吐了。

吐得天昏地暗,为了不让母亲知道,她把抽水马桶重新刷了一遍,打开排气扇抽走异味。回到床上时,胃、食道还有喉咙明显被一股力量扯住,火辣辣的似有割伤,还出了一身虚汗。她把身体蜷起来,这样会好受一点。但是想到江渡老师,心里有一种无法摆脱的生离死别的痛。

崖嫣回过神来,江渡老师正在讲梵高一八八九年创作的传世名作《星空》。他说相比起知名度颇高的《向日葵》,他更偏爱这幅《星空》,尤其画中看似抽象的光影"湍流",给人无尽的联想。湍流是物理学的专业术语,涉及从微观到宏观多种不同类型的运动,内部外部的能量交换也非常复杂,被称为"经典物理学最后的疑团"。

有科学家研究《星空》后,发现这里出现的湍流竟然符合"柯尔莫哥洛夫微尺度",这是一个关于湍流现象非常高深的物理理论。

"老师,我们这是在上物理课吗?"筷子说道。

同学们哄笑。

"当然不是。"江渡老师也笑,"但是每一次看到《星空》都会有不同的解读。这是优秀的艺术作品共同的特点。"

江渡老师拿出一个大的牛皮纸纸袋,里面全部是正方形的硬度较强的纸质拼板,正面空白,背面有编号,他把《星空》打上方格,同样编号,这样可以分解成两百多块,每个同学分到九块,他要求同学们按照编号画出画作的一小部分。"让我们看一看拼出来会是什么样子?能不能成为我们班级的杰作。"

他这样结束了这节课。

看来他的心情不错。崖嫣这样想着,这么独特、浪漫的主意都被他想到,是爱情的力量吗?

"你们很快就要读高三了,高三是没有美术课的。"他补充说道。

三

下午放学以后,作为值日生的崖嫣留下来打扫教室的卫生。

小组长分配崖嫣清扫教室外面的走廊,走廊上正好可以清楚地看到校园里的篮球场,例牌有人在打篮球,其中便有江渡和程思敏。

围观的同学中间，有一个年轻的二十多岁的女子，可以用鹤立鸡群来形容。看她的长相和身材就是程思敏形容过的超凡脱俗，上身穿一件短袖贴身的海魂衫，蓝白色的条纹让人感觉说不出的清爽，下面是一条米色的伞裙，衬得她腰身纤细，米色的坡跟凉鞋显得既休闲又随意，消除了大部分女孩子身上固有的刻意与心机。

肯定是肖墨白了。

崖嫣看着江渡老师从场上跑下来和肖墨白打招呼，然后两个人一块向他的宿舍走去。

"这不就是你想看到的吗？"不知什么时候，豆崩已经站在她的身边。

崖嫣的胸口又开始隐隐作痛，但她做出满不在乎的样子："他们真的很登对。"

"真的吗？"豆崩冷冷地问道。

"嗯。"

"那我问你，还要利用程思敏到什么时候？"豆崩侧过脸来，目光像刀锋一样锐利。

崖嫣顿时感觉自己魂飞魄散，或者说不知所措。她呆呆地看着张豆崩，一句话也说不出来。

总要说点什么，仿佛有一个声音在这样提醒。

"千万别解释，也别否认，我不想看见你那个样子。"每一次，她总是可以看穿她，这一次也是一样。

"我在你家看见程思敏送给你的诗集了，当然这不怨你。可是你什么都不说，还接受了他的感情，他像个傻瓜一样被你蒙得团团转。你看他的眼睛,满满的都是爱。看到他那么真心实意地对你,你都不会不安吗?

"你为什么要这样做?难道伤害我们真的能让你快乐一点吗?

"因为黄冈密卷的事,兰老师说了很多伤害我的话,而且她一定要家访,摆明是要告状的。可是她到了我爸那里,看见我爸爸刚做完手术后不久,还架着双拐走路,她什么都没说,只聊了无关痛痒的几句话,就离开了。就是这一个举动,让我一点都不恨她,可是我恨你。

"你根本不爱程思敏,也明明知道我很喜欢程思敏,可是你利用了他的善良,让他充当你的止痛片。你也利用了我跟你的友谊,认为我不应该介意。所以我恨你。而且我告诉你,我很介意。

"但我一直在忍耐,我相信友谊,相信你会醒悟,可是你没有。昨天程思敏还告诉我,你们去看了电影,还牵了手。他很兴奋,实在无人可说只好跟我分享。

"你还是我的朋友吗?崔嫣……不过也对,朋友本来就是拿来利用的,不是说只有被朋友伤害才会成长吗?"

说这些话的时候,豆崩直视崔嫣。像是要把她看透。

崔嫣没法回望她的好朋友,只能看着地面。真希望地面就此裂开,让她掉下去万劫不复。她的眼泪流了出来。

"你哭什么?该哭的人应该是我吧。"豆崩扔下这句话,如同扔掉一袋垃圾。她转身走了,头都没回。

崖嫣打扫完卫生，一个人落寞地回家。

走出学校的大门，天上下起丝丝细雨。原来按部就班的街道上，有人开始奔跑找地方避雨，有人停顿下来拿出雨衣或雨伞。崖嫣的书包里是有伞的，但是她没有拿出来，只是木然地慢慢地走着。

天色阴沉下来，乌云笼罩。

那些症状又出现了，两耳失聪，目光所及的世界变成黑白两色。她看见自己在旷野里奔跑，在追逐一只挥舞翅膀的大鸟。

随着尖锐得犹如金属划玻璃般的刹车声响起，忽然间，周围所有静默的一切突然同时发出了声音，声浪震耳欲聋。崖嫣惊醒过来，视力的功能也随之复原，满眼都是炫目的缤纷色彩。一辆深色的卡车如怪兽一样迎面向她扑来。

她一动不动地站在马路中央，鸣笛声此起彼伏，可是她没法挪动身体，两腿不听使唤。

终于眼前一黑，紧接着被巨大的呼啸声席卷和淹没。

四

父亲张箭并没有让豆崩失望。

她在洗手间打出电话后不到四十分钟，客厅里就响起了敲门声。豆崩和野晴小姐在书房隐约听见管家开门及打招呼的细微动静。

书房的门紧闭，但毕竟是太安静了。

"又是你的网购送货吧。"本来就烦躁的野晴小姐双眉紧锁。

"是爸爸。"豆崩回道。

"不可能,他来干吗?"

"我给他打电话了。"

"什么时候?"

"刚才在洗手间。"

"你让他来看我的笑话吗?"

"妈,我们遇到麻烦了,需要一个正确的判断和决定,简单说就是需要一个男人的思维。能够参与这件事的男人就只有爸爸了,只有他不会害你。我们还能相信谁?"

野晴小姐还想说什么,书房的门已经敲响了。

在管家的引领下,张箭走进了书房,他穿了一件磨损严重的旧外套。豆崩并不认为他是随手抓错了衣服,而是父亲一项崇尚的简朴风格。小陈阿姨说,如果不给张箭添置新衣,他会毫无感觉地一直穿旧衣服,没有任何要求。鞋子也一样,一双到底,两双鞋换来换去就觉得既麻烦又浪费。

可是他从来不会给人穷酸的印象,他的自信,他的坚持,他的浑然忘我,他的从容大度,像稀有的矿石一样,沉静而有光芒。

即使是在野晴小姐散发乌金般色泽的紫檀柜子整齐排列的书房里,也不会黯然失色。

父亲的双腿已经完全恢复了自由的行走，没有留下后遗症。

管家送来茶水后就离开了。

这时，他们的目光才在一个瞬间正面相遇，居然都没有躲闪，似乎还对峙了几秒钟。张箭眼中的沉稳和坚定，顿时让野晴小姐冷静下来。她让豆崩先回到自己的房间去。

后面的事情，是在一周之后，野晴小姐向她复述的。

张箭安静地听完事情的经过，得出的决定是报警。野晴小姐说出了她的顾虑，张箭还是说，报警，我跟你一起去。

他问野晴小姐有没有给蓝色妖姬汇钱？野晴小姐说，因为看到照片后真的慌乱了，就在二十分钟前给那个账号汇了十八万，想稳住蓝色妖姬。张箭叫野晴小姐跟蓝色妖姬说自己在进一步筹钱。

随后陪野晴小姐去公安局报警。

警方根据"陈涛"提供的账号，循线查出陈涛名下的一级账户有转账到二级账户的记录，二级账户又有转账到三级账户的记录，从一级到三级共九张银行卡在七十分钟之内，分别在湖南、广西、江西等地，以每张卡两万的方式取完了十八万元。

正如预期的一样，卡主陈涛本人并不是犯罪嫌疑人，而是遗失了身份证，所以个人信息被人冒用。众多取款人的出现显然是团伙犯罪，但是对于假陈涛的主卡，取款人肯定就是犯罪嫌疑人。

根据监控录像显示,假陈涛曾经在景德镇的两个自动提款机点取过钱,均是骑摩托车前往,一次取钱时戴着头盔,这就实在令人生疑;另一次装扮成中年妇女,然而走路的形态很难改变。

他的摩托车出卖了他。

按照摩托车的型号、颜色和牌照号码,几经波折,警方在江西景德镇抓到了假陈涛。他的本名叫陈伟锋,景德镇人,四十四岁。在他的出租屋内搜出电脑三台,手机五部,银行卡一百零一张。当然还有假发、化妆品、首饰、女装、长筒丝袜和女式墨镜。

做女人还真是麻烦。

陈伟锋是夫妻二人共同作案,陈的老婆取款时反而只戴帽子和口罩,中性打扮。

"宴遇"中餐厅在王的酒店四楼,因为是新的五星级酒店,野晴小姐有临幸的癖好。在机遇偶遇奇遇巧遇等包厢中,野晴小姐选择了相遇厅。相遇,平淡无奇的感觉。

相遇厅的色调是白色与浅灰相间,灯光柔和舒适,起到稳定情绪的作用。新酒店纤尘不染,餐桌上的酒杯、餐具每一件单品都楚楚动人。

落地玻璃窗外,是珠江新城的夜景,灯光璀璨。

为了庆祝破案的顺利,尤其是警方搜缴并销毁了全部的写真光盘,其中有许多知名人士的个人隐私,当然也包括野晴小姐在内。

报警是对的。这是野晴小姐重复率最高的一句话。因为警察,他们够专业,而且经验丰富。

"爸爸为什么不跟我们一起吃饭呢?"

"他不肯。他只肯让我请他吃一碗面条。"

"请了吗?"

"当然,我们找了个小面馆,号称是博多拉面。据说是目前最火爆的面馆。看他吃得那么认真,吃得满头大汗。我想起第一次跟他约会的时候,当时我们没有钱,也是吃小面馆,他就是这么认真,这么满头大汗。一下子就感动了我。"

野晴小姐的眼角泛起泪光。"可惜一切都太迟了。"她说。

父亲就是一个认真和坚持的人。这一点豆崩很清楚。她只是没有想到,凭借着这一份认真和坚持,父亲对于警方势如破竹的破案经历提出了两个疑点。

第一是陈伟锋说他是在网上锁定目标,然后利用木马程序也就是像黑客那样窃取受害人的相关资料,然后实施犯罪。但是就野晴小姐的个人情况,当时她拍照时完全是胶片时代,也就是柯达和富士的时代,并没有数码记录。也就是说再高精尖的技术也不可能窃取到没有的东西。

将过往的资料重新做成数码文件,中间的环节太多了,对于从不相识的陌生人,可能性是极低的。

而且景德镇相对来说地处偏远，陈伟锋怎么可能搞到野晴小姐许多年前的个人资料，而且还用了蓝色妖姬的化名，这和野晴小姐喜欢玫瑰花难道是毫无关联的巧合吗？

第二个疑点是陈伟锋在破案过程中积极配合警方，令案件在短时间内真相大白。跟一般惯犯百般抵赖的特征大相径庭。把他的行为理解为良心发现未免牵强，那么这么做对他来说有什么好处呢？

唯一的解释是他本能地想掩盖什么，他到底想掩盖什么呢？

根据张箭提出的疑点和谜团，警方再一次查阅了陈伟锋手机的通话记录，其中在案发的前几天，陈伟锋跟一个手机号码有过频繁联系，最长的一次通话有四十一分钟。但是那个号码来自"神州行"，根本没主。警方打过去，是一个语音信箱。

对陈伟锋进行了重审，但是他坚持一人扛罪到底。

警方又重新搜查了陈伟锋的出租屋，发现一个用旧的环保袋，袋子上的LOGO（标志）经查是一家叫作液沙的人力公司。警方打印出陈伟锋的照片到液沙人力公司排查，有一位打扫卫生的阿姨认出他是公司一个名叫陈超的中层干部的远方亲戚。而陈超已经在三年前被挖角到野晴小姐的人力公司。

终于，案中案浮出了水面。

原来，野晴小姐的人力资源公司里有一个副总经理，名字叫陈超。这个人虽是农家子弟，但是非常聪明能干。曾经，他是江西省的高考状元，被北京大学录取，当时选的专业是地球物理，毕业后在广东某研究所当了一名工程师。

然而随着改革开放的深入发展，陈超敏锐地观察到，转型期的中国，各种旧的人才管理体制受到了极大的挑战，同时人力资源的管理工作也恰恰是中国的软肋。所以他毅然丢掉铁饭碗，跳槽到完全是国外背景的液沙人力资源有限公司工作，可以说是重新学习一门专业。

就这样，陈超从一个原先的纯技术人员，变成了一个和对外服务、税务局、政府等相关部门频繁打交道的多面手，同时还要协助组织各种会议，各种培训，总之在液沙公司处理各类的杂事，既成为他锻炼的机会，又为他的迅速成长奠定了基础。

一个偶然的机会，陈超认识了野晴小姐，在谈话中他们一拍即合，相见恨晚。随即野晴小姐高薪挖角，把陈超请到自己的公司。

陈超进公司之后，他的聪明能干和农家子弟特有的憨厚，在很短的时间内就得到了野晴小姐的信任，无论是职务和年薪上升的速度都属于公司的特事特办。有人说，看着陈超开着雅阁进的公司，三次换车，现在开的是奥迪Q7，是身价飙升的铁证。

可以说，陈超的确为野晴小姐及其公司立下了汗马功劳。

但是野晴小姐忽视了陈超是一个有野心的人，他行使权力的空间越大，得到的利益越多，反而令他的欲望极度膨胀。由于多次听到野晴小姐萌生退意，一个罪恶的念头已在他的心中逐渐成熟。

那就是通过外力狠推一把，让野晴小姐完全退到幕后，那么公司所有的一切都将完全掌控在陈超的手中。

事实上是陈超通过各种手段，拿到了野晴小姐当年的裸照，他深知对于富人来说，面子反而是放在第一位的唯此为大。他利用江西的八竿子打不着的远亲，同时又是犯罪团伙，策划和实施了这起案件。答应事情办成之后给陈伟锋那个团伙一百万。

另付陈伟锋封口费三十万元，不走账，现金。要求是万一被抓必须独自担罪，不可涉及他人。这也是陈伟锋竭力掩盖幕后黑手的原因。

陈超被捕之后，才解开了为什么蓝色妖姬发出的邮件，IP地址都来自本地老城区一家不起眼的网吧之谜。所谓深蓝色的玫瑰格外珍贵，可以给野晴小姐更深一层的心理压力。陈超果然知道野晴小姐热爱玫瑰，于是被人掌控的恐惧自会引起她的高度重视。

所以说，张箭不仅挽救了野晴小姐，也挽救了她辛苦建立的公司。

"我爸他真是太厉害了。"豆崩忍不住赞叹。

"是啊，这件事也出乎我的预料，让我相信了在这个世界上，的确有比金钱还优质的东西。"

"那就是我爸吧。"

"当然也要郑重其事地感谢你,豆崩,如果不是当时你的坚持,我可能会失去你爸这个朋友。"

这还是野晴小姐第一次感谢豆崩,以往她是多么高高在上的女皇。

我爱你们。豆崩在心里这样对野晴小姐说。

五

也许是心情大好的缘故,豆崩突然觉得今天下午对崖嫣说的那些话,有点太过分了。

不过这才是朋友吧,宁可亲手毁灭,绝不小心轻放。

尽管如此,想到她在身后的哀鸣,就像丹顶鹤陷入泥沼里发出的呜咽。毕竟她有她的难处——真正的伤心是无法言说的。而且还好,她们爱的并不是同一个人。

所以晚睡前,豆崩有过给崖嫣打个电话的冲动,但是都被扼杀在初始阶段,没有实施。

豆崩开始纠结,她不是不恨崖嫣的。

正如豆崩曾经对崖嫣说的那样,她看到了那本诗集。那天是个周末,她和崖嫣去攀岩,当时的想法是出一身汗便可以治疗崖嫣的郁郁寡欢。回家的路上,她们买了椰子炖鹌鹑,而那个街边小店永远人满为患,于是就打包了三份,回家享用,顺便给崖嫣的妈妈补一补。

崖嫣去了厨房,豆崩来到崖嫣的房间,一个大字倒在床上。

她看到了那本诗集，就在枕边，上面有程思敏的表白。当时的感受是既意外又震惊，仿佛整个人掉进了井里。

她唯一能做出的反应是吃完了那份炖品，尽管食之无味。然后若无其事地离开了崖嫣的家。

此后，她默默地观察崖嫣，最让她想不到的是，崖嫣不动声色地接受了程思敏的真心。那么她就不是危险而是可怕了，要知道程思敏的智商的确出类拔萃，但是他的情商低于常人，加上他的童年无比单调和孤独，崖嫣怎么能带着他走进迷宫呢？

直到那一天程思敏给她打电话，告诉她和崖嫣牵手的事，她终于忍不住了。她说："程思敏，你醒醒吧，崖嫣喜欢的人是江渡老师。"

直言相告一直是豆崩的招牌特色。

"你说什么？"

"崖嫣喜欢的是江渡老师，不是你。"

"你胡说。"

"那你自己去问她吧。"

"不可能，那她为什么……"

"你是她的止痛片而已。"

程思敏那一头一直沉寂，完全没有声音。豆崩"喂"了好几声毫无回应，只好把电话挂了。

那一天她在街上漫无目的地逛了很久，还是不能释怀。

天黑以后，她给管家打电话，又一次坐着绿魔兜风。但其实在心里，她很怕变成像野晴小姐那么孤独的人。

想到这些，豆崩觉得该打来电话的人应该是崖嫣，而不是她打过去。

但是整整一晚上，手机就像坏了一样，没有动静。

一夜无话。

第二天上午在学校，上课铃都响了，崖嫣的座位还是空的。豆崩心里毛毛的，她问坐在前一排的沈辽。沈辽基本是班级里的《求是》杂志，了解全班同学的动向，同时坚持正确的政治导向。有一次豆崩看见她在写循环周记，小报告写得比政府工作报告还长。

沈辽转过头来，满脸写着你怎么会不知道崖嫣的情况？

沈辽说，崖嫣昨天放学以后，在大马路上被车撞了，是江渡老师冲上去把她推开了，要不然崖嫣早就给大卡车撞飞了。

沈辽还说，崖嫣是轻度的脑震荡和身体多处擦伤，只是在家休息。但是江渡老师被撞到昏迷不醒，拉到医院去抢救，到现在都不知道怎么样。那辆肇事的大卡车还逃逸了。

豆崩的脑袋一片空白，没有意识。

但是耳畔一直回响着崖嫣曾经在她身后的哭声。

六

星期天一大早，小贞就来到医院了。

还只有六点半钟，护工已经在拖病房走廊的地板，护士也推着治疗车四处走了，病区在慢慢苏醒。

可是江渡什么时候能苏醒过来呢？

小贞推开江渡病房的门，江渡还是老样子，头上裹着纱布沉睡不醒。还好医生说已经度过了危险期，至于什么时候会醒来，每个病人的情况不同，也没有什么绝对的规律可以参照。

江渭澜趴在病床上睡着了，一只手还握着江渡的手。

昨天晚上，江渭澜坚持要在病房守夜。他觉得小贞突然不陪人家的孩子睡觉是失职的表现，既然都当了月嫂，第二天请好假再来也是一样的。

病房里还有两个病人，陪人都在折叠床上睡觉。

小贞叫醒江渭澜让他回家睡觉，又小声问他为何没有租折叠床？江渭澜回说去晚了，没抢到。折叠床也要抢租吗？小贞有些不解。

"都是要抢的，我迈着四方步过去，护士说早没了。"他解释道。

所以他看上去格外疲惫，但走时还不忘嘱咐小贞："你要跟他多说说话，我觉得他听得见。"说这些时他看似平静，但其实愁眉不展，忧心忡忡。又仔细看了儿子一眼才走。

江渭澜走了以后,小贞打来一盆清水,给儿子从头到脚擦了一遍。

事情来得太突然了,她一点思想准备也没有。而且无论做什么事,仍然有一种不真实的感觉。

就在江渡出事的前一天,他还到珠江新城找过母亲,他说正好没有课就来看看母亲。小贞当时要去买菜,江渡说那好,我不但可以陪你去买,还可以帮你把菜提回来。

以往,小贞很少有机会跟儿子并排在街上走,竟然有一种陌生的新鲜感。看到挺拔俊朗的儿子,又那么懂事,内心不知多么感激江渭澜。

一个父亲对孩子的影响是无从估算的。

在去农贸市场的路上,江渡对母亲说,他在网上找到了父亲的战友,也知道了关于两个父亲的一切。他说他一直以为江爸是一个生活中的失败者,想不到他年轻的时候做过这么酷的事。小贞说你真的这么认为吗?江渡说当然这么认为,谁不是理想主义者?可是只有江爸敢于把理想变成了脚踏实地的日子。

"可是无论如何,还是觉得对不起林紫佳,对不起你爸。"当时她还是无忧无虑心地说。

"事情都已经发生了,还是尊重江爸的选择吧。"

"这样会不会太自私了?"

"这件事谁都可以任意评说,但是妈,你只能成为一棵沉默的树,但是要跟江爸比肩而立。"

江渡又说:"妈,你真的能离开江爸吗?其实生命中最重要的人,在身边的时候就像空气一样自然,一旦失去,整个世界就此坍塌。"

江渡看着母亲,目光如星。

小贞又一次感觉到儿子是真的长大了,不仅身体而且内心都强健有力。他像王觉,但是更像江渭澜。

可是仅仅过了一天,江渡就躺在这里昏迷不醒了。

而他救的,还是林紫佳的女儿。这难道是天意吗?或者说不可思议?

那天江渡还对她说,那么多年都过去了,林紫佳绝对不是想追究从前,谁是谁非又有什么意义呢?不过是心结难解,你应该告诉她一个真实的江渭澜。这件事江爸是不会说的,因为他怕会伤害了两个女人。

她该怎么向林紫佳开口呢?

小贞有些为难,她并不善于表达,何况是跟素不相识的人。

上午十一点多钟,病房里来了一位穿戴整洁,同时气质优雅的女人。她穿了一身黑色的套装,显得面色更加苍白,淡眉,眼神有些朦胧,一看就知没有心机,嘴唇缺乏血色。她就是林紫佳。

她们见过的。

小贞从椅子上站了起来。

林紫佳提着水果和补品礼盒,尽管掩饰,还是有些气喘吁吁的样子。小贞急忙走过去,接过那些东西放在床头柜上。

林紫佳看了看江渡,满面愁容道:"非常对不起,因为我女儿不小心,害你儿子受了这么重的伤……"她说不下去了,显然还在脑子里搜寻合适的词汇。

"你请坐吧。"小贞搬过来刚才她坐的椅子,自己坐在江渡病床的尾部。每个病床边就只有一把椅子。

林紫佳说了一声不客气,但也并没有坐下来,刚才提东西的手空下来仿佛没地方放一样,看得出她心中的不安。小贞心想,她一定认为本来可以永不见面了,没想到必须在这里相遇。

"江渡是老师,这也应该是他的职责吧。"小贞说完这句话以后,发现林紫佳略微安定下来,原先有些僵硬的表情变得舒展一点了。

两个人互相问了一下孩子的伤情。

林紫佳说她的女儿崖嫣身体多处擦伤倒是无大碍,但还是头晕,只要一站起来就天旋地转。所以她没有一起来。

说完了伤情,就真的无话可说了。

这时林紫佳从背在肩上的挎包里拿出一个信封递给小贞,"这是一万块钱你先拿着,住院是很花钱的,剩下的我再想办法,总之你放心,我还会送钱过来的。"

林紫佳一直没有坐,所以小贞急忙站起身来推让,她说:"真的不用,江渡也是有医保卡的,请你千万不要这样。"

林紫佳一定让她收下，小贞还是说道："要不等需要的时候，我再向你开口吧。"

两个人正在推让之际，江姜走进了病房，她手里提着饭盒，是来给小贞送饭的。见此情景，神情有些诧异，一直眨巴眼睛。

"我们还是找个地方谈谈吧。"小贞说道。

她知道一时半会是说服不了林紫佳的，在病房里推搡也很难看。再说她已经鼓起勇气要跟林紫佳谈一谈。

隐藏在心中的秘密，本来希望直到死都不跟任何人揭示，说多错多，人心不古，何必再提？好事不如无事。

这个提议，林紫佳倒是顺从地答应了。不过她的表情是一定要让小贞收下钱。小贞有点理解了她的苦痛，林紫佳是一个认真的女人。

医院的周围并没有咖啡厅、酒吧一类的场所，只有一些水果店、日杂店，还有两间药店。但是有一家素食馆。按照两个女人的心意，应该都不想坐下来吃饭，最多是喝杯饮料，安静地谈一点事。

但是没有办法。好在素食馆里人丁稀少，生意十分清淡。

虽说是素食馆，但是菜谱上显示的依旧是"大鱼大肉"，像四喜丸子、鱼香肉丝、松鼠桂鱼之类，据说都是豆腐香干蘑菇等物品所做，端上桌来也是形似神非。两个人点的饮品是番茄汁。

面对面地坐在餐馆里，一时还真不知道从何说起。

小贞并不是一个能说会道的人。

两个人都象征性地吃了点东西。

尴尬之际，林紫佳又一次把那个信封拿出来，推到小贞的面前，"请你务必收下，否则我会非常不安……"

她说得很诚恳，但是眼神始终有些躲闪，不希望跟小贞的目光相遇。小贞用右手按住信封，眼神的寓意是请听我说。

小贞说道："……要说亏欠，我对你的亏欠可能更多一些吧。"

林紫佳当然明白她的意思，低下头去："过去的事就不要再提了吧。"

"我请你出来，并不是要谈赔偿，就是想谈一谈过去的事。"小贞从自己的提包里拿出"羊城通"的票夹，里面有一张大一寸的旧照片，照片上是王觉刚参军时的戎装照，一张生气勃勃的脸。

她把照片递给林紫佳："我想来想去，只能从这张照片说起。"

林紫佳接过照片，认真看了又看，等待小贞说下去。

"他叫王觉，是我以前的丈夫，江渡是我跟他的儿子。"说完这句话，正如小贞所预料的那样，林紫佳的脸色变得震惊，并且肃穆。看得出来，她的内心顿起狂澜。

七

小贞回到病房的时候,看见江姜在听"随身听",两只耳朵塞着精巧的白色耳机。见到小贞出现,立刻拔掉耳机迎了过来。

"妈,那个阿姨是来谈赔偿的吧?你千万不能放过她,哥都不知道什么时候才能醒过来。"

"我们没有谈赔偿。"

"那还谈那么久?当然是讲数才能谈那么久。"

"我叫你给你哥念报纸你念了没有?"

"念报纸哪里会醒啊,国家领导人访问非洲,跟哥有毛线关系。"

"医生说要刺激他的脑神经。"

"我刺激了,我都跟他说了,叫他赶紧醒过来。爸一早回来跟我说,哥要是醒不过来让我一辈子照顾他。这怎么可能?我还有好多事,说不定还要出国留学呢,或者到韩国跟我的偶像棋手下棋,要不随便找个大款嫁了,总之怎么可能拖着他?拖这么大一个油瓶,那我的人生不是完了?所以叫他赶紧醒过来,该干嘛干嘛。"

"你真这么说的吗?"

"当然真的。"

"你说这些话脸都不会红吗?"

"干吗要脸红?我说得是真话啊。"

"他是你哥,是你的亲人。"

"那又怎样？现代人的标志就是宁可死也不要给人找麻烦。"

小贞无言以对。

"你瞪着我干吗？目光执法呀。只有你们那一代人才喜欢唱高调，其实自己根本做不到。"

"你怎么知道我们做不到?!"小贞的声音一下子提高了八度，不仅把江姜吓了一跳，也把自己吓了一跳。

"妈你这么凶干什么？要把哥吓醒吗？"

小贞突然拔高的声音的确惊动了病房里的其他人，陪人、护工还有正在做治疗的护士都不约而同抬起头来看着她。

本来她很想对江姜说，你走吧，有多远走多远。

只是没说，暗自叹了口气，心想现在的年轻人不都是这个样子，好像不极端自私就对不起这个伟大的时代似的。小贞走到江渡的床边，为他按摩双腿，其实也就是简单地捏一捏，医生说动作要尽可能地轻柔。

昨晚离开病房的时候，小贞就跟江渭澜报怨过江姜，说哥哥出了那么大的事她都没到医院来，自己的事永远放在第一位。江渭澜说是他叫江姜暂时不用来，帮不上忙反而添乱，再说功课也实在多。小贞说你叫她不用来她就不来，还是没长心。江渭澜说，去年夏天，街口来了个卖西瓜的小伙子，她喜欢人家，不但把家里的东西拿去给他吃，还帮他卖西瓜。你说江姜她能自私到哪去？势利到哪去？她就是想显得与众不同罢了，你不用担心,就叫她自由生长吧。小贞说,那叫不自私不势利吗?那叫二。

但是想起江姜刚才那些无情无义的话,小贞还是很生气。她想教育江姜几句,看见江姜仍然在听"随身听",只是一个耳机插在江渡的耳朵眼里,两人共听。

"是扭曲的机器猫乐队……算了,说了你也不懂。"

看见小贞看她,江姜扬扬眉毛,说道。一脸没心没肺的样子。

西瓜哥。听江姜说他也有QQ群,自称西瓜王子。

真够傻的。

八

经过一个多星期的休养,尽管后脑的下半部分仍有隐隐的压迫感,崖嫣还是坚持到学校上课了。

久违的课桌上有淡淡的一层灰,她用纸巾擦拭干净。

和同学们打招呼的时候,她曾刻意地注意过豆崩的座位,然而豆崩的座位一直空着,直到上课铃响。

崖嫣完全不知道这是怎么回事。她休养身体的这段时间,豆崩并没有来看过她,也没有给她打过电话。看来她是真的生气了。但是来到学校里仍不见她的踪影,崖嫣却是没想到的。

她也曾想过给豆崩发个信息,写过几稿都词不达意,只能删除。心想还是等豆崩气消了再说。

程思敏倒是来看过她,不过说得确切一些是来质问她的。

妈妈提醒程思敏,暂时就不要讲数学了。

在崖嫣的房间,崖嫣靠在床头,程思敏走进来以后就坐在床边,因为生气,他的五官微微有些变形。就连一句寒暄的话都没有说,包括询问一下病情。那时她才感觉到,程思敏是没有情商的。

"你是喜欢江渡老师吗?"

"是的。"

"他救了你你知道吗?"

"知道。"

"很感动吧。"

"无论是碰到哪个同学发生意外,江渡老师都会这么做,因为他是称职的老师,所以我喜欢他。"

"那么我呢?你喜欢过我吗?"

崖嫣摇头。

"哪怕是一分钟……难道一分钟都没有吗?"

崖嫣还是摇头,她本来想回答得和缓一些,但是她想若还是模棱两可,张豆崩是不会原谅她的。

她低下头去,不敢看程思敏。

"那你就跟江渡老师说啊,为什么假装喜欢我?"

"对不起思敏,我对不起你和豆崩,我不配做你们的朋友。"

"现在说这些还有什么用?崖嫣,想不到你是这么危险的一个人,你怎么可以装得那么无辜,那么深情款款？你孤独，就可以践踏别人的感情吗？为什么要这样对我？我跟你一样孤独啊。"

"对不起。"崖嫣更加沉痛地说道，眼泪也流了下来。

显然程思敏并不领情，他恶狠狠地说道："怪不得我妈妈说，单亲家庭的孩子都是有性格缺陷的。"

"啪"的一声，崖嫣自己都没有意识到，她已经一巴掌打在程思敏的脸上。她盯着他看了老半天，目光带刺，并且异常歹毒地说道："你连止痛片都不是，我就是想看看你有多傻。"

程思敏的脸色呈现出灰白，一侧的脸颊有两道明显的浅红色的指印。

他一直看着崖嫣，仿佛要牢牢记住她的样子。但是眼泪慢慢湿润了他的眼睛，在它们即将滴落下来的时候，他转过身离开了。

课间休息的时候，崖嫣在走廊上问王行长，豆崩怎么没来上学。

王行长一边吃包子一边瞪大了眼睛："你们不是连体婴儿吗？怎么她的事你会一点都不知道？"

"她是到过我家，可是当时我睡着了。"说完这话，崖嫣暗自吃惊，她居然撒谎张口就来，而且不动声色。

"豆崩已经退学了，她准备去英国读书，现在正在办出国手续，她自己在专门强化英语的学校封闭式培训。大家也觉得奇怪，她家真的有钱送她到英国读书吗？"

这个消息实在太突然了，崖嫣下意识地掏出手机。

"你不用给她打了。"王行长道,"我给她打过无数次,全部是关机。"

"你干吗要打给她?"

"想问她留学的事啊,我爸也说还是高二出去比较好,否则'一人高考,全家疯狂'。反正高二的课程学完以后我也是要走的。我想到瑞典去学酒店管理,不过我爸还是希望我能读哈佛。"

崖嫣还是给豆崩拨了电话,但她的确是关机状态。

她为什么突然决定去英国?崖嫣还是想不通,在此之前,豆崩一直是排斥出国的。"我不希望一家三个人生活在三个地方……互相都够不着。这就是全部的理由。"她曾经坚定地对崖嫣说。

然而她说走就走了。

崖嫣还在疑惑,上课的铃声响了。

第三节课是堂上作文。又是写信,为什么总是写信?兰老师的解释是作文其实就是表达,但不是对着空气说话,那样会大而无当。表达是具体的,一对一的表达更接近言之有物。

兰老师板书的作文题目是:给法拉利女孩的一封信。

有关"法拉利女孩事件",是在大约一周之前的某一天晚上,在笔直的临江大道上,有一位中年妇女晕倒在路边,临江大道顾名思义就是沿着珠江边上的一条路,一侧是江,另一侧要隔将近百米的距离才是高档住宅小区。由于是富人区,这一地段的入住率并不高,一直显得门庭冷落。总之并没有人在中年妇女身边围观,她只是孤零零地倒在那里。

来往于临江大道的车辆也是来去匆匆,没有一辆车为此停下来。

这时发生了一件出人预料的事,一辆绿色的法拉利跑车路过这里停了下来,一个中年男人和一个身穿校服的学生把这位中年妇女抬上车,并把她送进了附近的医院。

有人用手机拍下了法拉利跑车前女孩的背影。

这件事很快出现在网络和报纸的要闻版,成为全城热议的话题。如今无论发生好事坏事,是非曲直是不重要的,也是没有人关心的。关键它是不是话题?是否可以引发论战?这才是人心所向。

人民群众需要八卦,但是更需要话题。

"法女事件"显然很是话题。有人认为善恶不分穷富,一个小孩在穷人的聚居地出了车祸,倒在路边的血泊中,照样没有人提供帮助,而在临江大道的富人区,仍旧有法拉利女孩做善事。可见人性本身才是最重要的。但也有许多人不这么认为,他们的第一观感就是法拉利女孩在作秀,更极端的说法是她有可能和某"美美"的炫富行为异曲同工,这样的炫富更让人无话可说。开跑车出来兜风的富二代会关心他人的疾苦?编进电视剧里也是天下第一雷剧,属于天雷滚滚的类型。

这则新闻崖嫣是在网上看到的,当时并没有当作一回事。

兰老师要以此为由摸查全班同学的思想动态，这一点是不用怀疑的。崖嫣有点想通了，像所谓的"引蛇出洞""钓鱼执法"都是在质疑声中形成了自身强有力的风格，因其独特、有效才会被保留至今吧。

这本来是一篇普通的作文，但在同学们的窃窃私语中，崖嫣听到了一句话令她尤为震动。有人居然在模糊不清的夜色照片中，发现法拉利女孩穿的是培诚中学的校服。

事件一下从漫无边际之感拉到了近处。

崖嫣跟沈辽借那一天的报纸，沈辽面无表情地递给她："你不觉得她很像一个人吗？"沈辽停了好几秒钟才说这句话，仿佛故意让人听出弦外之音似的。

沈辽就很讨厌有钱人，也是宁肯不吃早餐也不跟王行长贷款的主。

崖嫣拿到报纸，并不是为了看文字，而是仔细看照片。陡然，那张模糊不清的照片让她吃了一惊，若不是捂住嘴巴，差一点发出声音。原来这一次她才看清楚，法拉利女孩的双背书包上挂着的钥匙扣，正是她送给豆崩的那一个，一只破旧的皮靴加上几个英文字母。

而那辆车子，是豆崩家的绿魔。那是一辆像妖精一样性感的香车，若是有一段时间不开，管家就要像遛狗一样去遛一遛车。管家说，两周不开就算停驶，绿魔也是有脾气的，身体会出状况，所以要陪伴她出去走一走，散散心。崖嫣就是这样跟豆崩坐过一次绿魔。

当时就觉得这个妖精霸气十足，静如处子，动如脱兔。飞奔起来又有一种腾云驾雾的快感。

她终于明白，张豆崩为什么要离开了。

人肉搜索是多么简单的一件事。只要有人动了这个念头。

崖嫣的心开始拔凉拔凉的。

这一天放学以后，崖嫣落寞地经过篮球场，篮球场上空无一人。她想，豆崩的离开肯定不是什么单一的原因，无论是她的身世，她的爱情，还是她的友谊，她终于是倦了，选择了离去。

崖嫣从来没有像今天这样想念豆崩。曾经，她们在秘密的欢乐和泪水中，是那样的亲密无间。

她席地坐在篮球场外的草地上，双手抱膝，面带微笑地把那些美好的场景静静地又想了一遍。

是不是这样的分手反而更好？她根本没有颜面再见到她。

为了悼念这一段友谊，她准备独自一人去吃一份她们共同喜爱的六倍辣的拉面。辣椒是年轻人的烈酒，鲜红的颜色，直指肌髓的刺激，可以让人堂而皇之地心灵麻木，泪流满面。

对于江渡老师，崖嫣一直想到医院去看他，但又唯恐在他的病床前放声大哭。

更害怕见到那个叫肖墨白的女子。

她是听妈妈说的,那一天出车祸以后,她也被送到医院急诊室,在一番紧急处理之后,又观察了一个晚上,第二天才被允许回家休养。她当时一会清醒一会昏睡,懵懵懂懂的并不知道发生了什么事?

直到第三天的下午,母亲才告诉她,她像僵尸一样直挺挺地站在大马路中间,幸亏江渡老师冲上去,把她推开了。江渡老师代替她被撞飞到两米开外。

她也从来没有像今天这样想念江渡老师,希望可以见到他,哪怕是沉默以对。

九

他感觉正被一层一层的黑暗包裹着,是那种密不透风的墨黑。

然后是一种落入深渊的恐惧,他不断地坠落,下沉,再坠落,再下沉,这恐惧像无形的怪兽一样如影相随。

直到他听见一个声音说,要有光。

渐渐地,眼前开始出现光感,仿佛一次又一次地掠过闪电,只有那样的强光才可能让他有反应。不过最先恢复的还是听觉,是他不喜欢的嘈杂的摇滚乐。这应该是江姜的偏爱。他喜欢的是温和的靡靡之音,尤其是经历过极度的黑暗和恐惧之后。

江渡终于清醒过来,但是稍一动弹全身就像爆裂开来一般的痛。

他花了很长时间,才想明白自己为什么会躺在这里。

应该说，肖墨白是一个难得的好女孩。也不知什么原因，她对江渡一见倾心。不仅小婶婶经常打电话来撮合，肖墨白也经常到学校来找江渡。那一天的下午，肖墨白又到学校来看江渡打球。江渡见她站了这么久，不好意思，便请她到宿舍坐一下。

这一次，江渡告诉肖墨白，自己暗恋一个女孩，但是没有结果。实在不想耽误肖墨白，所以请她务必原谅。

说肖墨白难得，是因为她的明理、达练。她说那好吧，等到你心灰意冷的时候或许才是我们最好的开始。但是我是为你爆过灯的，请务必记得。听她这样说，江渡也有些伤感。并未开始，却已经结束。便是这个浅俗社会男女之情的重要特征吧。

他突然觉得，父亲那一辈人的爱情，虽然不完美，但是浪漫；虽然不浪漫，但是刻骨铭心。然而到了繁华似锦的今天，如果不是无病呻吟，就一定是一声叹息。

江渡陪着肖墨白走出学校，送她上了计程车。

独自往回走的时候，他撑着伞。看见崖嫣也是一个人旁若无人地在雨里走着。他叫了她两声，可是她听不见。

一种深深的不安使他跟在崖嫣的身后。

街道上车水马龙，水花飞溅。崖嫣根本就没看红绿灯，便径自地横穿马路，然后在马路中间突然停住了。

他想都没想就冲了上去。

江渡慢慢地睁开眼睛，最先看到的是倒挂的输液瓶，模模糊糊中有玻璃的反光。

虽然闻到浓重的来苏儿的味道,但他确定还是眷恋这个世界的。

随后,他渐渐看到了一些惊喜的面容,他们围在他的面前,像是探视一口深井。只是没有想到第一个逐渐清晰的脸庞会是兰老师。在学校里,他们顶多算是点头之交。

作为后辈教师,江渡是很尊重兰老师的。

但在某一次教师研习营的活动中,有人放映了一段日本导演北野武的故事。北野武的母亲生前拼命跟儿子要钱,稍有拖延和短缺就是一顿不堪入耳的责骂。然而母亲死后,北野武方知母亲没花掉他的一分钱,只是担心他大而化之的个性,最终穷困度日,所以帮他存好了钱。北野武知道真相之后当然也是失声痛哭。这的确是一个令人感动的故事。

当时在研讨中,兰老师认为其实老师的形象也可以是严母的形象。譬如"虎妈"的应运而生,尽管会让学生感觉不适应,但是最终对学生有益。学生自然会在漫长的人生之路上感谢或者回味许多他们年轻时不可能明白的道理。

这个观点得到了大多数老师的赞同。

不过江渡质疑"让一个儿子在母亲生前万分痛苦,母亲死后极度忏悔",是否有这样折磨儿子的必要?这样的母亲形象植入孩子心中,是否会造成尚未成长已遭毁灭的后果？

表面看这是一个学术范畴的争论，是"过度励志"和"保护天性"的探讨。但是兰老师知道程思敏跟江渡老师的关系很好，或许她认为江渡老师是在温和地批评她的教育观。同时她认为在这样一个竞争激烈的年代，田园牧歌式的教育只能培养出与时代既不对等也不匹配的学生。这样的教育是对国家和人民的大不敬。

总而言之，他们的关系非常一般。

母亲轻轻说道："兰老师已经连续来了三天。"

江渡重新把目光移到兰老师的脸上。

"对不起，江渡老师，你还认得我是谁吗？"

江渡点头。

"你真的清醒过来了吗？"

江渡仍旧点头。

兰老师的脸上呈现出只有教师才可能有的特殊神情："能告诉我，你，是谁吗？"

"培诚中学的美术老师，江渡。"他的声音还相当微弱。

"谢谢。"

"有什么事吗？"

"程思敏失踪了，已经三天了。你能回想一下，他会去哪里呢？"

江渡颇感意外，努力回想着最后一次和程思敏见面的时间和地点，不过他的脑子一片空白，像清空内存的硬盘，记忆库为零。

十

林紫佳不慌不忙地喝着苏打水。

她倚窗而坐。还是在美利权冰室，午后，她跟江渭澜约在这里见面。但是她提前一个小时就来到这里了，并没有什么激情澎湃，或者感慨万千，不过是想整理一下自己的思绪。

但其实思绪是没法整理的，因为都是一些飘忽不定的想法，一些过往的生活片段，相互之间毫无关联。像跳跃的音符，不同的排列有可能是欢快，也有可能是忧伤。

那天下午跟刘小贞谈过话以后，她的感受有些奇怪，既不是如释重负，也不是黯然神伤。虽然一夜未眠——她一个人在卧室里，开了一瓶葡萄酒自斟自饮。是少女般纯净的冰酒，学琴孩子的家长送的。她一直没有喝，似乎在生活中找不到那一份必备的雅兴。

多少年来，她一直过着"魂不附体"的生活。

现在终于可以跟自己喝一杯了。

刘小贞说："……我一直以为我们就是捆绑夫妻，就是在一起过日子。没有花，没有礼物，也没有数星星月下散步，没有爱。只有辛苦和劳累，还有突如其来的经济压力。我们被生活拖着走……要孝敬王觉的父母，要把孩子抚养成人……很累很艰难……但原来，那就是爱。

"我不知道他在这座城市里有父母、兄弟,更不知道他有女朋友,还会拉琴……他什么都没有说,成为活着的王觉。

"但是他真的很内疚,遇到你的那段时间,他每天工作十六个小时以上,直到虚脱,他知道这么多年来对不起你和父母。但他什么都不说,他就是这样的人。

"曾经,我以为我可以离开他,既然他那么痛苦……但其实不能,我们已经变成了一个人,没法分开。我很抱歉,我只能说对不起……"

她真的起身,对她鞠了一躬。她也只能呆呆地回望她,看着她重新坐下。她的神情那么平静,波澜不惊。

说完这些,两个人便陷入了长时间的沉默。

后来她们是怎么分开的,紫佳已经记不清了。

只记得在她的内心,曾经有过质问江渭澜的冲动:我就这么不值得你信任吗?就算你当年不辞而别是有原因的,我也确定不会在那时放你走。然而时至今日,有什么你不能告诉我?难道我真的什么都不是吗?

当然,她什么都没有说,什么也没有做。

在那个自斟自饮的夜晚,不知是酒精的作用,还是传奇的作用,紫佳感觉到了前所未有的释然。至少,这样一个男人,是值得她付出真情的。

冰室的玻璃门被推开了,正如预期的一样,江渭澜提前十分钟到了。店里的客人稀少,他不用环视便向着紫佳的方位走了过来。

紫佳站起身迎接着他,本以为会出现一个跨越二十年的深情凝望,结果被他们默契地避开了。江渭澜坐下来,也点了苏打水。在外人的眼里他们是再普通不过的见面。

一时间,相对无言。

还是紫佳打破了沉默:"……让我看看你的手。"

江渭澜依旧是军人的风格,他把手放在桌上,摊开。

紫佳捧着江渭澜粗糙的大手,指关节宽厚,掌心都是厚茧而且伤痕累累。她想起年轻时的这双手,透过阳光像新鲜的葱白。

她伸出自己的手,不仅青筋暴露,指肚也全部是茧:"每天都弹低年级的练习曲,你看我的手也都这样了。"

"当时你最爱提的人是帕格尼尼。"

"是你吧,你才最爱提他。"

"紫佳,谢谢你还愿意见我……谢谢。"

她的眼泪滑落下来,滴在他的手上。

十一

高考前夕,学生和家长的共同心愿就是拼了。

这表现在所有学校附近的高中低档酒店统统爆满,目的是让孩子以最好的条件养精蓄锐,迎接挑战。

全国各大名校的"掐尖"大战也开始秘密展开。清华大学自主招生办公室的一行人,在科学城举办了"信息学奥数夏令营"活动。包括程思敏在内的五十九位优质生参加了这次活动。

但其实说白了,夏令营的活动就是考试,考了两天两夜。

现在成绩出来了,"自招办"决定跟程思敏签订保送协议,就是可以直接进入清华大学信息科学类专业就读。

当教导主任把这一消息告诉兰老师的时候,她激动得就差没把瘦如螳螂一般的教导主任抱起来了。

但是在这个节骨眼上,程思敏却不见了。

程思敏到底会到哪里去呢?

出院之后的江渡,依旧无法在纷乱的假设中寻找到一条思路。

按照兰老师提供的线索,程思敏肯定不是发生了什么意外,因为在他的房间里,桌子上是他的台式电脑,旁边明显的地方,依次放着家里的钥匙和他的手机。这应该表明:我不打算回来了,请不要与我联系。

他的衣物几乎可以说全部都在,外出游玩或者说四处参赛必备的四轮箱子,也原封不动地立在穿衣柜的一侧。

如果不是发生意外,报警的意义应该不大。

江渡说那就看看他的手机,看看通话记录上跟谁联络得比较多。兰老师说,看了他的手机,包括通讯录在内的全部内容删光光,就跟个新手机一样。电脑也是,QQ空间什么的,可以说一无所有。

现代人怎么可能离开手机？这才是最让人担心的，不是吗？

兰老师回忆，程思敏离开家的那一天并没有什么异常，他吃过早饭后，背上书包，说了一句"我走了"就出了家门。直到晚上十点不归，手机又关机，兰老师才来到他的房间，的确是想看看他是否忘了带手机，才发现这孩子有可能离家出走了。

曾经也一度怀疑他是否跟张豆崩一块私奔了。这个想法虽然离谱，但是毕竟他们几乎是同时消失的。令人生疑也在情理之中。

兰老师给豆崩的父亲张箭打了电话，张箭说豆崩一切正常，正在接受封闭式英语培训。江渡也往那个培训基地打了电话，的确有张豆崩这个学生登记在册。那么程思敏到底去哪里了呢？

手机的铃声打断了江渡的思路。

此时正值下午两点半钟，虽然脑袋每逢下午都会格外有些阴沉沉的，但是江渡还是坚持一边吃中成药调理，一边备课。

只是因为程思敏的事情没有办法专心。

电话是汪校长打来的，叫他到校长办公室去一趟。

江渡去了校长办公室，发现兰老师已经坐在长沙发的一头，汪校长坐在单人沙发上，和兰老师呈直角状态。他们并没有交谈，好像一直在等待江渡老师的出现。

兰老师几乎可以用面如土色来形容。

一周前，汪校长到外地去开了一个学术会议，会议期间就听说了程思敏失踪的事。还是决定报警，虽然没有半点作用。

回来后才发现办公桌上有程思敏留给校长的一封信。

信上说，他去了北京的龙泉寺。

对于龙泉寺，江渡第一次听说，完全没有概念。

程思敏在信上说："……我并不是因为情感受挫或者万念俱灰才做这个决定，反而是内心静如止水。我觉得我什么问题都没有，我上龙泉寺方丈学诚法师的微博，他有四十六万粉丝，他们每天问他无数的问题，可是我什么问题都没有。以前模仿过屈原的豪气，写过一篇《九疑》，现在反而没有什么可问的。

"研读过弘一法师，是从他那里接触到佛教的。

"弘一法师三十九岁出家，我也曾经想像他一样。在这之前就努力适应社会，看看能不能像普通人一样生活。

"我一直以为自己只是跟父母没法相处，他们对我说得最多的四个字是'非常失望'。后来我才发现，其实我跟其他人也不会相处，我变得很多余，虽然一直想在尘世间抓住点什么，但实际上什么都抓不住。

"我也一直确定希望自己成为一个普通的人，但是兰老师说，在这个时代活得最艰难的就是平凡和普通的人，他们只会比成功者更辛苦更悲催，在风驰电掣的时代快车上连站票都没有，只能像铁道游击队员一样挂在车皮上，随时可能被甩得无影无踪。

"但也许兰老师说得对,这个社会已经没有普通人的幸福空间。我们每天都在被告之,只有竞争,才能生存。

"我不是累,是没有指望的厌倦。

"也曾经跟江渡老师谈过这个想法。江渡老师说不管你是开玩笑还是当真,我都不主张年纪轻轻就出家,你对社会还完全不了解,即使下定决心出家,想去度化众生,也未必了解众生的内心所想,又怎么度化?

"但是突然很想到另外一个世界生活,那里清清静静。我很同意明海法师所言,出家,就是回归自己心灵的家园。

"如果说还有什么不舍,那就是汪校长和江渡老师,但我并不是跟你们商量,而是简单的道别。"

看完程思敏的信,校长对江渡老师说,他已经给龙泉寺打过电话,说程思敏的确在那里。不过接电话的法师说,程思敏还并不是僧相,也没有僧气,并且棱角分明。

兰老师得知这个消息以后,第一反应是夫妇两人连夜搭乘飞机到北京去,先把程思敏给带回来。

"清华大学自招办的人还等着跟他签协议呢。"兰老师喃喃自语。

汪校长不快道:"现在说这些还有什么用?在程思敏同学的问题上,我们每个人都应该深刻地反思。"

兰老师的情绪不可能不激动,她说:"我们的心血付诸东流也就算了,但是他的所谓什么解脱是建立在我们的痛苦之上,怎么可以心安?他这还是在变相地跟我们作斗争。"

"为什么会变成博弈的关系?有必要变成这样的关系吗?"汪校长注视着兰老师,尽管他的声音不高,但是目光严厉。

兰老师顿时哑了,虽然胸脯明显起伏但仍默默无言。

又能怎么办呢?她还是坚持要飞到北京去。

但是汪校长不同意兰老师夫妇贸然赶去,他说程思敏虽然年轻,但是这一次的行为那么彻底,而且特别在信里说,如果父母赶去,他是不见的。而且还会走,或许到其他的寺院去。绝对不可能再找到他。

汪校长说:"我了解了一下,程思敏现在还是以义工的身份住在山上,要申请出家者组班成为准净人,要经过锻炼和与僧团共住才能成为净人、沙弥、比丘,这是一个漫长的过程,也是程思敏重新认识自己,慎重选择人生道路的过程。如果我们现在还逼他,你叫他怎么办?本来是可以自由选择的,结果变成不得不这样选择,反而把矛盾激化了。"

校长的意思是想请江渡去一趟龙泉寺,并不奢望一次就能把思敏带回来,主要是先安抚他,也多听听他到底是怎么想的。

兰老师没怎么说话,只是看着江渡:"要不我和江渡老师一块去吧。"她这样提议。

汪校长想了想,还是摇摇头,并用一根手指点了点江渡。

江渡回到自己的办公室,他打开电脑开始搜索"龙泉寺",必须承认在此之前他对这方面的知识是尚无需求,就像他从来不看养生书一样,武侠他也不爱。

龙泉寺位于北京市海淀区西北凤凰岭下,这座千年古刹背山而建,古朴的山门外坐落着两尊小石狮子,红墙已经斑驳,露出白色的底。进入城区只有一班公交车。

据称,龙泉寺有"清华北大分校"的名号。

这是为什么呢?

十二

此刻,由全班同学共同完成的《星空》,在江渡老师亲手拼接并且钉制了画框之后,悬挂在教室一侧的白墙上。

日光下,每个人用色的深浅不同,画笔的娴熟和呆滞也不同,所以这幅画作有一种错落和木讷之美。

美中不足的是,画面明显残缺,少了九块拼图,还是在正中的"湍流"部分,更像是未解的物理学之谜。对于别人来说就只是碍眼,或者误解成残缺美,但是对于崖嫣来说,相当于宇宙黑洞。

没交美术作业的同学是张豆崩。

豆崩的座位一直空着,这让崖嫣偶尔会感觉到内心空落落的。

关于《给法拉利女孩一封信》的作文,兰老师在课堂上做了点评。崔嫣总结了一下，大致的观点是：

王行长说，从进化论的角度看，人类自身每一个细胞的内部都装满了自私的基因，为自己生存打拼的个体才能在残酷的自然选择中繁衍下来。所以，毫无理由地助人，会让我感觉到可疑，至少不够真实。

筷子说，救，还是不救，这的确是一个问题，而且是一个严峻的问题。我只能说我不一定保证自己一定会见义勇为，因为我们家没有法拉利，我体会不到有法拉利的心情。我们家是会为钱发愁的家庭，我会害怕被人讹诈给父母带来麻烦。我就是觉得吧，人要有钱才能有美德。

沈辽说，救不救根本不是问题，谁碰到这样的事能不出手相救？因为不救肯定会受到良心的谴责。关键是我们相信的是在苦逼的人生中助人为乐，但是不相信富人会有慈悲之心，仇富是一个全社会的问题。

崔嫣说，善，是一个人的心相，有的人无论穷富都有悲悯之心，这种人最高贵。但若是没有善根，穷也可以穷凶极恶，富就更会为富不仁。

然而这些有意义的争论终于在某一天戛然而止。

报纸上登出了网络人肉"法拉利女孩"的结果。她的名字叫张豆崩，培诚中学高二年级的学生。爆米花发型，蜜桃脸，大牙缝，涂浆果色唇膏。为人热情爽快，个人爱好是攀岩、做西点。然后是父母的姓名和工作地址，张豆崩正面报名照，法拉利车的型号、车牌号，本市共有几辆等等。

她和管家救起的中年妇女是一个钟点工,湖南人,雷姓,四十六岁。她在珠江新城打四份工,也就是在四户人家间穿梭,对时间的把握与宇航员相差无几,那天是因为过度劳累晕倒在路边。所幸因为抢救及时,身体并无大碍。她表示非常感谢救她的城里人。

整个舆论导向还是赞扬张豆崩的。

社会就是这样,即便光怪陆离也不可能没有正义。但是标题还是令人刺目:她来自单亲家庭。

班里的同学开始猜张豆崩家里到底有多少钱?议论野晴小姐的美貌,又说怪不得她做的马卡龙格外好吃,因为用的是顶级原材料。也有人说二班的人真够二的,这种事只适合打110报警,被人肉了一把,不值。这个社会里的富人只合适"万人如海一身藏",否则就变成了靶子。

上课的铃声响了,惊醒了崖嫣的遐思。

兰老师走上了讲台,她和往常一样,看上去非常平静。

讲桌上放着一只陶瓷的茶杯,上面烧着全班同学的名字,当然也有崖嫣的。"什么意思?"兰老师问道。

同学们都看着沈辽,似乎她是全班同学的代言人。

沈辽站起来说道:"兰老师,听说你又要调回北方工作了,所以全班同学想送给你这个杯子留作纪念。"

"我为什么要调回北方去?怎么我自己都不知道?"

沈辽回道:"听说是为了离你的儿子更近一点。"

兰老师愣了一下,她拿起了那个杯子,在眼前转了一周,每个同学的签名都是独特的,"那么,这杯子代表什么?悲剧吗?"

"不是,是一辈子。"

"是我们一辈子都不会忘记兰老师。"

"是啊,就是这个意思。"

她若因此痛哭,她便不再看重她。崖嫣这样想着,她注视着兰老师,又一边埋怨自己的刻毒。

同学们七嘴八舌的声音令兰老师略微莞尔。

她背过身去板书:《商君书·更法》。她讲解:"《商君书》是战国商鞅一派法家著作的汇集。众所周知,商鞅变法使秦国走向富强,不以成败论英雄请问以什么论英雄?所以他的话值得借鉴。"

兰老师将"论至德者不和于俗,成大功者不谋于众"写在黑板上。

她说:"崖嫣,请你解释一下这两句话的意思。"

崖嫣起身回道:"探讨最高道德的人不与世俗合流,成就大业的人不与一般人共谋。"

"很好,坐下吧。这两句话的另一解是,对的,怎么激进都不嫌过分,错的,怎么保守也不嫌过分。"兰老师说完,环顾了一下全班同学,可以感觉到她心绪的波长微微颤动,但完全被她控制,"这个杯子我很喜欢,也会一直保存。但是我不会调走,会把同学们送进大学。"

同学们鼓起掌来。

一时间,崖嫣感觉内心的坚冰像雪山一样开启,崩塌。

她突然间就对兰老师消除了所有的怨恨,她肯定不是最好的,但至少是一个从不掩饰自己的真实和坚持的人。

他们那一代人就是这样的,像妈妈、江爸爸、野晴小姐,还有兰老师,他们就是这样,一心要把自己的生活搞砸。然后就真的搞砸了。但又让人觉得,他们其实跟那些完美的人是一样的。

并没有什么了不起的分别。

这一天放学以后,崖嫣被请到兰老师的办公室。

相隔只有半米,崖嫣站在兰老师的面前,她第一次看到了兰老师的疲惫和鬓角的刺白,曾经明亮的眼神仿佛裹了一层细细的纱布。

她拿出一件藏蓝色的毛背心,她说:"我去了江渡老师那里两次,他都不在。他今晚坐火车去北京,是八点十分的那一班,你到火车站去把这个交给他,他就知道是什么意思了。"

崖嫣接过毛背心,把它放回塑料袋中去,一边说道:"好软。"

"是羊绒的。"

"好的,我一定送到。"

崖嫣准备离开的时候，兰老师像是无意间问了一句："豆崩，她还好吗？"

"还好。"

"我真的不知道，你们会那么介意一个提法，仅仅是一个提法啊。"

"可是看不见的伤害才是最痛的。"崖嫣弱弱地回了一句。

"是啊，看不见的伤害是最痛的。"兰老师小声地重复了一遍这句话，"受教了。"她在崖嫣的身后喃喃自语。

崖嫣捧着柔软的毛背心，离开了兰老师的办公室。

十三

亲爱的崖嫣，你好。

当你收到这封信的时候，我已经登上了飞往英国的飞机。这段时间非常忙乱，所以没有跟你联系。在我清理和收拾行李时，无意间发现还有一次美术课的作业没有交，所以寄给你，代为上交。

全班同学的《星空》会是什么样子？实在好奇。

有关麻石村小学同学们去野生动物园一事，前约不废。让我们像笨蛋一样一块努力吧。

问江渡老师和程思敏好。我爱你们。

祝你一切淡定。豆崩。

崖嫣并没有想到，豆崩会给她写信。而且像什么事都没有发生过一样。应该说她的善良大度来源于她的父亲，而果敢且不留情面酷似野晴小姐。她是最优秀的单亲家庭子女，没有之一。

暑假快结束了，这真是一个完美的假期。

那天的午后略带清凉，台风贝碧嘉刚刚从这座城市穿过。

夏天终于过去了。